Re:ゼロ
Re: Life in a different world from zero
から始める異世界生活

——エルザ・グランヒルテは、
とんでもない女だったと思う。
「——連れ帰れと言われているの。
だから、一緒にきてもらうわ」
初めての出会いは最悪だった。

「ここは、寂しく白い、魂の終着地点。
オド・ラグナの揺り籠。――記憶の回廊」
「記憶の、回廊……？」
「そうそう、記憶の回廊。そして――」

少女の形をした、悪意が、嗤いながら、言った。
『――あたしたちは、魔女教大罪司教
『暴食』担当、ルイ・アルネブ』
『――』
『どうせまた、短い間だけど、よろしくね、お兄さん』

「シャウラ、改めて聞くぞ。塔の、五つ目のルールはなんだ？」
「――ＮＧッス」
首を横に振り、シャウラが豊満な
自分の胸の前で腕を交差させ、バツ印を作る。

「NGッス。やだ、話したくないッス。五つ目のルール？
そんなの、どうでもいいじゃないッスか。
あーしとお師様の蜜月には、何の関係も……」

Re: Life in a different world from zero

The only ability I got in a different world "Returns by Death"
I die again and again to save her.

CONTENTS

Re：ゼロから始める
異世界生活24

長月達平

MF文庫J

口絵・本文イラスト●大塚真一郎

第一章　『雪解けを待つあなた』

1

──黒い、暗い、遠い、深い、長い、重い、苦い、闇がある。

「────」

およそ、この世の悪いものを全部一緒くたに混ぜ込んだような、そんな重苦しく、息苦しい闇が、全身にべったりとまとわりついている感覚があった。

顔が、体が、手足が、肌という肌がその闇に汚染され、じくじくと、血が滲《にじ》み、渇きを訴えるような不快感が延々と付随し、『自分』の姿形がわからなくなる。

──否《いな》、本当にわからないでいるのは、外見的な姿形だけではない。

「────」

もっと奥の、本質と言い換えるべきか。

あるいはこれを『魂』と、そう言い表すべきなのかもしれない。

自分の、『魂』の形を、在り様を見失い、散々、どうしようもない迷走を繰り返した挙句に、ようやく、その一欠片《ひとかけら》に指がかかったような、そんな感覚。

指先の感触がひどく曖昧で、込み上げる不安と嫌悪がそれを手繰ることを躊躇《ためら》わせる。

「――――」

この先に、本当に自分の求める『自分』があるのか。

手繰った先に辿《たど》り着《つ》いたとき、全く違う己が始まったりはしないのか。

奇妙な想像ではあるが、全くありえない話ではない。実際、自分の身に起きた出来事は
それに近い唐突感と、非現実性をもたらした。

それを我が事と受け止め、自分自身に訪れた試練と受け入れ、それを乗り越えた先にある光景を求める。――それだけのことに、どれだけ時を費やしたことか。

だから、強い不安がある。

本当にこの先でいいのか。受け止め、受け入れ、求めた場所がそこにあるのか。

託し、信じ、赦《ゆる》し、願い、在ろうとした『自分』が、そこに。


『――愛してる』


――そんな、たとえようもない不安が、導くような声に溶かされ、薄れる。

――白い、明るい、高い、尊い、美しい、甘い、光に向かって。

その魂は、ナツキ・スバルは――。

2

瞬間、緩く深い眠りの淵《ふち》から意識を引き上げ、ナツキ・スバルは覚醒した。

「――ぁ」

弱々しく、最初の一息が唇から漏れる。

ひどく掠《かす》れて、生気に乏しいものであったが、紛《まぎ》れもなく自分の声音だ。そのことで、自分が声も出せない単細胞生物に転生したわけではないことがわかる。

これで一歩前進だ。あとは、自分が全く新しい価値観の存在でないことを早々に確かめることができれば――、

「――スバル、目が覚めた？」

「――――」

その、スバルの鼓膜を、すぐ近くで揺すぶったのは銀鈴《ぎんれい》の声音だった。

涼やかで優しく、穏やかで芯が強く、華やいで、そして愛《いと》おしい、声音だった。

直前まで、本当にひどい状態で、聞いていたはずの声。

それが聞こえて心臓が弾む。胸が痛くなり、スバルは拍動に耐えながらゆっくりと視線を横へと向けた。

「――――」

――そこに、優しげな憂慮で瞳を満たした、紫紺《しこん》の輝きが待っていて。

「……えみ、りあ？」

「ええ、そうよ。スバル、大丈夫？　起きれる？　ちゃんと話せる？」

「ええと……」

たどたどしく名前を呼ばれ、紫紺《しこん》の瞳の持ち主――エミリアが唇を緩め、首を傾《かし》げる。

長く美しい銀髪が、白くなだらかな肩の上を流れ落ちる。それはまるで、月の煌《きら》めきが光の中を優雅に泳ぐようにも見えて、壮烈な美しさがスバルの心を焼いた。

――端的に言って、この世のものとは思えない美少女がそこにいた。

「う、ぁ……」

それを意識した途端、スバルの頰《ほお》を凄《すさ》まじい勢いで血が満たした。

顔が熱くなり、顔が赤くなり、目が泳いで声が出なくなる。耳が痛くなるぐらいに充血して、「あわわ、あわわ……」と声が漏れた。

「あわわ……？」

激しく動転するこちらの様子に、エミリアが形のいい眉を顰《ひそ》める。その、ほんのささやかな仕草にさえも、稀代《きだい》の芸術家が描いた二枚の名画のような別種の感動がある。

それを至近で、息がかかるほどの距離で目の当たりにしてしまい、痛みと切り離せずにいた拍動がさらに高く強くなり、スバルを苦しめた。

「――――」

なんだこれは。なんなのだ、これは。

現実なのか、これは。質量を持った幻か何かではないのか。砂漠で見る蜃気楼《しんきろう》と言えばオアシス――つまり、その瞬間に最も欲するものを見るのがお約束だ。

そのルールに則《のっと》って考えれば、これは蜃気楼なのではないか。なんと贅沢《ぜいたく》な幻――、

「だ、大丈夫、スバル？　やっぱり、どこか調子が悪いんだわ。倒れてたんだもの」

「ひゃうっ！」

「ほら、今、ひゃうって！」

混乱の極みにあるスバルだったが、額に当てられたすべらかな掌《てのひら》に肩が震えた。

それを見たエミリアがスバルの不調を確信して目を瞬かせるが、スバルの方も『エミリア蜃気楼説』が否定されて、天動説を覆された学者のような心境を味わっている。

ただ、確かに触れた感覚はあった。彼女の存在は、現実が肯定している。

そして実在するエミリアが呼びかけてくれている以上、自分がナツキ・スバルであることもまた、肯定される。

それに何より――、

「――さっきから、ベティーを蔑《ないがし》ろにして話をするんじゃないかしら。まったく、心配してたのはエミリアだけじゃないのよ」

そのエミリアの反対側から、不満を訴えるような幼い声が聞こえ、振り返る。

そうして振り返る視界に飛び込んできたのは、可愛《かわい》らしく頬を膨らませる幼女――、

「ベアトリス……」

「また、ずいぶんとへちゃむくれた声を出すかしら……まるで、可愛《かわい》いベティーがここにいるのが信じられないみたいな顔つきなのよ」

弱々しい呼びかけを受け、ベアトリスが憂えるように眉尻を下げる。言葉の内容は叱りつけるようだが、その響きには心配と安堵《あんど》の色が濃い。

スバルが目覚めたことへの安堵と、そもそも意識をなくしていたことへの心配。それを思わせるベアトリスの態度に——否《いな》、彼女の存在に、スバルの心が動いた。

すなわち——、

「——にゃっ⁉」

つんと澄ました表情でいたベアトリスを掴《つか》んで、スバルはその軽い体を一気に自分の胸元へと引き寄せる。軽い。本当に軽い体だった。

突然の行動にベアトリスは何の抵抗もできず、目を白黒させながらすっぽりとスバルの腕の中へ。蔦《つた》で編まれた緑色のベッドの上、スバルは力一杯、その存在を確かめた。

「ベアトリス、ベアトリス、ベアトリスぅぅ！」

「な、な、なんなのかしら⁉　どうしたのよ⁉　いきなりすぎるかしら！」

「お前、お前……お前は、ホントに、落ち着く顔してるな！　実家に帰ってきたような可愛さだ。惚《ほ》れ惚《ぼ》れするぞ！」

「それ、まさか褒めてるつもりじゃないと思いたいのよ⁉」

ベアトリスを抱きしめ、その顔を眺めながらスバルはしみじみと言い放つ。その行動と内容に顔を赤くして、ベアトリスが小さな掌《てのひら》でスバルの顔を強く挟み込んだ。

少女の小さな指が頬《ほお》や耳に引っかかる可愛い痛みを味わいながら、スバルはこの場所に確かに、ベアトリスという少女の実在を実感する。

「もう！　スバル、起きてすぐにふざけないの！　まだ、なんで倒れてたのかわかってないんだから……」

そうして、ベアトリスを抱きしめてはしゃぐスバルの様子に、若干の仲間外れ感を味わったエミリアが口を挟む。

スバルの身を案じ、エミリアがそっとスバルの肩を掴もうとして、止まった。

「――スバル？」

怒りより、心配の色が濃かったエミリア。その声色に混ざる感情が、心配一色に変化した。驚きに見開かれる瞳が、触れようとしたスバルの肩を見つめる。

微《かす》かに震え、嗚咽《おえつ》するスバルの肩を。

「……う、く」

「スバル？　スバル、どうしたかしら。ベティーはここにいるのよ。大丈夫、大丈夫かしら。泣かなくていいのよ」

喉で声を詰まらせ、嗚咽するスバルの様子に気付いて、ベアトリスが混乱の色を消した顔で、そっと涙に濡《ぬ》れるスバルの頬を撫《な》でた。

小刻みに震える手が、ベアトリスの幼く小さな体を手放すまいとしている。それが不安と恐怖の表れだと気付いて、ベアトリスはスバルの心に優しく語りかけた。

泣かなくていい。自分はここにいる。スバルは、大丈夫だからと。

「泣かないで、スバル。焦らなくていいから。ゆっくり、深呼吸して、落ち着いて。ちゃんとベアトリスも、私も、一緒にいるから」

ベアトリスと同じように、エミリアもまた、寝台の上のスバルを慰める。

先ほどは触れるのを躊躇《ためら》った手で、今度は躊躇わずにスバルの肩に触れて、エミリアの銀鈴《ぎんれい》の声音が、ナツキ・スバルの行動を、決断を、尊重する。

「――――」

二人の、その存在も、在り方も、変わらない。

何もかもが崩れ、失われ、取り返しのつかなくなってしまった世界で、それでも自分よりも他人を、スバルを優先して、死地の中でも気高くあった二人は、変わらない。

それを確かめて、それを求めて、それを今度こそ、やり通すために。

ナツキ・スバルは、『ナツキ・スバル』として、全てを取り戻すために――、

「戻って、きたぜ……」

嗚咽《おえつ》まじりの、締まらない態度と声で、これ以上ないほど情けない、みっともないシチュエーションではあったが。

――ナツキ・スバルは、全てを奪還するための新たなループを開始する。

3

「そんなわけで、実は『タイゲタ』の書庫で記憶を落っことしたらしい。みんなには会話が噛《か》み合わなかったりで迷惑をかけるかもなんだが、そこのところ了承してほしい」

と、朝食のために集まった面々の前で、スバルはそう丁寧に頭を下げた。

そんなスバルからの爆弾発言というか、発言の絨毯《じゅうたん》爆撃への反応は様々だ。とはいえ、一番色濃いのは混乱であり、戸惑いや悲嘆は後回しの様子だった。

「みんな、すごーくスバルのことが心配だと思うわ。でも、私たちがしゃんとしてあげないと、一番不安なのはスバルなんだから……」

頭を下げたスバルの隣で、憂い顔のエミリアがそうフォローを入れる。

スバルの『記憶喪失』の話を聞かされ、エミリアたちが動揺しつつもそれを信じてくれるのはこれまで通り——そこで、『緑部屋』での覚醒のすったもんだのあと、一足先に事情を打ち明けた二人には、この場でのフォローをお願いしていたのだ。

——あの戦慄の周回を半ばでリタイアし、ナツキ・スバルは新たな周回へ突入した。

格好《かっこ》いい言い方をすれば、再びゼロから異世界生活を始める覚悟を決めた、といったところだが、もちろん実態はそんな素敵なものではない。

覚悟を決めたはいいが、最悪、前回の『死』を最後に終わっていた可能性もあった。

そうはならず、こうして『死に戻り』によって再出発の機会を得たことには安堵《あんど》と感謝を禁じ得ない。――だが、それに頼りきりになるつもりもスバルにはなかった。

スバルの身に宿った『死に戻り』の力は、運命を捻《ね》じ曲げる強大な力だ。

そのトリガーが『死』であることは使用者であるスバルには辛《つら》いが、それが運命を捻じ曲げるための代償だと思えば、これぐらいはあって然《しか》るべき権能だろう。

強力な力には、それに見合った代償があると考えるのが自然だ。当然、スバルは自分の『死に戻り』も、そのご多分に漏れないものと想定している。

回数制限や、何か大切なものを失う代わりの再挑戦と考えれば、安易な『死に戻り』の多用には慎重にならざるを得ない。

と、そこまで考えてスバルが思ったのは――、

「まさか、俺の記憶が消えてるのって、『死に戻り』の代償じゃねぇだろうな……」

「――ちょっと、聞いているの、バルス」

と、思索の内にいたスバルを、険の強いラムの声が現実に引き戻す。彼女は紅の瞳を鋭くし、自分の肘を抱いたいつもの姿勢でスバルを睨《にら》みつけていた。

「エミリア様はああ仰《おっしゃ》るけれど、ラムにはバルスが不安がっているようにはとても見えないわ。……というより、これは何の茶番なの、バルス」

「茶番じゃねぇよ。すげぇ正直に不安と事実を打ち明けてるよ。意固地になったせいで起こる大惨事が目に浮かぶみたいで、俺の心は張り裂けそうだ」

「達者な口だこと。その軽々とした物言いで、何を信じろと――」

「スバルにこんな悪趣味な嘘《うそ》をつく理由がないのよ。お前も、それはわかるはずかしら」

スバルの答えに目尻を厳しくしたラム。その苛立《いらだ》つ彼女の勢いを挫《くじ》いたのは、スバルの隣にお行儀よく座っているベアトリスだった。

スバルに全面的に味方してくれる彼女は、ラムを見上げながらスバルを手で示し、

「エミリアの言葉も、まんざら嘘じゃないのよ。記憶をなくして一番不安がってるのはスバルかしら。だから、ぽろぽろ子どもみたいに泣いたりもしたのよ」

「そのエピソード、話されると恥ずい」

思わぬ暴露に頬《ほお》を掻《か》いて、スバルは自分の涙の理由を『そういうこと』にした。

実際は『死に戻り』できたこと、再会が叶《かな》ったこと、自分にやり直すチャンスが与えられたこと。そうした複合的な要因の重なった涙だが、涙は涙だ。

男の涙の理由なんて、細かく掘り下げるだけ野暮《やぼ》だった。

ともあれ、こうして味方してくれるベアトリスには感謝の念に堪《た》えない。

――それだけに、前回の最後、ベアトリスが見せた儚《はかな》い安堵《あんど》と、『連れ出してくれた』という言葉が思い出され、スバルは胸中を鎖で締め付けられる痛みを覚える。

いったい、『ナツキ・スバル』は、ベアトリスに何をしてやったのか。

それを知らずして、彼女の信頼を頼りにすることへの罪悪感。これを、当然のことと甘ったるく受け止めたくはないと、自分を戒める。

「正直、記憶がなくなったみたいなデリケートな話を、ここでそんな嘘をつく理由がな

いって理屈で蹴飛ばすのは乱暴だけど、そこは呑《の》み込んでほしい」

「呑み込めって……」

「その上で、建設的な話をしよう。幸い、今の俺は前向きだ。前進するための話なら大歓迎だし……言いたいことがあれば、それもちゃんと聞くぞ」

ベアトリスの意見を下地に、スバルは改めて頭を下げる。そのスバルのフォローのために、エミリアも「お願い、信じてあげて」と一緒に頭を下げてくれた。

「――――」

その神妙な三人の態度に、さしものラムも反論できず、真剣に告白の内容を吟味する。

スバルの『記憶喪失』発言、それに衝撃を受けたのはラムだけではない。一番顕著な反応を見せたのがラムであるだけで、彼女以外の面々――エキドナにユリウス、シャウラの反応も、スバルが三度ほど経験した流れと一致していた。

そうして驚く彼女たちに内心で詫《わ》びながら、同時にスバルは『再会』できたことへの場違いな感嘆も覚えていた。――失ったはずの全員と、また言葉を交わせていると。

その感慨の中、この場でスバルが最も強く意識してしまうのが――、

「――それにしてもお、お兄さんってばホントに困ったさんよねえ」

「――っ」

「なあに、その反応。まるで死んじゃった人でも見たみたいな顔して、失礼じゃなあい？」

スバルの話を聞いても、大して驚いていないような態度で嘯《うそぶ》く少女――濃い青の髪を三

つ編みにして、黒い装いを纏《まと》った幼い殺し屋、メイリィだ。

メイリィ・ポートルートが、動いて喋《しゃべ》って、確かにそこにいる。

「メイリィ……」

「あらあ？　わたしの名前は覚えててくれてるのねえ。……っていうか、わたしはお兄さんがいつもとどこが違うのかわからないんだけど、何を忘れちゃったのお？」

「――。ああ、悪い。いわゆるエピソード記憶の欠落ってやつで、物の名前とかわりと覚えてるんだが、人との思い出話とかになると結構ぐずぐずなんだ」

「……それって、例えば昨日のこととかもなのお？」

「――そうだ」

目を細め、微《かす》かに声の調子を落としたメイリィに、スバルは正直に答える。

苦しい言い訳で言い逃れることもできた。だが、それはしなかった。しないと決めていた。――可能な限り、スバルは誠実に彼女らとやっていくと。

「――昨日のことを、か。それは、それは、そうだな」

そのスバルの答えを聞いて、ある意味では『記憶喪失』発言以上のショックを受けるのが、そう呟《つぶや》くユリウスや、何やら怪しげな密会があったとされるエキドナだった。

ただ、そんな彼らの反応を余所《よそ》に、

「お師様、またッスかぁ？　もうあーしのこと何回忘れたら気ぃ済むんスか～」

と、自分の豊満な胸を押し潰して、シャウラが不満げに唇を尖《とが》らせる。

前回まではさらっと流せたシャウラの戯言《たわごと》だが、ここまでくると、微妙に聞き流せない雰囲気の発言である印象が強い。

「お前の与太《よた》を掘り下げるのもおかしな気分だけど、そんなにお前のお師様ってのは記憶がポンポン飛んでるもんなのか？」

「――？　結構、ポンポン飛んでたッスよ。朝起きて、あーしが挨拶したら『お前、誰だっけ？　覚えてねぇなぁ。知らねぇなぁ』ってよく昔の女扱いされたッス」

「うーん、そのレベルだと、悪ふざけなのかどっちなのか判断がつかねぇな……」

仮の話、シャウラと親しくなったスバルなら全然やりそうな類《たぐい》の軽口ではあった。

ただ、スバルには記憶喪失をエミリアたちに隠そうとした前科がある。本当に記憶がなくなったのを、軽口で誤魔化《ごまか》していた可能性もなくはない。

我ながら死ぬほど面倒くさい。実際、四回死んでいるので笑い話にもならない。

「正直、まだ受け入れるのは難しいが……この塔に、今のナツキくんのような状態を引き起こす罠《わな》、そうしたものがある可能性を考えて行動した方がよさそうだね」

「事件現場として一番可能性が高いのは、倒れてる俺をエミリアちゃんたちが見つけてくれた『タイゲタ』の書庫だ。元々、曰《いわ》くつきみたいな場所だしな」

「ちゃん……」

「――？」

真剣な表情で検討を始めたエキドナに、スバルも頷《うなず》いて意見を並べる。ただ、その途中で一度、エミリアが寂しげに呟《つぶや》いたのが印象的だった。

前の周回でも、彼女はスバルと会話中、何度かこんな表情と反応を見せた。結局、その原因の正体は今も明らかになっていない。

何か、致命的な見落としがあるのだろうか。——それが、怖いが。

「——みんな、とにかく驚かせてごめん。頭の整理も必要だと思うから、いったん休憩入れようぜ。俺はその間、ラムと水汲《みずく》みでもしてくるから」

そう提案して、スバルは車座の中央で跳ねるように立ち上がった。その話にラムがピクリと眉を上げ、エミリアとベアトリスが気遣わしげにスバルを見る。

しかし、スバルは二人の視線に頷きかけ、ラムへと黒瞳を向けて、

「いこうぜ、ラム。——ちょうど、俺を水場に誘いたそうな顔してただろ」

「——いやらしい」

と、スバルの誘いに、ラムが視線を逸《そ》らしてそう呟いた。

4

「それで、さっきの茶番はどういうつもりだったの？　こうしてラムを連れ出した以上、それを話すつもりがあるということでしょう？」

水場へ向かう道中、すっかり耐えかねた様子でラムはスバルにそう切り出した。

彼女がスバルの『記憶喪失』発言を、全く真に受けていないのは毎回のことだ。これは証拠云々《うんぬん》や意固地がどうのといった話ではなく、もっと大事な理由がある。

――レムの存在。眠り続ける、ラムの最愛の妹。

詳しいいきさつはわからない。だが、スバルとレムとの間には確かな繋《つな》がりがあった。

それがラムの、彼女の姉としての存在を、大きく支えていたのだと。

それ故にラムは、スバルの『記憶喪失』を認めることができないのだ。

だから――、

「エミリア様たちに、あまり大役を任せるのはやめなさい。ベアトリス様はともかく、エミリア様には荷が重いわ。だから、ラムを巻き込んで正解よ。詳しい話を……」

「――ラム、俺の記憶がないのは本当だ。嘘《うそ》でも、ペテンでも、作戦でもない」

その細い糸に縋《すが》り、頼ろうとするラムを、しかしスバルは否定しなくてはならない。

「――――」

スバルの答えを聞かされ、ラムが言葉を中断して目を細めた。薄紅の瞳の奥に宿るのは戸惑いと不安――そして、強い怒りの種火だ。

種火はやがて火勢を増し、スバルの魂を焼き尽くす大火へ広がる。それをそうさせたのは、他ならぬナツキ・スバル自身の行い。身を亡《ほろ》ぼす、不誠実の数々だった。

「記憶がないんだ。塔の中のみんなとの名前と関係性、それぐらいしか覚えてない」

「やめなさい」

「エミリアとベアトリスには、先に話しただけで、同じことしか伝えてない。伝えられることがそれ以上ないんだ。今、俺の手の中は空っぽだ」

「やめなさい、バルス。それ以上……」

「この塔に、奪われたたくさんのものを取り戻しにきたってことは知ってる。『試験』の真っ最中ってことも。でも、それだけだ。俺の、動機は……」

「バルス、それ以上は」

「──レムのことも、俺は」

「バルス──!!」

覚えていないのだ、とスバルは断腸の思いでラムにそう告げた。

嫌々と、スバルの言葉に耳を貸したくないと、態度で示していたラムが、そのスバルの謝罪を聞いて、怒りの形相で掴《つか》みかかってくる。

「ぐうっ！」

胸倉を掴まれ、壁に背中から叩《たた》き付けられた。この細腕のどこにそれだけの力があるのか、信じられない膂力《りょりょく》で、ラムがスバルを押さえ付け、至近で睨《にら》みつけてくる。

薄紅の双眸《そうぼう》の奥、種火だった火が強く燃え上がり、スバルを、そしてラム自身を焼き尽くさんとしているのがわかった。

この炎がスバルを──否《いな》、ラムを焼き尽くしたとき、悲劇は繰り返される。

「何のつもりなの？　こんな……こんな、くだらない嘘を！」

「嘘《うそ》じゃ、ねぇよ……お前には、俺が、そんな嘘を……」

「ついていないとでも？　じゃあ、どうしろっていうの？　ラムに、信じろとでも？　バルスがレムを、忘れた……そんな、そんな馬鹿な話！」

眦《まなじり》をさらに鋭くして、唇が触れ合いそうなほどの距離でラムがスバルを睨《にら》みつける。煌々《こうこう》と燃え盛る炎、それが怒りより、嘆きによるものだとようやくスバルは気付く。

四回も繰り返して、やっとスバルは彼女の抱える葛藤の一端に触れた。いったいどれほど思慮深くなれば、エミリアたちのようにたった一度きりで気付いてやれるのか。

彼女たちが眩《まぶ》しい。だが、その眩しさに焼かれてばかりではいられないから――、

「――レムは、必ず取り戻すよ」

すぐ近くの薄紅を見つめ返し、スバルは喉の力を掻《か》き集め、はっきりと伝えた。

それを耳にして、ラムの瞳が再び驚きに見開かれ、すぐに怒りがそれを隠す。

「どの口で……取り戻すも何も、忘れたんでしょう、バルスは、レムを！」

「それでも、取り戻す。レムのことも、記憶のことも、この塔にきた目的も、全部、一切合切やり遂げて、全員で帰る。――そのぐらいの報酬、あって当然だ」

「――バルス？」

「あって、当然なんだ……この塔で、起きたことを思えば」

息苦しさもある。だが、それとは違う要因で、苦々しく頰《ほお》を歪《ゆが》めるスバル。ラムはそんなスバルの反応に眉を顰《ひそ》め、胸倉を掴《つか》む手からわずかに力が抜けた。

その手を、今度はスバルが両手で掴み、引き離す。そのまま、体を入れ替えた。

「——いやらしい。放しなさい」

入れ替わりに壁に押し付けられ、至近で見つめ合うラムがスバルに言い放つ。

しかし、力なく、覇気に欠けた言葉にスバルは怯《ひる》まない。

「ラム。俺は記憶も、レムも、取り戻してみせる。そのために、力を貸してくれ」

「——」

「全員の力がいるんだ。お前たちの知ってる、昨日までの『ナツキ・スバル』なら、こんな情けないこと言い出さなかったかもしれねぇ。けど、今の俺には」

ユリウスが託し、ベアトリスが信じ、エキドナが赦《ゆる》し、エミリアが願った。

そうしてみんなに期待される『ナツキ・スバル』ならば、ひょっとしたら一人でも、この手詰まりの事態を変えられたのかもしれない。

でも、今のナツキ・スバルにはそれはできない。それで不貞腐《ふてくさ》れて、諦めて、何もできないと駄々《だだ》をこねるには、この塔にいる人たちが、愛せすぎる。

「レムを忘れた俺を、お前が信じられないし、許せないのもわかる。だけど、その怒りは今は後回しにしてくれ。その代わり、約束する」

「約束……？」

「必ず、やり遂げる。何度でも、食らいつく。もし、この約束を破ったら、お前の前で俺が諦めたら、そのときは煮るなり焼くなり好きにしろ」

見開かれるラムの瞳を見つめ、スバルは息のかかる至近で言葉を続ける。想《おも》いを届かせるためならば、物理的な距離さえも縮めなくてはならないとばかりに――、

「俺が諦めたとき、どうするかはお前に任せる。それが、自分の都合で頭の中身を落っことしてきて、お前を泣かせた俺の罪滅ぼしだ」

「泣いてないわよ、ふざけないで」

「痛《いて》ぇッ!?」

すごい勢いで横っ面を引《ひ》っ叩《ぱた》かれて、スバルはその場に崩れ落ちた。

赤くなった頬《ほお》に手を当てて、スバルは信じられないものを見たようにラムを見る。

「お、お前……俺、今、結構、勇気のいる話を……」

「勝手に盛り上がって、何が勇気のいる話？　大体、バルスが約束なんて笑わせないで。この世で一番、信用の置けない条件をよく自分から出してきたものだわ」

「それ、エミリアにも言われたんだけど、昨日までの俺はどんだけ約束破ったの!?」

「守った約束がいつあるの？」

「そんなレベル!?」

冷え切った声で悪罵され、スバルは『ナツキ・スバル』への評価をまた改める。良くも悪くも株価の変動が激しいが、約束破りはかなりの下落要素だ。

「やっぱり、『ナツキ・スバル』なんて碌《ろく》な奴《やつ》じゃねぇな……」

「ええ、そうね。勘違いしていたようだけど、昨日までのバルスも、物事を一人でどうに

かできるほど有能な男じゃないわ。むしろ、一人で何とかしようとした挙句、結局被害を広げるのが得意なウスノロよ。ラムも、迷惑ばかりかけられたわ」

「マジかよ。なんでそんな奴を塔に連れてきたんだ……」

「出しゃばりだったのよ。それに、口先だけはぺらぺらと回る男だったの。それなりに小器用で、雑用を任せるのに向いてた。あと、エミリア様とベアトリス様をあやすのも得意だったわね。あとは……」

ボロクソに言われ、床に胡坐《あぐら》を搔《か》くスバルは何とも居心地が悪い。

自分のことではないのに、自分のことを叱られている。エミリアたちに、『ナツキ・スバル』のことを良く言われるのもかなり複雑な苦しみがあったが、ラムがこうして言葉を尽くして『ナツキ・スバル』を罵ってくれるのも、まぁ複雑だった。

この際、聞ける内容は全部聞いてやろうと、スバルはいっそ開き直り、

「あとはなんだ？　足が短くて、物覚えが悪くて、偏食家で、諦めが悪くて？」

「足が短くて、物覚えが悪くて、偏食家で、諦めが悪かったわ」

「ですよねー」

「──それと、レムを大事にしてくれてた」

「──────」

ふと、声の調子が変わり、ラムの感情の凍えた声音に色がつく。

温かな──声に色があると例えるなら、それは柔らかな薄紅、包み込むような淡い色。

レムを、妹を思う声音に慈しみが、そして妹の傍《かたわ》らに『ナツキ・スバル』がいたときのことを思い浮かべて、なお消えない、柔らかな愛情が垣間見《かいまみ》えて。

薄紅は、優しさの色だと、スバルが錯覚するほどに。

「バルス。──本当に、レムを忘れたのね？」

「……ああ」

ラムの瞳が、スバルを映して離れない。すごい、尊敬する。

こんな場面で、聞きたくない言葉を聞くとき、スバルなら目を逸《そ》らしている。それなのに彼女は、ラムは一度だって、目を逸らそうとしない。

「バルス。──本当に、レムを思い出すのね？」

「ああ、思い出す。レムだけじゃなく、他の全部も」

「他の全部が抜けてても最悪気にしないわ。レムのことだけは思い出しなさい」

「無茶《むちゃ》言うなよ。全部取り戻させてくれよ……」

「繰り返すわ。レムのことだけは、死んでも思い出しなさい」

「ああ、それは誓える。──死んでも、全部、思い出すよ」

文字通り、死んだとしても、全部思い出す。

この異世界で、『ナツキ・スバル』が何を見て、何を聞いて、何を感じて、何を築き上げて、ここまでやってきたのか。──それを全て、ナツキ・スバルが取り戻す。

「……いいわ。この場は、見逃してあげる」

その答えを聞いて、ふっとラムから放たれる威圧感が消えた。

それを感じ取り、スバルは床の上で胡坐《あぐら》を掻《か》いたまま、「いいのか？」と聞く。

「俺から頼んだことだけど、本当にそれで？」

「男でしょう。素直に受け止めなさい。バルスの覚悟は聞いたわ。その上で、諦めたなら煮るなり焼くなり削るなり抉《えぐ》るなりもぐなり殴るなり好きにしろとまで言われたのよ。これに聞く耳を持たなかったら、ラムの慈母のような心が疑われるわ」

「煮る焼く以降の工程に聞き覚えがねぇ……」

「何か言った？」

「言ってません」

ゆるゆると首を横に振り、スバルは丁寧語でラムに応じる。

慈母、とはなかなか大見得《おおみえ》を切られたものだが、仏の顔も三度までの慣用句を思えば、すでにスバルは仏すら許せぬ五度目の挑戦に突入している。

神にも仏にも縋《すが》れないなら、裁きを慈母に委ねるのも一興だろう。

「立ちなさい、バルス。諦めることも、膝を折ることも、ラムは許さない」

「地べたに座るのと、それらを一緒にしないでくれよ……っと」

ぴょんと立ち上がり、スバルは尻を払って、ラムに向き直った。

壁に背を預け、乱れた服を直して自分の腕を抱くラムは、もはや普段通り——これがラムの『普段通り』なのだと、そう思わせる立ち姿で、スバルを見つめ返す。

「……エミリア様とベアトリス様にも、同じことを言ったの？」

「あの二人は……俺が諦めるなんて、まるで考えてない風だったからな」

「それもそうね。──悪いバルスがうつったんだわ」

「だから、あの二人には頼めない。ユリウスとエキドナにも、心情的にな」

それにたぶん、エミリアとベアトリス、ユリウスとエキドナ。

四人の答えは、前回の周回で、彼女たちとの接触の中で聞いたのだと思う。

だから、残った答えは、これから確かめていく。

「しかし、あれだな。……お前の話からすると、昨日までの俺も、あんまり大した奴《やつ》じゃなかったみたいだな」

「レムの記憶の有無で、ラムにとっての価値は激変しているわ。口の利き方に気を付けなさい」

冷たく言い捨て、ラムがスバルに背を向けて歩き出す。

二人は水汲《みずく》みの途中、足を止める時間が長かったが、手ぶらで帰ればそれこそ、エミリアたちに変な心配をかけてしまいかねない。

スバルはバケツ片手に、ラムを追いかけて隣に並んだ。

そして──、

「俺は……『ナツキ・スバル』は、確かにここにいたんだよな？」

小さく、スバルがラムの横顔に問いかける。

それは確認というよりは、どことなく不安な弱音に近いものだった。諦めないと誓った直後に口にするには、たぶん不適当なものだったに違いない。

それこそ、舌の根も乾かぬうちにと、ラムから懲罰を受けても不思議はなかった。

「——馬鹿ね」

だが、ラムはそうせず、足も止めず、慈しむようにスバルを罵倒して、

「今はほんのひと時、見えなくなっているだけよ。多くのものが積み重なって、その奥底に隠れているからなくしたように感じるだけ。それは冷たい雪に埋もれた花のように、雪解けの季節が訪れれば姿を見せる。——きっと、ただそれだけの話なのよ」

そう、表情を見せないラムに、スバルは今の表情を見せられなかった。

あれだけ格好《かっこう》をつけた直後に、こんな情けない顔は見せられない。

だから、何も言わずに、こちらを見ようともしないラムの在り方が、この瞬間のスバルには本当に慈母のように思えた。

5

状況は、大きく変わりつつある——と思いたいが、実はそれほどでもない。

スバルが記憶の喪失を打ち明けるのはこれが初めてではないし、混乱を残しつつも、表面上は皆がその衝撃を受け止めてくれるのも見た光景だ。

ただ、心の置き方が、構え方が変われば、それぞれへの見方も変わってくる。

前回、スバルはエミリアたちを疑い、その行動の端々、態度、発言をあらゆる角度から疑ってかかった。何かを企《たくら》んでいるに違いないと、そう決めつけて。

しかし、そんな疑惑のフィルターを外してみれば、行動の端々、態度、発言のあらゆる角度に見えてくるのは、スバルへの気遣いと、基本的には自己への叱咤《しった》。

つまるところ、彼らは意識して自制し、スバルを不安がらせまいとしていた。

その行動を不審に、不自然に、そう感じたのはスバル側の問題でしかなかったのだ。

「ちゃんと、やろう。ちゃんとやれよ、ナツキ・スバル……」

自分で自分に言い聞かせ、スバルはじっと掌《てのひら》を見る。

スバルの記憶がなくなった原因、それが『タイゲタ』にある可能性は高い。『試験』の踏破も大事だが、その記憶喪失の原因究明も急務だ。

今のところ発生していない事態ではあるが、仮にスバル以外にも記憶喪失の人間が続発した場合、全員揃《そろ》って『はじめまして』なんて馬鹿げた状況にもなりかねない。

それに、あまり悠長に構えている余裕も、実はないのではないか。

「前回も、前々回も、塔の中はしっちゃかめっちゃかだった」

前々回は、塔の中でスバルはエミリアたちの――否《いな》、エミリアとベアトリスを除いた、塔にいる仲間たちの『死体』を次々と発見した。

前回はそれとは違い、今度は仲間たちの『死』を次々と見届けることとなり、スバルの心は荒れ果ててささくれ立っている。

しかし、この異常事態はいずれも、そう遠くないうちに塔内で発生する災厄だ。

スバルは最悪の悲劇を知るものとして、そうなることを防がなくてはならない。

そのためにできる万全を尽くす。――だから、まず最初に、スバルは。

「――――」

これ見よがしに、高所の縁に立ったスバルの背後で、微《かす》かな息遣いがした。

意識していれば、存在の端を捉えることが可能なぐらいに、適度な気配の殺し方。それを事前の知識で反則気味に感じ取り、寸前で身を翻す。

「――っ」

「おっと、危ねぇ。――俺の代わりに落っこちるなよ」

突き出した両手が空振りして、その勢いで前のめりになる相手の体を、スバルはとっさに伸ばした手で支えて、落ちないように引き戻した。

その体は軽い。様々な局面であった、不吉な意味合いでの軽さではなく、その少女の見た目に適切な軽さ――そう、その少女に、適切な。

「さあ、話をしようぜ。――俺を殺した責任、取ってもらうからな」

そう言って、スバルは腕を掴《つか》んだ少女――メィリィに笑いかけ、過去に二度、自分を突き落とした犯人に、クライマックス推理を叩《たた》き付けたのだった。

第二章　『これからの話』

1

「――――」

危うく、螺旋《らせん》階段から転落しかけた体を支えられ、メィリィは目を見開いていた。

その瞳を見つめ返し、スバルは複雑な思いを抱《いだ》かずにはおれない。

『死に戻り』を活《い》かし、結果的に悲劇を未然に防げたことを喜ばしい。だが、この幼い少女が過去に二度、別の周回でスバルを突き落としたこともまた実証された。

螺旋階段からスバルを突き落とし、転落死させる殺人犯――それは、前回早々に『ナツキ・スバル』の手で退場させられた、メィリィ・ポートルートだったのだと。

「……俺を殺した責任って、また変なこと言い出すのねえ、お兄さん」

一瞬、見開いた瞳に狼狽《ろうばい》を過《よぎ》らせながらも、メィリィはすぐさま唇を緩め、自分の胴に回されたスバルの腕を指でなぞり、嫣然《えんぜん》と微笑《ほほえ》む。

それから彼女は立ち位置を変え、螺旋階段の前でスバルと正面から向かい合い、

「ひょっとしたら、記憶をなくした拍子に他にも色々抜け落ちちゃったのかもしれないわ

あ。そうじゃなきゃ、こんな誤解なんてしたりしないはずだものお」

「誤解？」

「ええ、そうでしょお？　わたしがお兄さんを殺そうとするなんて、ひどい誤解だわあ」

手を後ろ手に組んで、メィリィが邪気のない笑顔でそう言い切る。その堂々としらばっくれる態度には、さすがのスバルも気勢をそがれた。

まさか、犯行現場を押さえられてまで言い逃れするとは思わなかった。だが、その抵抗も『わたし』なら——否《いな》、メィリィならば納得がいく。

彼女は、よく言えばしたたかに、悪く言えば場当たり的に行動する。

その場その場の自分なりの最適解を選ぶ、それが彼女の生き方の道しるべだ。

有体に言えば、それはまさしく『獣』の在り方そのもので。——ちょっとばかり、手本とした相手の影響を強く受けすぎていたから。

「疑われるなんて心外よお。だって、本当にわたしがお兄さんたちを殺そうとするなら、こんな塔の中より砂丘の方がずっと簡単だったはずじゃなあい？　ああ、お兄さんは覚えてないんだから、わからないかもしれないけどお」

「そうだな。確かにおかしな話だよ。前々から俺たちを殺そうとしてたってんなら、そうするチャンスがいくらでもあった。でも、お前はそうしなかった」

「でしょお？　だったら……」

「けど、俺を殺そうって動機が、今朝になって急に生えてきたんなら話は別だ。今朝ってより、昨日の夜からの連鎖反応って方が正解か？」

「――――」

スバルがそこまで述べたところで、メィリィの表情が変化した。唇を結んだメィリィは余裕の微笑を消して、それから深々と嘆息する。

そして、彼女はその見た目にそぐわない、ひどく厭世的《えんせいてき》な態度で肩をすくめた。

「……もしかして、わたしって嵌《は》められたのかしらあ？」

「嵌めた、ってのはどういう意味でだ？」

「試したんじゃないのお？　記憶をなくしただなんて嘘《うそ》をついて、わたしがお兄さんを突き落とそうとするかどうか……塔について、わたしの利用価値もなくなったしい？　切り捨てるには、もってこいの頃合いだものお」

つらつらと、指折り置かれた状況を確かめ、自分の不利を並べる少女が悲しい。

実際、そこまでの悪意はないにしても、スバルがメィリィの行動を試したのは本当の話だ。その点を否定しても、メィリィの心証は何も変わるまい。

ただ、はっきりと彼女の思惑を否定できることもある。

「それで、いったいどうやってわたしの始末をつけるのかしらあ？　せっかくだし、意趣返しにここから突き落としてみる？　悪い動物ちゃんも一緒にいない今ならあ、わたしなんかお兄さん一人でも簡単に始末できるわよお？」

「勘違いするなよ、メィリィ。俺の記憶喪失はお前を騙《だま》すための嘘なんかじゃない。本当の話だから、普通に深刻だ」

「それはそれで、やっぱりどうなのおって感じだけど……結局、お兄さんはどうしたいのかしらあ？　仕返しは手応えがないと実感が湧かないって思ってるのお？」

「う……」

言いながら、少女が自分の細い首に手を回して舌を出す。

一瞬、その行動にスバルの胸中で心臓が強く跳ねた。が、それはメィリィが自分の死に様を覚えている揶揄《やゆ》ではなく、単なる殺しの比喩表現としての皮肉だった。

そう考えると、いちいちスバルの心情にクリティカルなことをしてくれるちびっ子暗殺者である。だからスバルも、その意趣返しのつもりではないが――、

「あんまり、長引く殺し方はオススメしないわあ。わたしが苦しみたくないのもあるけどお、お兄さんって隠し事するの下手そうだか……」

「――俺は、お前を殺すつもりも、傷付けるつもりもない。このあとも、明日からも、これまでと同じ付き合い方をしていくつもりだ」

「……は？」

そのスバルの答えに、メィリィの表情が再び変化した。

だが、それは先ほどの、即座に次の最適解を選び取れた変化とは根底から違う。メィリィの表情には明らかな狼狽《ろうばい》が走り、彼女は無理解を宿した瞳でスバルを見た。

その視線に、スバルは堂々と頷《うなず》き返す。

「幸い、お前の犯行は未然に防がれたから、当事者の俺たちが内緒にしとけば何も起きてなかったことにできる。ただ回避するだけだと、お前が違う手段で俺を殺そうって考えるだけかもしれなかったから、ちゃんと犯行現場を押さえる必要はあったけどな。それが悪趣味ってんなら否定はできねぇ。悪い」

「ぁ……な、何を……」

「でもまぁ、今回のことでわかってくれたろ？　俺をどうにかしようとするのは、お前にとっても結構リスキーだ。それでもってんなら、あれだ。せめてちゃんと話し合おう。不満があれば、俺もできるだけ耳を貸すから……」

「不満？　不満って……」

ふと、メィリィが小さな声で、震える声で、呟《つぶや》いた。

それから彼女はぎゅっと、唇を結ぶと、

「不満なら、今、この状況がそうだわあ！　信じられない！」

言葉を尽くし、何とか穏当な決着を求めるスバルの説得。それを受け、メィリィが信じられないものを見る目をスバルに向け、吠《ほ》える。

「信じられない、信じられない、信じられないわあ……」

吠えながら、彼女の手は忙しなく自分の三つ編みに触れている。

それが、混乱に陥った彼女の精神的な自衛――同じ髪型をしていた誰かへの依存心の表れであると、スバルにはそう見て取れていた。

「今、わたしが何をしようとしたのか、お兄さんはわかってないのよお！　そうじゃなかったら変だわあ。そうじゃなかったら……」

言葉がたどたどしくなり、メィリィは必死に不自然を訴える。

こうまで取り乱すメィリィを見たのは、スバルも初めてのこと――否《いな》、『死者の書』の中で一度、確かに目にしていた。

昨夜の行動、『タイゲタ』でスバルと遭遇し、動転した彼女はその後、『ナツキ・スバル』との会話を経て、記憶をなくしたナツキ・スバルの殺害を決意した。

だが、その急造の殺害計画は、彼女にとっても諸刃《もろは》の剣《つるぎ》であったはずだ。

突き落とされ、転落死したスバル自身には知りようもないが、スバルの死後、彼女はどうやって殺人の容疑者から外れるつもりだったのだろうか。

もちろん、スバルの転落死がただの事故で片付けられる可能性もなくはないが、それもずいぶんと危ない橋を渡ったものだとスバルは思う。

エミリアやベアトリス、ラムたちを知った今、スバルは彼女たちが自分の死の真相をなあなあで済ませることはないだろうと、そう確信できる。

その場合、メィリィの犯行が暴かれることは避けられない。

ラムやユリウス、エキドナならスバルよりよっぽどスマートに、一度も死なずに真相を暴き出すだろう。そのことにメィリィの頭が回らないとも思えない。

だから、これは――、

「お前の、突発的な犯行だ。衝動的なもんだよ」

言い逃れをするつもりも、証拠を隠そうとする努力もない。

メィリィには、他の選択肢がなかっただけだ。——殺人は、癖になるから。

それ以外の選択肢が浮かばないくらい、メィリィが歩いた道が過酷なものだったから。

「お前は、殺人が癖になってるだけだ。物事を解決するための選択肢に、他の方法が浮かばないだけなんだ。それは、お前のせいじゃない」

「——っ！　わかったように、言わないでよお！　お兄さんに……あなたに！　わたしの何がわかるっていうの!?」

「——わかるよ」

「——」

激昂《げきこう》し、噛《か》みついたメィリィが冷や水を浴びせられたように硬直する。

そのメィリィを真《ま》っ直《す》ぐ見て、スバルは強く、はっきりと言い切った。

「メィリィ。俺には、お前のことがわかる。気持ち悪いかもしれねぇけど、ひょっとしたら俺よりお前のことをわかってる奴《やつ》はこの世に二人といないかもしれないぜ？」

肩をすくめるスバル、その言葉にメィリィがひどく怯《おび》えた顔つきになる。

それを当然と思いながら、しかし、同時にスバルは苦心してもいた。この胸の奥、メィリィに対して感じてしまう、歪《ゆが》んだ『自己愛』をどう伝えるかを。

「——」

思い出されるのは、幾度にもわたって繰り返された『わたし』の誘惑。

ナツキ・スバルの行動の先々に囁《ささや》く声となって現れ、何度もスバルを殺人という名の問題解決へ、最も後腐れのない最悪の行動へ誘おうとした殺しの誘惑。

『死者の書』を読むことで、スバルの中に同一化した、死したメィリィ・ポートルートの亡霊による誘惑――、

「――いいや、そうじゃない」

首を横に振り、スバルはそうして、殺した少女への責任転嫁を非難する。

前回、陰鬱な疑心暗鬼に駆られるスバルを惑わすように、たびたび囁きかけてきた声。

それを、今回は一度も聞いていない。――否《いな》、もう二度と、聞こえまい。

この期に及んでどうかしている。目の前の少女の困惑と、焦燥を見ろ。何より、スバル自身が見たメィリィの『死者の書』を思い返せ。

メィリィの抱えた苦悩を思えば、都合よく殺人を教唆する人格など備わりようもない。

あれは『死者の書』で同一化したメィリィなどではなかった。

あれは、スバルの弱い心が見せたまやかしだ。

――その証拠に一度だって、あの声の少女はスバルの前に姿を現さなかった。

「――――」

ひどく一方的に、スバルは『死者の書』を経由してメィリィの人生を追体験した。

それは彼女の、物心がついてからの日々――己の自我を確立し、在り方を定め、決して

長いとは言えない生涯を理不尽に閉じられるまでを見届けたのだ。

その日々の中には、メィリィの余人には窺《うかが》い知れない虚無があり、その大きすぎる空洞に匹敵するほどの『恐怖』を与えられた経験と、唯一、光る思い入れがあった。

その思い入れの名こそが――、

「――エルザ・グランヒルテ」

「――ッ」

「それが、お前が俺を殺そうとした理由だろ？」

その名前を出した瞬間の、メィリィの反応は劇的なものだった。

少女の愛らしく可憐《かれん》な表情が心痛に歪《ゆが》み、黄緑色の瞳が極限にまで見開かれる。

それは、触れられたくない場所に――否、他人が土足で足を踏み入れることを、決して良しとしない場所へと踏み込まれたことへの怒りだった。

そして、それ以上を踏み荒らされることを拒むように、メィリィは行動する。

止める暇もなかった。

「誰にも、わたしのことを――っ」

叫ぶ少女の眦《まなじり》から涙が頬《ほお》を伝い、身を翻してメィリィが真横へ身を投じる。

それは、一度は転落を免れたはずの、全てを台無しにするための一手――自身の胸の内を隠すため、少女は自ら螺旋《らせん》の空洞へ呑《の》まれるように飛び込んでいった。

2

——エルザ・グランヒルテは、とんでもない女だったと思う。

「——連れ帰れと言われているの。だから、一緒にきてもらうわ」

初めての出会いは最悪だった。

好きとか嫌いとか、そういう好悪の対象を選べるような自分ではなかったけれど、それでも出会いは最悪だった。何一つ、好きになれる要素がなかった。

何もなかった自分を、かろうじて保護してくれていた邪悪なケダモノたち——それらを皆殺しにして、エルザは無理やりに森から少女を連れ出した。

気のない素振りで、命令だから仕方なくと言って、傍《そば》にいたケダモノたちを殺したことにさえも頓着しないで、そんなエルザを殺そうと思った。

何度も、何度も何度も、彼女を殺す機会を窺《うかが》い、その首に牙を突き立てて——、

「——？　なあに？　くすぐったいからやめなさい」

首に噛《か》みつく少女を見下ろして、エルザは何の痛痒《つうよう》も感じていない風に言った。

ガリガリに痩せて、栄養状態の悪い少女。森から連れ出され、嫌がる体を熱い湯で洗われて、ひらひらした服を着せられることを拒み、殺意を実行する。

そんな少女の復讐を、エルザは退屈そうな顔で振り払い、無下にする。

そのたびに、少女は言葉にならない感情に打ち震え、復讐心に身を焦がした。言葉にならないのではなく、言葉を知らないの方が適切だった。

与えられる服を脱ぎ捨て、裸身を晒《さら》しながら少女はなおもエルザを狙う。獣に、服を纏《まと》う習慣はない。必要なのは、生まれ持ったモノだけで。

「だから、あの汚いボロを取り戻そうとするの？　私もあまり服装に頓着する方じゃないけど、あなたもずいぶんと変わっているわね」

「あう、あおおおう、あううう……ッ」

「血の気の多いこと。——ねえ、メイリィ」

——メイリィ、と。

奪われたモノを取り戻さんと、殺された同胞の仇《かたき》を討たんと、幾度も挑み続ける少女のことを、いつしかエルザはそう呼び始めた。

「それが、あなたの名前みたいよ？　わかりづらかったのだけれど、ちゃんとこのボロに縫い付けてあって……人のものかもしれないけど、呼び名がないと不便だから」

だから、とエルザは嫣然《えんぜん》と微笑《ほほえ》んで続けた。

「——あなたは、メイリィ。私は、そう呼ぶことにするわね？」

——エルザ・グランヒルテは、憎たらしい女だったと思う。

「あの人の言いなりになるのはやめなさい。私以外、きっと、命がいくつあっても足りなくなってしまうでしょうから」

『母』との初めての対面があって、そこで初めての『躾《しつけ》』を受けた。

『母』の手が触れた途端、少女――メィリィは、自分が自分ではない別の存在へと作り変えられるのを体感した。

獣となった。鳥となった。魚となった。虫となった。形容し難い存在へと変えられ、ただの肉塊へと変じられるのも体感した。

だが、極めつけは、自分の存在が無数に分裂する体験だった。

メィリィという少女が、百を下らない数の蛙《かえる》へと作り変えられ、それぞれが意思を持っているかのように、思い思いに飛び跳ねて――自分が消えてなくなり、二度と取り戻せなくなる恐怖が、魂に刻み込まれた。

『母』に逆らおうなどと、二度と思えなくなった。

二度と、あの『躾』を味わいたくないという絶対的服従が心を支配した。

そんな、メィリィの下へ――、

「震えているの？　寒いのかしら」

小首を傾《かし》げ、全く心情を理解しようとしない黒髪の少女が、心底憎たらしかった。

ガタガタと体を震わせ、消えない恐怖に全身を支配されたメィリィの隣に寄り添い、エルザはその肩を抱いて、特に何も言わずに傍《そば》にいた。

寒くて震えているわけではないと、そう言うこともできず、ただ悔しかった。

だから――、

「――？　くすぐったいから、やめてちょうだい」

だから、メィリィは寄り添うエルザの首に、牙を突き立てた。


――エルザ・グランヒルテは、おぞましい女だったと思う。


「メィリィ、面倒だから髪を編んでくれる？」

少女だったエルザはいつしか女となり、獣だったメィリィがいつしか少女となる。そんな年月がいつの間にか過ぎて、それでもエルザは一緒にいた。

喋《しゃべ》れるようになった。――喋り方は、エルザを参考にした。

服も、ちゃんと着ている。――服のセンスは、エルザを参考にした。

仕事も、しっかりこなしていた。――やり方は、エルザを参考にした。

――そして、その全部をエルザには内緒にした。

「メィリィ？　聞いてるの？　髪をお願いしているのだけれど」

「――ええ、聞いてるわあ。エルザったら、ホントにズボラよねえ」

柔らかいソファに並んで座って、肩に頭を預けてくるエルザに鼻を鳴らす。その長い黒髪を解《ほど》いたエルザは、普段以上に呑気《のんき》な性格に見えた。

その、油断丸出しな態度が、何とも癪《しゃく》に障る気がして。

「あぐう」

「――？　くすぐったいのだけれど」

何度となくそうしてきたように、エルザの首筋に牙を突き立てる。

もっと強く、肌を裂いて、痛い思いをさせるように噛《か》みつくこともできる。出会った頃の、弱々しいメィリィとは違うから。

ご飯を食べて、言葉も喋れて、名前もあって、エルザを知っていて、だから。

「あぐう」

「……おかしな子ね」

首筋に噛みつくメィリィを横目に、エルザはその唇を緩め、復讐されるに任せる。

エルザはとんでもない女だった。憎たらしい女だった。おぞましい、女でもあった。

こんなにも、大きくなってから消えないでほしかった。

とんでもなく、憎たらしいぐらい、おぞましいほどに、彼女は自分の人生の一部で。

一部というには、あまりに大きすぎるぐらいの存在で。

だから、それを暴かれるぐらいなら、踏み荒らされるぐらいなら、エルザ・グランヒルテを殺されるぐらいなら、メィリィ・ポートルートは――、

3

「……大人しく、終わらせてもらった方が、ずっとマシだったわあ」

「──ああ、悪い。けど、人の家に上がるときは靴を脱ぐのに、他人の心にはずかずか上がり込むのが菜月《なつき》家の家風なんだ」

あけすけで堂々としていて、物怖《ものお》じしない菜月・賢一《けんいち》。究極のマイペースで見当違いの発言を連発し、でも核心だけは見逃さない菜月・菜穂子《なほこ》。

そんな菜月家の一員として、ナツキ・スバルは幼い暗殺者の心に土足で上がり込む。

「────」

ぐったりと、手足の力を抜いたメィリィ。彼女の腰に腕を回して支えながら、スバルは奥歯を噛《か》みしめ、段差へと引っかけた左手の鞭《むち》を握り直す。

スバルとの対話の中、エルザの名前が出された途端に身を翻し、自ら死へと飛び込もうとしたメィリィ──その動きは機敏で、止める暇もなかった。

だから、スバルは先んじて用意していた彼女の飛び降りへの備えを利用した。

「言っただろ。お前のことは、世界で俺が一番理解してるってな」

「……気持ち悪いわあ」

「そう言うなって。自分でもどうかとは思ってる口説き文句なんだから」

苦笑する。だが、嫌がられても拒まれても、事実は事実なのだから仕方がない。スバルには、彼女の気持ちが痛いほどにわかってしまう。

メィリィの心の奥底に根差す、衝動的な凶行へと走らせる要因——ナツキ・スバルの知らない、しかしとてつもなく身近に感じる黒い戮殺者《りくさつ》。

「——」

彼女のことを思うと、心に湧き上がるのは安堵《あんど》と憧憬《どうけい》、悲嘆と赫怒《かくど》、そして空白——メィリィが彼女に抱《いだ》いていた感情は、そんな複雑なようで、単純極まるものだった。

——メィリィは、エルザを慕っていたし、愛していたし、憧れてもいた。

だから、それを奪われて悲しみ、苦しみ、憎悪し、失意からの殺意を抱いた。

それをおくびにも出さずにスバルたちの旅に同行したのは、全て復讐のための演技であったのだ。——などと言えるほど、彼女は器用ではなかった。

むしろ、メィリィの不器用さは極まっていたと言っていい。

憎むべき仇《かたき》とも言えるスバルたちに対して、演じる必要もないぐらい適切な感情を抱けずにいたメィリィ。彼女には、本気でわかっていなかったのだ。

自分の失ってしまったものが、どれほど自分にとって大事なモノだったのか。

自分の心の傷の深さもわからないぐらい、感情に対して無知であった悲しい少女。——環境が作り上げた養殖の殺し屋、それがメィリィ・ポートルートだった。

「復讐、したかったのか？」

「……わからないわあ」

「仮にそうだったんだとしても、エルザは……」

「そんなこと望んでない。それはわかってるわあ」

スバルの問いかけに、メィリィは二回続けて首を横に振る。

メィリィの気持ちがスバルにはわかる。そして、スバルの言葉が的を射ていることが、メィリィにもわかっていた。

この状況において、メィリィとスバルとは対等だった。

「……どうして、お兄さんはわたしを助けようとするのお？」

「――――」

「わたしは、お兄さんを……それは、飛び降りる前からわかってたことでしょお？　それなのに変よ。お兄さんは、変だわあ……」

「そうだな、俺も同感だ。だけど……お前がいなくなったら、ほとんど何にも覚えてない俺の世界がまた一個寂しくなる。だからかな」

ぐったりと体の力を抜いて、死さえ受け入れようとしていた少女が唇を噛《か》む。

スバルの答えはきっと、彼女の望んだものではない。かといって、彼女が欲する答えはスバルには返せない。それは、スバルの知らない動機と物語。

彼女が真に欲しているのは、もう会うことのできない大切な存在の言葉なのだ。

「でも、もうその声が聞ける機会はどこにもない」

「――――」

「仮に『死者の書』にその名前を見つけても、それは未来は語ってくれないから」

だから、自分の感情を持て余し、正解がわからないまま袋小路に迷い込んで、そうした迷いを晴らす術《すべ》を『殺人』以外に持たない彼女が、悲しい。

同時に、メィリィにそんな選択肢しか与えなかった世界に、憎しみさえ抱《いだ》く。

メィリィが焦がれるエルザの在り方さえ、それは覆せない。

エルザは、メィリィにとって光だったかもしれないが、その光が照らした道を歩くのは普通の人間には過酷すぎるのだ。

「お前が、自分の感情を持て余してるのはわかってる。でも、その答えはたぶん、ここですぐに出せるようなもんじゃない。だから」

「――――」

「この場は俺に預けろ。悪いようにはしない。少なくとも、悪くならないように俺は努力する。お前も、そうしたいと思ってくれるなら」

「……信じ、られないわあ。お兄さんの、口先だけなら何とでも言えるものお」

スバルの説得を聞いても、顔を伏せたメィリィは簡単には頷《うなず》かない。

当然だ。それは、彼女の人生全てで培《つちか》ってきた生き方、その辞書の中に存在しない在り方を見つけるための、そういう要求なのだから。

おまけに、それを提案するのが、どういうわけだかわからないが、やけに知ったような顔で説教を垂れてくるナツキ・スバル。

それも、自分が突き飛ばされるのを覚悟で、こんな場所へ誘い出すような輩《やから》となれば、スバル自身もその胡散臭《うさんくさ》さにビックリする。

なので、そう言われると思って、そこにも次善の策は用意していた。

「俺の口先が信じられないって言われると、わりとそこは反省だ。どうも、昨日までの俺は約束破りの常習犯だったらしいんでな。だから」

「だから？」

「俺とお前の約束じゃなくて、俺たちとお前の約束にしよう」

「――――」

そうスバルが言い放つと、その意図がわからずにメィリィが眉を顰《ひそ》める。

しかし、彼女の抱《いだ》いた疑念の答えは、すぐに明らかとなった。

それは――、

「――ん、大丈夫。私もちゃんと聞いてたから、約束の証人よ」

「――っ」

声がして、肩を跳ねさせたメィリィが凝然と顔を上げる。すると、彼女の視線の先に現れるのは、螺旋《らせん》階段に引っかけた鞭《むち》を掴《つか》む美少女――エミリアだった。

彼女はその細腕に力を込めると、驚くほどあっさりと二人を引き上げる。そうして、命からがら宙吊《ちゅうづ》りから生還し、スバルはエミリアに手を上げた。

「助かったよ、エミリアちゃん。……正直、生きた心地がしなかった」

「生きた心地がしなかったのはこっちの台詞《せりふ》！　もう、まさか一緒に飛び降りるなんて思わなかったから、心臓が飛び出すかと思ったのよ」

ぷいっと顔を背け、エミリアがスバルの無謀な行動をそう責める。その剣幕《けんまく》に言い訳が立たず、スバルは情けない顔で頭を掻《か》いた。

と、そんな二人のやり取りの傍《かたわ》ら、階段に膝をつくメィリィが瞳を震わせ、

「お姉さん……聞いて、いたのお……？」

「ええ。スバルに、立ち会ってほしいってお願いされたの。……メィリィが危なくなったら助けてほしいって、そう言われて。ホントに、そうなったもの」

もう、と唇を尖《とが》らせて、エミリアが無茶《むちゃ》をしたスバルを咎《とが》めるように見てくる。その視線と言葉を受け、メィリィは驚きを残したまま自分を指差した。

「わたしが、危なくなったら……？　お兄さんが、じゃなくて……？」

「ええ、メィリィが危なくなったら。それでよかったのよね、スバル」

「ああ、そう。それだけがちょっと、本気で不安要素だったんだ」

突き飛ばしにかかってくるとわかっていれば、メィリィの犯行を防ぐ自信ぐらいはスバルにもあった。問い詰められるとなれば、メィリィが身投げするビジョンも。

実際、その両方を未然に防ぐことには成功したわけだが――スバルにとって最大の鬼門だったのが、『ナツキ・スバル』の動向だ。

――『ナツキ・スバル参上』と、無数の自己主張を残した凶悪な存在。

『ナツキ・スバル』がメィリィに何かしでかさないか、その確証だけがなかった。

仮の話、メィリィが殺された周回の『ナツキ・スバル』の犯行が、自分を殺そうとするメィリィへの自衛だったとしたら、彼女の犯行現場を押さえた直後、『ナツキ・スバル』がスバルの意に反した行動を取らないとも限らなかった。

故にスバルはその問題を、自分より明確に強い相手に委ねることとした。

自分の意識がなくなり、代わりに『ナツキ・スバル』が表出したとしても、きっとエミリアなら──否《いな》、仲間たちなら、どうにかしてくれると信じて。

「聞いて、メィリィ。スバルの言ったこと、私は信じてる。メィリィがそれを信じられないっていうんなら、一緒にスバルのことをジーっと見てたらいいわ。それで、もし約束を破るようなら、私が一緒に怒ってあげる」

「お兄さんを、見張る……？　そんなのって、変だわあ。おかしいじゃない。お兄さんとお姉さんが見張るのは、わたしの、はずで……」

「もし、メィリィが悪さをしようとするなら、それはスバルがメィリィとの約束を破ったとき。だったら、見張るのはスバルが約束を守ってくれるかどうか。順番通り、よね？」

「────」

非の打ちどころのない論理のように主張され、メィリィが激しく困惑する。そうして、混乱を飼い慣らせずにいる少女に、スバルは「つまりさ」と前置きし、

「お前は間違ったことをしそうになったけど、俺とエミリアちゃんのナイスセーブで何と

か未然にそれが防がれた。だから、どうすればよかったのかを学ぶチャンスがある。そのチャンスで、どうにか俺を殺す以外の道を見つけられるか……勝負だな」

「勝負……？」

「お前の中の、わやくちゃな感情にちゃんと整理がついたとき、それでも俺を殺さなくちゃって思うか、そうじゃないって思えるか……俺も、倫理の授業を頑張るよ」

自信なさげに笑い、スバルはメィリィの困惑にそうした道を示す。

正直なところ、余計なお世話ではあるだろう。メィリィにはこれまで培《つちか》ってきた生き方があって、スバルはそこに勝手に新しい可能性を継ぎ足そうとしている。

だが、それを拒めば、この砂の塔で彼女の道は閉ざされる。これまでの彼女の培ってきた在り方では、この砂の塔を一緒に越えることができない。

そして――、

「俺は、お前が途中下車するのを許さない。お前がいくつなのか、詳しいことはわからないけど……俺がお前ぐらいのとき、俺は周りの大人に散々助けてもらったよ」

「――――」

「だから、俺はお前が嫌がってもお前を助けようとする。どうしたらいいのかわからないって、周りの手を拒むにはお前はまだラブリーすぎるよ」

そう言って、スバルはメィリィの脇の下に手を入れ、その軽い体を立ち上がらせた。

持ち上げられ、床に足をつくメィリィの体がびくりと震える。そのまま、不安げな瞳で見つめてくるメィリィ、その頭をスバルはできるだけ優しく撫《な》でた。

その細い首を絞めたりしない。もっと別の解法を、『ナツキ・スバル』に提示する。

メィリィは、死ぬ必要なんかない子だ。そして——、

「お願いだから、スバルを……私たちを信じて、メィリィ」

「——ぁ」

スバルに頭を撫でられ、体の動かないメィリィをエミリアが後ろから抱きしめる。彼女の体に優しく包まれ、淡く唇を噛《か》んだメィリィにエミリアは頬《ほお》を寄せ、

「この砂の塔は、あなたが大きな何かを決めるには、狭すぎる場所だもの」

「————」

「ここから出て、もっと広い場所で、答えを出して。私たちも、すごーく頑張るから」

行き場のない感情を、こんな閉鎖的な空間で持て余すのは教育上よくない。

言葉を選んでも、スバルではそんな言い方しか思いつかなかったことを、エミリアが優しい言葉で、真摯な思いを込めて、メィリィに語った。

それを受け、メィリィは何度も、考えるように視線を彷徨《さまよ》わせてから、

「エルザの、こと……忘れたく、ないわあ」

「ああ、いいよ。好きな人のことを忘れる必要なんかない。ただ、まぁ……」

そこで言葉を切り、スバルは『死者の書』で見た、黒衣の美女のことを思う。

何とも不思議な印象。接点はないのに、身近に見知ったような感覚を覚える彼女。そん

な相手の回想に、スバルは何故《なぜ》か無意識に自分の腹を撫でながら、

「――好きな人でも、やり方だけは真似《まね》しないでほしいかな」

そう、力なく頼み込んだ。

――メィリィが力なく、迷いを残しながら、それでも頷《うなず》いてくれたのは、それからたっぷりと、何十秒もの沈黙を経たあとだった。

4

「正直、ひやひやさせられたのよ。でも、スバルの頼みだからぐっと堪《こら》えたかしら」

「お師様は不死身の男ッスもん。あーしは心配とかしてなかったッス。むしろ、お師様の背後に立った瞬間、ちびっ子二号が爆発四散する可能性を疑ってたッス」

「ぁ、う……」

そう言い合いながら、ゆっくりと螺旋《らせん》階段を上がってくる顔を見て、メィリィが白い頬を赤くして、唇をパクパクさせながら言葉に詰まった。

そのメィリィの変化を横目に、スバルは「よお」と階段の人影に手を上げる。

「後詰めしてくれててありがとよ。何とか落っこちるのは免れて一安心したぜ」

「……いくらスバルの言いつけでも、ホントに落ちてくるようなら許してやったかどうかは怪しいところなのよ。だから、その点でも運がよかったかしら」

ドレスの裾を摘《つま》み、そう鼻を鳴らすベアトリス。彼女の後ろには頭の後ろで手を組んだシャウラが続いており、仲良く下層で待機してもらっていた二人だ。

「な、な……お、お兄さん？　あの二人、どういうことなのかしらあ……？」

そのベアトリスとシャウラの姿に、メィリィが愕然《がくぜん》とスバルを振り返る。聞いていないと言わんばかりの少女の動揺に、スバルは腕を組んだ。

「いや、こう言っちゃなんだけど、一緒に飛び降りる作戦ってカッコいいけど、一歩ミスったら二人揃《そろ》って死んでたろ？　そりゃちょっとやべぇからな」

「で、でも、お姉さんだってわたしたちのこと見張ってたんでしょお……？」

「そりゃ俺だって、エミリアちゃんがヤバい可愛《かわい》い見た目よりパワフルなのはわかってるつもりだけど、万一ってこともあるしな。もしうっかり、エミリアちゃんまで一緒に落っこちでもしたらシャレにならねぇ」

事実、前の周回の最期、スバルはエミリアと一緒に転落しながら死を迎えた。彼女を抱き寄せ、しかし救えなかった。――それは、深く心に突き刺さっている。

「なんで、そんな万一ってことも発生しないように手を打ったのさ。下で二人……ベアトリスとシャウラが見ててくれれば、ひとまず大丈夫だろうって見立てでな」

「そこまでして……もっと、簡単で賢い道だってあったでしょお」

スバルの説明を聞いて、メィリィが伏し目がちに呟《つぶや》く。恥ずかしい場面を見られたことへの恥辱《ちじょく》は薄れているが、代わりにあるのはバツの悪い感覚か。

そんな彼女の言葉に、スバルは「だな」と頬《ほお》を指で掻《か》いた。

「お前の言う通り、もっと賢くて簡単な道はあったと思う。思うんだが……」

「思うけどお？」

「俺の頭で考えつくレベルだと、簡単は妥協と裏表で、賢いはズルいのお隣さんなんだよ。俺は……うん、俺は妥協とズルをしたくなかったんだ」

その言葉を聞いて、メィリィの瞳で瞳孔が細くなり、微《かす》かに唇を噛《か》む。

それを苦笑しながら見つめ、スバルはぎゅっと拳《こぶし》を握りしめた。

全部、何とかしようと思った。全部、何とかしたいと願った。

ならば、全部何とかするために、自分ができることは全部したい。

「だから、エミリアちゃんに頼むのも、ベアトリスたちに頼むのも躊躇《ちゅうちょ》ねぇよ」

「ん、そうなの。私も、最初スバルにこの話をされたときは驚いちゃった」

そう言ったのは、メィリィを後ろから抱いたままでいるエミリアだ。彼女はメィリィの細い肩に顎を乗せ、そっと上目にスバルを見つめると、

「でも、スバルがすごーく真剣なのは一目でわかったから。それに……」

「それに？」

「――スバルが相談してくれて、嬉《うれ》しかった。スバルっていっつも、私が気付いたときには全部終わらせちゃう準備をしてることが多くて」

上目遣いに微笑《ほほえ》みが加わって、その紫紺《しこん》の瞳の少女にスバルは息を詰める。

頬《ほお》を硬くしたスバルに、逆にエミリアは頬と唇を緩めながら頷《うなず》いた。

「だから、今度はどうしようって相談してくれて、最初から一緒に考えさせてくれたのが嬉《うれ》しかったの。ふふっ、なんだかへんてこね」

「……言っても仕方ねぇことだけど、昨日までの俺がホントに腹立つわ。いや、でもこの顔が見れて、この声が聞けてるのって俺の特権だから、むしろ昨日までの俺にざまぁの方が出来事的には合ってるのか……？　エミリアちゃん、どう思う？」

「ごめん。ちょっと何言ってるのかわかんない」

微笑《ほほえ》んだまま、さらっと戯言《たわごと》を受け流されたスバルは肩を落とした。

と、そんな三人の下へ、ようやく階段を上り終えた二人が合流する。

「改めて、何事もなくてホッとしたのよ」

「何事もなかった、ってのはちょっと語弊があるけどな。メィリィの中で、色んな意識改革があったと考えて……何もないがある、だ」

「おー、お師様さすがッス！　マジで何言ってんだかさっぱりわかんねッスけど、雰囲気だけカッコいいこと言わせたら右に出るものがいねーッス！」

「お前、俺への敬意って本当に持ってる？」

何を言われても条件反射で感激している節があるシャウラだが、スバルがメィリィを助けたい旨を相談した際、最初に賛同してくれたのも彼女だ。

無論、深く考えず、スバルのやりたいことを後押しすることしか頭にない、という感じでもあるのだが、そんな彼女の存在に助けられることも確かで。

「あの、ベアトリスちゃん……わたしのこと、怒ってないのお？」

「怒ってるに決まってるかしら。でも、お前はベティーがプチンとはち切れる手前で何とか踏みとどまったのよ。砂丘でのこともあるし、今のことは帳消しにしてやるかしら」

「――」

「たーだーし！　今ので帳消しにしてやるのは、この旅の出来事のことだけなのよ。お前にはまだ、前の屋敷をベティーの禁書庫ごと焼いた罪があるかしら。それがある限り、ベティーがお前のことを許してやることは当分ないのよ」

短い腕を組み、ベアトリスがメィリィの問いかけに厳しい目で答える。その言葉にメィリィが息を詰めたが、すぐにエミリアが「ふふっ」と笑い、

「わかりづらいけど、今のベアトリスは『当分』って言ったから。メィリィがいい子にしてたらちゃんと許してくれるって言ってるの。すごーく優しいわよね」

「エミリア！　余計なこと言うんじゃないかしら！」

「……できるだけ、気を付けることにするわあ」

厳しい意見の裏側を暴かれ、顔を赤くしたベアトリスにエミリアが笑いかける。その様子を見て、メィリィが小さな声でそう応じる。

それを眺めながら、スバルは何度か満足げに頷いた。

やっと、目に見える前進があったと、これで言えるのではないか。

少なくとも、スバルを殺そうと、そう思い詰めてしまう少女の行動を阻止できた。それでもまだまだ、この塔で起きる惨劇の一つでしかないが――、

「――それで、お師様、本当にいいんスか？」

「うん？」

考え込む傍《かたわ》ら、スバルのすぐ隣に立ったシャウラが何気なく声をかけてくる。

シャウラはスバルの隣で、その瞳を細めながら、エミリアを真ん中にやり取りするベアトリスとメィリィ、そんな光景を見つめていた。

「お師様を死なそうとした娘ッスよ。ホントに、お咎《とが》めなしで大丈夫ッスか？」

「物騒なこと聞いてくんな、お前。……いいんだよ。お咎めなら、メィリィは先に受けたんだ。でも、そのなんでお咎めを受けるのかってところを、誰もちゃんと教えてあげてなかったからあんな感じなんだよ。それを、これから教える」

「お師様も言ってたッスけど、それでまたお師様を殺そうとしたら？」

「それは、俺がよっぽど教え下手ってとこだな。でも、俺一人でやるわけじゃねぇから」

シャウラの追及に、スバルはそんな風に答える。

スバル一人で、幼い頃から培《つちか》われた暗殺者としての倫理観を変えろ、と言われたらそれはとても難しいし、正直、背負い切れる責任の重みでもない。

しかし、スバルは一人で何でもかんでもやろうとは思っていない。

メィリィの凶行を止めるのも、エミリアたちを頼ったのだ。その先のことにも、エミリ

アヤベアトリスには付き合ってもらう。

「当然、お前にも手伝ってもらうぞ、シャウラ。人一人の価値観に物申すなんて、こいつは長丁場になるからな」

「……あーしも、ッスか？」

「そりゃそうだろう。お前は……まぁ、お前だとなんかちょっと反面教師っぽい感じがあるけど、仲間外れとかにしねえよ。体つきは母性に溢《あふ》れてるから、それでうまいことメィリィの頑《かたく》なな心をブレイクするのに貢献してくれ」

驚いて自分を指差すシャウラに、スバルは気安い調子で肩をすくめる。

何をそう驚くことがあるのか疑問だが、色々とオーバーリアクションの多い彼女だけに、そうしたこともあるだろうと、スバルは深く追及はしなかった。

そんなスバルの前で、シャウラは自分の顔を手で挟むと、

「あーしも一緒に、ッスか。お師様と、あーしも……えへ、えへへ、えへへへ……」

「ええ……どうしたの、お前……」

「何でもないッス！　あーし、決めたッス！　お師様の言いつけ通り、あのちびっ子二号のこと、ちゃーんと真人間に育ててみせるッス～！」

パッと顔を明るくして、シャウラがたーっとエミリアたちの下へ駆け出していく。そして彼女は、メィリィの小さな体を軽々と持ち上げ、自分の豊満な胸に抱きしめた。

「きゃあ!?　な、なんなのお、裸のお姉さん。いきなりビックリするわあ！」

「いいッスいいッス、存分にあーしに甘えていいんスよ、ちびっ子二号。あーしの胸はお師様のものッスけど、今だけはちびっ子二号にも分け与えるッス！」

「ちょっとお兄さん!?　裸のお姉さんにまた変なこと吹き込んだでしょお！」

シャウラにいいようにされるメィリィが、スバルの仕業と判断して声を張り上げる。

「まあまあ、それもみんなを心配させた代償だと思って可愛《かわい》がられてくれ」

「……まったく。仕方ない人たちだわあ。いいわ、許してあげるう。でも、ここでのことは他の人たちには内緒よお」

そう言って、メィリィが頬《ほお》を膨らませ、シャウラの胸に挟まれている。が、そんなメィリィの言葉に、スバルは「あー」と頭を掻《か》いた。

その反応にメィリィが眉を顰《ひそ》めると、スバルに代わってエミリアが答える。

「あのね、メィリィ、すごーく言いづらいんだけど……」

「……嫌な予感がするわあ」

メィリィの、その嫌な予感が的中したかどうか。

その答えは、エミリアの続く言葉に対する彼女の反応ですぐにわかった。

それは――、

「――ここにいないラムたちも、スバルからの相談はちゃんと聞いてたの」

メィリィは盛大に顔をしかめた。

5

「そう、無事に片付いたのね。悪くない仕事ぶりだわ。褒めてあげる」

　食事や話し合いに使われる部屋、仮に『大部屋』と呼んでおくが、その大部屋に戻ったスバルたちを最初に出迎えたのは、腰に手を当てて仁王立ちするラムであった。

　冒頭の一声は、おそらくラムなりの大絶賛なのだろう。スバルもメィリィのことで大口を叩《たた》いた身なので、大言壮語にならずに済んでホッとしている。

「言う必要はないかもしれないが、彼女はずっとそうして君たちの帰りを待っていたよ」

「……本当に言う必要のない話ね。自重なさい、エキドナ」

「今、この体を操っているのがボクとわかった途端にこの態度だ。好ましいね」

　と、そう言ってラムの眉尻を厳しくさせたのは、肩をすくめるエキドナだ。彼女はラムの態度を微笑で受け止め、それからスバルの背後に目をやり、

「それで、彼女はどうしてそんなにむくれているんだい？」

　そうエキドナが指摘したのは、シャウラの背中で「む～」と唸《うな》っているメィリィだ。指摘に顔を背けてむくれる彼女は、完全なる拗《す》ねっこモードである。

「まさか、殺害計画が頓挫したのを納得していないというんじゃないだろうね」

「いやいや、違う違う。単に自分の考えが見透かされてたのと、それを全員に知られててバツが悪いってだけだよ。子どもらしくて可愛いだろ」

「やろうとしていたことを考えると、その表現が適切かは疑わしいものだが……記憶をなくしても本質は変わらない、か。君には驚かされるな、ナツキくん」

「楽しんでいただけてるのなら、光栄ですのことよ」

そうエキドナにウィンクを返すと、それをラムに「ハッ」と鼻で笑われる。それから、スバルはぐるっと大部屋を見回して首をひねった。

「あれ？　ユリウスがいねぇな。どこいった？　トイレとか……」

「──君が一大事に関わっているときに小用などと、そのように思われるのは心外だな」

「小用とは限定してねぇだろ。おっきい方の用事かもしれないじゃねぇか」

背後から声をかけられ、スバルは頬《ほお》を歪《ゆが》めてそれに応答する。その悪い笑みに迎えられるのは、大部屋の外から戻ってきたユリウスだった。

「ユリウス、お腹《なか》痛かったの？」

「エミリア様、彼の言動をあまり真に受けませんよう。確かに彼はあなたの一の騎士、誰より信頼すべき立場には違いありませんが、時折、目に余る言動も……」

「おいおい、エミリアちゃんに余計なこと吹き込むんじゃねぇよ。大体、いなかったのはお前の方だろうが。ちょっとトイレって言ったぐらいでなんて言いようしやがる」

「──。ふ」

嚙《か》みつくスバルを黄色の瞳で見つめ、一拍を置いてユリウスが唇を緩める。

息を抜くような笑い方は実に気障《きざ》ったらしくて彼に似合っているが、スバルにはそれがどうにもしっくりきていない笑い方にも見えた。

「言い訳させてもらえるなら、私は外の警戒に出ていただけだ。メィリィ嬢の能力を危険視するなら、最大の敵は塔の外の魔獣たち……もっとも」

と、そこで言葉を切ったユリウスがメィリィを見る。その視線に気付いたメィリィは居心地悪そうに唇を尖《とが》らせた。その様子に、ユリウスが苦笑する。

「彼女のことは問題ない。そう、受け取っていいのだね？」

「ああ、いいぞ。もう滅多《めった》なことじゃ俺を殺そうとはしないはずだ。ただし、この先もそうなるかは俺たちの背中を見て育つメィリィ次第。カッコ悪い背中は見せられないぜ？」

「なるほど。見栄《みえ》の問題というわけか。それなら任せてほしい」

メィリィとの話し合いの結論を速やかに察し、ユリウスが静かに顎を引く。

見栄、と言われると若干聞こえが悪くも思えるが、他人に自分の背中を見せる――そういう意味での見栄なら、確かにユリウスが適任に思える。

彼を深く知っているとは今のスバルには言えないが、それでもユリウスの洗練された所作の数々が、生まれや生来の気質だけでない、努力して身につけたものとはわかる。

「期待してるぜ、騎士さんよ。見せる背中が目下、男親は俺とお前の分しかねぇんだ」

「――ふ。ならば、鋭意努力せざるを得まいね」

互いに軽口を交換し合い、その距離感の正否をスバルは慎重に観察する。

――これが、記憶をなくし始めてから五回目となる邂逅《かいこう》だ。

その間、穏やかに過ごせた時間はあまり多くないが、本来、『ナツキ・スバル』がエミリアたちと過ごした時間の多くは、安らかで幸せなものだったはず。

そこから大きく違いすぎないよう、エミリアたちを悲しませないよう、スバルはできるだけ丁寧に『ナツキ・スバル』の足跡を追いたい。

――ナツキ・スバルではなく、『ナツキ・スバル』を彼女たちに返してあげるために。

「――スバル、大丈夫？　話し合い、できそう？」

「うわぁ!?」

ふと、息を詰めていたスバルの顔を、心配そうにエミリアが覗《のぞ》き込んでいた。その距離感に仰天してスバルが下がると、エミリアが「あ……」と小さく声を漏らし、

「なんだか、目が覚めてから……ううん、記憶をなくしたって言ってから、スバルってば私に驚いてばっかりいない？　私、そんなに変？　何かついてる？」

「いや、その、全然。ただ、可愛《かわい》い目と可愛い鼻と可愛い唇と可愛い耳がついてる」

「可愛い……ふふっ、ありがと。でも、それならどうして？」

「エミリアちゃんの可愛いは、パーツごとに足し算じゃなく乗算で跳ね上がってく感じがするからかな。あと声も可愛い。髪も可愛い。ダメだこれ、天使だ」

眩《まぶ》しくて見てられない、とスバルは顔を覆い、指の隙間からエミリアを見る。と、そんなスバルの発言を聞いて、急反応したのはベアトリスだった。

「――っ！　それを、もっとスバルっぽく言うとどうなるかしら!?」

「は⁉　え、何が⁉」

「だから、エミリアが天使に見えるって言葉を、スバルっぽく言うのよ」

「どんな辱め⁉　やだよ！　恥ずかしいよ！　ベアトリス、お前も天使みたいに可愛いよ！　拗《す》ねるなよ！」

「ベティーが天使みたいに可愛いのは事実だけど、そんなつもりじゃないかしら……」

がっくりと、ベアトリスが肩を落として落胆する。そのベアトリスの頭を撫《な》でてやりながら、スバルは一同と車座になり、話し合いの場を持った。

こうして大部屋での話し合いも何度目になるかだが、そのたびに目立った進展がないのも困りものだ。そろそろ、大胆に話を進めたいところだった。

「そんなわけで、改めて俺たちのチームにメィリィが加わった。本格参入したメィリィの社会勉強のためにも、こんな砂っぽい塔から早く出たい。意見は？」

「本当に記憶がないのが疑わしくなる物言いね。……でも、バルスの記憶がないのは深刻な問題の中では軽い方だけど、それでも問題ではあるわ」

「うん、そうよね。急にぽんってなくなっちゃうわけないんだから、何とかスバルの記憶を取り戻してあげないと……」

「あー、そのことなんだけど、いったん置いとかないか？」

挙手して意見を求めたスバルが、ラムとエミリアの話し合いに待ったをかけた。そのスバルの言葉に、件《くだん》の二人だけでなく、話し合いに参加する全員が「え？」と驚く。

「この状況で、俺の頭から記憶がすぽんと抜けたのは申し訳ねぇと思ってるし、それを取り戻そうってみんなが思ってくれるのはすげぇ嬉《うれ》しいよ。ただ、この記憶が抜け落ちたこととと、この塔の仕掛けが無関係って思ってる奴《やつ》は、いないよな？」

「お師様、前にトイレの便器に頭ぶつけて記憶なくしたッスよ。当てにならねッス」

「ちょっと外野黙ってろ！　それも聞き捨てならねぇ話だけど、今はいいの！」

外野の茶々に腹を立てつつ、スバルは「とにかく！」と話を仕切り直す。

「俺が言いたいのは、塔と俺のなくした記憶には関連性があるってこと。つまり……」

「――つまり、塔を攻略するための条件を満たしていけば、おのずとナツキくんの記憶がなくなった原因、あるいはその鍵が手に入る。そういうことかい？」

「そうそう、そういうこと！」

スバルの意を酌み取り、エキドナがそう言ってくれたことにスバルは何度も首肯した。

そのエキドナの意見を受け、ユリウスが「なるほど」と顎に手をやり、

「塔の仕組みがスバルの記憶を奪ったなら、塔を攻略することで答えに近付ける。あるいはスバルが記憶をなくした切っ掛けも、答えに近付きすぎたせいかもしれない」

「十分、ありえる話だろう。『タイゲタ』の攻略の件もある。ナツキくんにしか知り得ない知識で、ボクたちよりも先に行きすぎた結果、記憶をなくしたのかも」

「待て待て待て待て、さすがにそれは買いかぶりすぎだろ。ただの引きこもりだよ？　特技はベッドのシーツを綺麗《きれい》に敷くとか、あと裁縫とかだよ？」

「あ、見て、スバル。この服のこの刺繍《ししゅう》、スバルがしてくれたの。見たら何か思い出さない？　可愛《かわい》い猫の刺繍。パックよ」

「んー、可愛い猫の刺繍。だけど、ちょっと心当たりないかなぁ」

だいぶ思考力にレベル差のある会話をこなしつつ、スバルの否定を受けたエミリアがしょんぼりと服に刺繍された猫の絵を撫《な》でている。彼女の飼い猫だろうか。この塔まで連れてきていないようなので、早く無事に帰して飼い猫とも再会させてあげたい。

ともあれ――、

「バルスが余計なことに気付いて、結果、勇み足で記憶を奪われた……納得のいく話ね」

「ラムの言い方には棘《とげ》があるけど、ベティーもおおむね賛成なのよ。それに、塔の攻略を優先すれば、ってスバルの考えにも……嫌だけど、一理あるかしら」

「ベアトリス……」

ベアトリスの不満は、やはりスバルの記憶を最優先できないことにあるようだ。その気持ち自体は嬉しいが、スバルにも自分を最優先できない大きな理由がある。

悠長に記憶探しなどしていては、塔の惨劇を防ぐのに間に合わない。スバルは――否《いな》、スバルたちは一丸となって、その災いに備えなくてはならないのだ。

「もちろん、俺もこのままでいいって思ってるわけじゃない。でも、結果的に、塔の攻略を急ぐことが全部を解決すると思う。やるべきことを、果たしたいんだ」

そうして、スバルは真剣にみんなに訴える。

できる限り、『ナツキ・スバル』がこの場にいないことのデメリットを見せないように努力する。その代わりに、みんなの力を貸してほしいと。

そんなスバルの頼みに、みんなはしばらく言葉をなくしていたが――、

「――本当に、馬鹿ね」

と、吐息をこぼしたラムが首を横に振り、それから薄紅の瞳で全員を見ると、

「記憶をなくしても、残念なおつむは変わらないらしいわ。つまり、記憶が戻ったところで、今のバルスと貢献度で言えば大差がない……なら、バルスの記憶を優先しても損するだけよ。塔を攻略して、ついでに戻るのを期待しましょう」

「ついでって、もっと言い方があるだろ」

「ないわ。塔の攻略のついでに記憶を落としたんでしょう？　だったら、拾うのもついででやりなさい。ラムを煩わせないで」

――必ず思い出すと、取り戻すと、そう約束したのだ、ラムと。

だから、スバルが記憶を後回しにすると言ったとき、ラムの心が受けた衝撃は計り知れない。しかし、その約束があったから、ラムは最初にこう言ってくれた。

約束破りの常習犯らしいスバルと、それでも約束を交わしてくれた彼女だから。

「積極的に記憶を取り戻す方法があるわけじゃない。ナツキくんと、ラムの言い分にボクも賛成しよう。楽観的なことを言えば、時間が記憶を揺り戻す可能性もある」

「私は消極的な賛成、といったところだ。最優先はしない。塔の攻略を優先する。だが、

君の記憶を戻せる目が見つかれば、それを優先する。――エミリア様やベアトリス様に、こうも悲しい顔をさせておくべきではない」

エキドナとユリウスの言葉に、スバルは深く頷《うなず》いた。

それから、エミリアとベアトリスの二人にも目を向ける。二人はスバルの視線を受け、やはり少し躊躇《ためら》っていたが――、

「――今回は、辛《つら》くても我慢する。でも」

「でも？」

「たまには私にも、スバルのことを一番心配するのぐらい、許してね」

「う……ごめん」

スバルの心配を後回しにしてほしいと、そう言ったに等しいのだと気付いて、スバルはエミリアの申し出に頭を下げた。

そんな二人を見て、ベアトリスは嘆息すると、

「ベティーの言いたいことはエミリアが言ったかしら。それが一番効いたはずだから、ちゃんと反省するのよ」

「――ああ、わかったよ」

そうして、全員からの許可を取りつけ、改めて塔の攻略の優先に方針が固まる。

そうなった上で、スバルが最初に提案したいことがあった。

それは――、

「──『タイゲタ』の書庫に、レイドの本がないかみんなで探さないか？」

6

──『タイゲタ』の書庫で、レイドの本がないかを探そう。

それが、この塔の直近の難関、二層攻略のためにスバルの提案したい事柄だった。

「本を？　……本気なの？」

「お、エミリアちゃん、今のは本と本気がかかってたね。面白いよ」

「もうっ、スバル！」

スバルの反応に眉を立て、エミリアが可愛《かわい》い頬《ほお》を赤くして怒る。その愛らしさに幸福感を覚えながら、スバルは「いいか？」とみんなの顔を見回した。

「レイドの『死者の書』、これが二層攻略のための最速の手引書だと思う。どうだ？」

「さっきも聞いたけど、どうして？　本を探すのに反対っていうんじゃないの。ただ、どうしてレイドの本を探すのかがわからなくて。それに……」

「──そもそも、レイド・アストレアの本は本当にあの書庫にあるのだろうか」

スバルの提案を受け、エミリアが首を傾《かし》げると、言葉の後半をユリウスが引き継ぐ。

そのまま、皆の視線を集めたユリウスは長い睫《まつげ》毛に縁取られた瞳で頭上を仰ぐ。天井の向こう、その先にあるだろう二層を覗《のぞ》き見るように。

「信じ難いことだが、史実に名を残した英傑、レイド・アストレアは二層で『試験』と称して我々の挑戦を待っている。彼が四百年前に実在した人物であり、その同一人物であることも疑いようはないが……その死は今、私の中で疑問の余地がある」

「ああやってぴんぴんしてるのを見たら、実は死んでなかったんじゃないかって？　あんまり考えなかった説だけど、その線もなくはないのか……」

実際、スバルが彼を死者だと認識する根拠も、エミリアたちの話があってこそだ。

そうした事情を知らなければ、レイドが死者であるなどとても信じられないだろう。そもそも生気に溢《あふ》れすぎだ。エネルギッシュに過ぎる死者である。

「とはいえ、その線はほとんど考えなくていいレベルだろ。何百年なんて長生きできるとも思えねえし、普通に死んでるはずだ。なぁ、ベアトリス」

「そうとも言い切れんかしら。ベティーはこれでも四百年生きてるのよ」

「私も百年くらい、かな？」

「ボクも、生年で考えれば四百年ぐらいになるかな。起きていた時間は短いが」

「あーしも！　あーしもッス、お師様！　あーしも、四百年ここで待ちぼうけッス！　寂しかったッス！　四百年分のハグを要求するッス！」

「長生きキャラがすげぇ多いな!?　エミリアちゃんも!?」

同意を求めたつもりが、思わぬ反論に口が開く。

まさか、同行メンバーの半分が長命キャラとは思わなかった。パーティーの平均年齢がシャレにならない勢いでぐっと跳ね上がる。ただ、ある種の納得もあった。

「そ、そうか。エミリアちゃんはハーフエルフ……絶世の美少女なのも納得だ。ハーフエルフは美人で長生きってお約束だもんな」

「えと、うん、そうなの。……スバルは、記憶がなくてもハーフエルフは怖くない？」

「怖いか怖くないかって言ったら、その可愛《かわい》さが怖い。マジで凶器。寝起きで油断してる状態で見たら目が潰れそう。今も正直しばしばする」

「……もう、バカ」

ほんのりと頬《ほお》を染めたエミリアに怒られ、スバルはなんだか今のがいい雰囲気だった気がして、エミリアの優しさを勘違いしないように自分を戒める。

揺れるな俺の心、ときめくなマイハート。いや、ときめくのはいいが。

「はぁ……その点、お前は実家に帰ってきたような安心感だな、ベアトリス」

「納得いかない感じかしら……まぁ、頭を撫《な》でてるから大目に見てあげるとするのよ」

エミリアに乱された心音が、ベアトリスの頭を撫でていると落ち着いてくる。ベアトリスの機嫌も直ったようなので一挙両得。

と、そんな脱線したやり取りに、「いいかな」とエキドナが手を上げた。

「ユリウスの懸念もわからなくはないが、ボクは素直にレイドが死者である説を推したいと考える。当人と接触した、所感みたいなものだけどね」

「その心は？」

「第一に、ナツキくんの言う通り、レイド・アストレアが長命種とは考えられない。色々と規格外な人物には違いないが、それでも彼は人間だよ。第二に、彼の性格」

「性格？　あの、すごーく元気なところ？」

「元気よりは破天荒と言うべきだろうね。ボクの勝手な印象だが、彼が四百年も塔で大人しくしていたとは到底思えない。三日で出ていって不思議じゃないさ」

肩をすくめたエキドナの意見に、スバルやエミリアたちが「あー」と納得する。説得力のある意見だ、という一同の反応である。

「と、ボクからはそんな印象なんだが、ユリウスは納得してもらえるかい？」

「納得、せざるを得まいね。確かに、実際のレイド・アストレアの印象を思えば、一所に長居することを良しとする人物像ではない。それでも留《とど》まらざるを得ない理由は、やはり塔の『試験』と現在の彼が紐《ひも》付けられているから……と考えるべきか」

「塔と、存在が紐付けられてる、か」

エキドナとユリウスの会話を聞きながら、前回のループの終局を思い出す。

大混乱となった塔内を自由に歩き回り、気ままに暴れたレイド・アストレア。スバルには、あれが自由を縛られた姿とはとても思えなかった。

実際、最後の心残りさえなければ、彼はそのままの足で塔の外へと元気よく飛び出していったに違いない。――彼が、それをしなかったのは。

「――？　なんだろうか。私に何か？」

「いや……」

「ふ。私の顔にも、目と鼻と耳と口はついていると思うが、そこに異常でも？」

「ああ、エミリアちゃんのと違って可愛《かわい》くないから選考漏れだ。ともあれ……」

話が本題からズレすぎた、とスバルはユリウスから視線を外した。

そして改めて、話題を最初の『レイドの本』のことに戻す。

「じゃ、あのレイドが元気な死人って意見にまとまったところで最初の話に戻ろう。『タイゲタ』には『死者の書』がある、これも間違いない話だよな？」

「今のところはそういう認識ね。読んだ人間の頭に、その死者の記憶が流れ込む……そこまではバルスとユリウスが確認しているわ。生憎《あいにく》、その記憶も抜け落ちたようだけど」

「悪かったよ、根に持つなよ。——で、そこがこの話の焦点だ」

指を鳴らして、スバルはその先端をラムに向ける。その仕草が不愉快だったのか、向けた指をラムにひねられ、「ぐああ！」とスバルは苦痛を味わった。

そのやり取りの傍《かたわ》ら、ベアトリスが「あ」と小さく声を上げる。

「なるほど、そういうことかしら！」

「ベアトリス、スバルの言いたいことがわかったの？」

「わかったのよ。なるほど、そういうことかしら。——つまり、レイドの『死者の書』を、レイドを攻略するための極意書として利用するってことなのよ」

「それな」

ひねられた指を振りながら、スバルが悪い顔でベアトリスを肯定する。

その説明を聞いたエミリアも、紫紺《しこん》の瞳を丸くして「そっか」と呟《つぶや》いた。

――『死者の書』を利用した、死者本人の攻略。

早い話、『死者の書』はその人物の生前の記録であると同時に、その人物がどうして死んだのかを克明に記録した『攻略本』とも言える。

そして、すでに四回も死んでいる『死』のベテランプレイヤーたるスバルに言わせてもらえば――死亡した原因は、簡単に回避できるものではない。

「だから、『死者の書』を読めばそいつの死因がわかる。これは立派な攻略手段だ。ひょっとすると『死者の書』は、遠回しにそのためにあるのかもしれねぇぜ？」

「それは、盲点だった。だが、言われてみれば確かに。わざわざ死者を試験官として配置しているぐらいだ。『タイゲタ』の存在理由はそこにあったとしても不思議はない」

「いや、そこまで真に受けなくてもいいけど……」

目を丸くして、期待以上の感心を見せるエキドナにスバルは苦笑いする。

とはいえ、確かにそうそう実現しない状況だけに、これを攻略法と見るか、あるいは抜け道と定義するかは難しいところではある。

「ただ、これは一つ、俺が確信を持って言えるんだが……今の記憶がない俺じゃなくて、記憶がある俺でも、この攻略手段を試そうとしたと思うんだよ」

「……それは納得かしら。こんな抜け道、スバルが試さんはずがないのよ」

「正道ではなく、邪道。バルスのやりそうなことね。ラムも納得だわ」

「ん、そうね。こういうズルっこ、スバルはすごーく得意だもの」

「ズルっこってきょうび聞かねぇな……」

「――っ！」

『ナツキ・スバル』へのぶれない評価に頬《ほお》を掻《か》くと、急にエミリアが目を輝かせた。その反応にスバルは驚くが、エミリアはすぐに自分の頬を指でつねると、

「うう、いけないいけない。一番大変なのはスバルだもの。私がしっかりしないと……」

「エミリア様、お気持ちはわかりますが、ほっぺたが赤くなります」

急に自分をイジメ出したエミリアの手を取り、ラムがその行いを注意している。

先ほどからたびたび、エミリアやベアトリスからの過敏な反応があるのだが、おそらくはそのあたりに彼女らが感じる『ナツキ・スバル』の残滓《ざんし》があるのだろう。

と、そんなスバルの考えを聞いて、メィリィが「あ」と口に手を当てると、

「……そう言えば、昨日の夜、お兄さんが『タイゲタ』でたくさんの本を広げてるところを見たわぁ。あれって、そういうことだったのかしらぁ」

「昨日の俺か……ちなみに、俺が何の本を読んでたかってのは見えなかったのか？」

「ええと……そこまではわからないわぁ。ごめんなさぁい」

シャウラの膝の上に乗せられ、ぐりぐりと頭を撫《な》でられているメィリィが目を伏せる。

そんな彼女に「気にするな」と手を振り、スバルも自分のものではない『わたし』の記

憶——『死者の書』で確認したメィリィの記憶を参照し、同じ結論を得る。

「本をたくさん広げていた、か。……まさかとは思うが、許容量を超えた『死者の書』を読んだことで、記憶を入れておく場所が一杯になって溢《あふ》れた、なんて言い出すまいね」

「ないと思いたいけど、ないとは言い切れねぇよ。なにせ、記憶喪失！」

胸を張り、自分を指差すスバルにユリウスが物憂げに頭を振った。

なかなか開き直りも板についてきたが、スバルも自分の記憶喪失の原因が本にあることは疑っていない。だから、仮にレイドの『死者の書』を読むとしても、それは他の誰かではなく、スバルであるべきだと思っていた。一度は記憶をなくし、また消えても影響の少ないスバルが——否《いな》、今やスバルも、消えては困る記憶が多すぎる。

「——————」

前回のループの出来事、前回までのループで起きた出来事。

それに、この周回で心に決めたことや、ラムとの約束、メィリィへの誓いもある。

なんだ、たったの数日を四回繰り返しただけなのに、すでに忘れてはいけないことがこんなに腕一杯にあるのか。

だから、記憶というものは尊く、手放し難い。——忘れてはならない。

「——ともかく、だ。レイドが伝説の男ってんならちょうどいい。過去の英雄とか神話の誰々ってポジションの奴《やつ》は、その偉業と一緒に失敗談も後世に語り継がれるもんなのさ。つまり、奴の敗因は有名税……これって、弱点として斬新じゃない？」

「──。バルスの狙いはわかったわ。納得もした。不安がないわけではないけど」

「試す価値は十分にあると。ただ、それがわかってなお、あの膨大な蔵書量の書庫に挑むことには躊躇《ためら》いを覚えざるを得ないな」

「それは、そうだろうな……」

方針に賛同を示すラムとエキドナだが、二人の懸念もスバルにはよくわかる。

事実として、『タイゲタ』がこの世界における全ての死者を網羅しているなら、その本の冊数は誇張抜きに星の数ほどあると言って疑いない。そこから目的の本を見つけ出すなんて、砂漠に落とした針を探すような所業と言えるだろう。

ただ、ある種の希望もあった。その根拠は他でもない、スバルの記憶喪失だ。

「もしもさっきの推測よろしく、『死者の書』を読んだのが理由で俺の頭から記憶が押し出されたんだとしたら……俺は、誰かの『死者の書』を読んだことになる」

「えっと……そういうこと、よね。あそこにあった本って、知ってる人の名前が書かれた本じゃないと、内容が不思議と頭に入ってこないから」

「──。あの膨大な書庫の中から、二冊目の、あるいはそれ以上の当たりを昨夜のバルスは引いていた？　そんな強運……ありえないわね」

「俺も、自分がそんなラッキーボーイだとは思ってねぇけども！」

ここまで体験してきたことを思えば、スバルの運の泉はとっくに涸《か》れ切っている。あるいは、異世界でエミリアたちと出会った時点で使い切ったか。

「どっちだったとしても、運じゃない。だとしたら、何か法則性とかを見つけた可能性もある。もし、それに気付けたら『死者の書』探しが捗《はかど》るだろ？」

「……捗ったとしてどうするんだい。言っておくが、ナツキくんのような不安要素がある以上、仮に知った名前の『死者の書』を見つけられたとしても」

「わかってる。最優先はレイドの『死者の書』で、他のは後回しだってことは。……ただ、見つけられるなら見つけておきたい本もあるんだよ」

苦言を呈するエキドナに答えて、スバルはちらと視線をメィリィへ向けた。そのスバルの言葉を聞いて、メィリィの唇が「ぁ」と小さく震える。

「お兄さん、まさか……」

「言っただろ。俺は、お前の健やかな成長のためなら手は抜かない。こう言っちゃなんだが、お前はかなり自分のわがまま言うのが下手なタイプだからな」

「――――」

そう言ってビシッと指を突き付けると、メィリィが顔を赤くして黙り込む。

生憎《あいにく》と、彼女の隠し事はスバルには無効だ。元々、メィリィが昨夜のスバルを『タイゲタ』で目撃したのは、彼女もあの書庫の『死者の書』に用があったから。

彼女のお目当ての本を見つけてやることも、ささやかなサブクエストの一環だ。……ペトラちゃん、お兄さんって、ホントのホントに、どうかしてるってくらい意地悪だわあ。

「お兄さんって、きっと見る目がないのよお」

「ちょこちょこ聞く名前の子だけど、散々な言われようだな……」

照れ隠しなのか悪態なのか、いずれにせよ、可愛《かわい》い子どもの抵抗だ。

メィリィの積極的な反対意見がないのをいいことに、スバルは『タイゲタ』の書庫での『死者の書』探しに別件の目的も添えた。その上で――、

「改めて宣言したい。――『タイゲタ』の書庫へ上がろう。そこでレイドの『死者の書』を読むことが、俺たちのできる最善手だ」

「まさか、ナツキくんの記憶が消えたことが根拠になるとは皮肉だね。……具体的な方策は見えてこないが、動く前から言い訳を重ねるのは愚者の行いだ」

「ええ！　スバルの言う通り、それが塔を攻略するために必要ならやりましょう！」

スバルがそうして方針を示すと、エキドナとエミリアが腰を上げる。彼女らにつられ、ベアトリスやラム、メィリィとシャウラもそれに続いた。

よし、とスバルも膝を叩《たた》いて立ち上がり、それから出遅れるユリウスを見る。

「どうした。お前は反対か？」

「……いいや、他の打開策もない。君の発案が有効であることは認めよう」

「でも、思うところがある？」

「――。これは、私自身の問題だろう。気にしないでほしい」

ゆるゆると首を横に振り、ユリウスもすっとその場に立ち上がる。

気にするな、と言われて本気で気にしないのは無理な話なので、スバルとしてはいささ

か以上に気掛かりではあるが——、

「いったん、置く。——ところで、『死者の書』以外だと、レイドのことってどのぐらい有名なんだ？　かなりヤバい感じだが」

「記憶が抜けたというわりには残っているようだし、よほど強烈な印象だったみたいね。……レイド・アストレアは、過去に存在した『魔女』を倒した三英傑の一人よ」

「『賢者』シャウラと、『神龍《しんりゅう》』ボルカニカと、それから『剣聖』レイド……」

「あーしじゃなくて、『賢者』はお師様のことッス」

「お前の理屈だと、俺も数百歳ってことになんの？　コンビニから出て、今朝目覚めるまでの間に俺が激動の時間を過ごしすぎてるだろ……」

シャウラの言動は話半分どころか、話一割ぐらいの塩梅《あんばい》で聞いておいて、スバルはその三英傑として語られるレイドの伝説について深掘りする。

その話題に関して、エミリアらの視線が向くのはユリウスだ。

ユリウスはその視線を受けると、自身の前髪に指で触れながら、

「確かに、レイド・アストレアが各地に残した伝説は枚挙に暇がない。有名なもので言えば……龍を百頭斬った戦いや、剣奴《けんど》孤島《ことう》の闘技場で記録される六千戦無敗の戦績。鬼神と呼ばれる存在と酒を飲み比べして勝った、などという変わり種もある」

「全部馬鹿みたいな話に聞こえたけど、本人を見たあとだと……」

「誇張はない、と感じるね。その強さを知れば、彼は紛《まぎ》れもなく……いや」

「――？」

「私の知る限り、彼についての逸話の多くはその規格外の功績を語るものばかりだ。その人間性であったり、人間らしい失敗談や敗戦の記録、そうしたものは記憶にない」

前髪を指で払って、ユリウスは知識披露の場面をそう締めくくった。

その話を聞き終えて、スバルは敗戦の記録が残っていない事実にちょっとだけ慄《おのの》く。

残っていないだけならいいが、まさか負けたことがないのではなかろうか。

生涯無敗、十分にありえる話だと、スバルは身震いしておく。

「と、ついたな」

会話が一段落したところで、ちょうど『タイゲタ』へ通じる階段のある部屋に到着する。

そのまま上にいけば『死者の書』に埋め尽くされた書庫、三層『タイゲタ』がスバルたちを出迎えてくれるわけだが――、

「――ラム、ちょっとみんなを任せていいか？　俺はちょっと、ユリウスと話がある」

「ユリウスと？」

足を止め、そう申し出たスバルにラムが眉を顰《ひそ》めた。

その言葉に驚くのはユリウスも同じだが、ひとまず彼は何も言わない。そんな様子にラムは薄紅の瞳を細め、スバルの黒瞳を覗《のぞ》き込んでため息をついた。

「あまり長くかけないようになさい。上がってきたとき、ラムたちの記憶がバルスと同じように抜け落ちていたら収拾がつかなくなるわよ」

「怖いこと言うなよ。記憶をなくしたラムが、しおらしくてお淑《しと》やかな感じに仕上がるなら見物だけど……」

「ラムはもう、これ以上、何も忘れるつもりはないわ。近付かないようにお願いな」

「……だよな。変な本見つけても、近付かないようにお願いな」

そう言い置いて、肩をすくめたラムが先頭でのしのし階段を上がっていく。

ひとまず、彼女に任せておけば判断を誤る心配はおそらくないはずだ。そういう意味での信頼は、このメンバーの中だと一番ラムを高く評価している。

「ナツキくん」

ラムの先導に従い、三層へ上がっていく女性陣。その最後尾のエキドナが、階段に足をかけたところでスバルを呼んだ。彼女は浅葱色《あさぎいろ》の瞳をわずかに揺らすと、

「お手柔らかに頼むよ」

と、そう言い残して上階へゆっくりと上がっていった。

その背中を見送り、スバルは頭を掻《か》く。エキドナには何となく、スバルがユリウスをこの場に残した思惑がお見通しだったのかもしれない。

「それで、話とは？　わざわざエミリア様たちを遠ざけた以上、よほどのことだろう？」

そうして二人、階段前に取り残されたところでユリウスがそう切り出してくる。その彼の言葉に、スバルは「あー、そうだな」と歯切れ悪く応じた。

「はっきりしない口振りだね」

「はっきりさせるのが難しい手合いの内容なんだよ、これが」

階段を背に、ユリウスと向き合うスバルは自分の黒髪をガシガシと掻《か》く。

エミリアたちに本の捜索を任せ、ユリウスを呼び止めた最大の焦点、それは当然ながら『レイド・アストレア』の攻略にあることは間違いない。

——前回のループの最終局面、大混戦となった塔内で自由を得たレイドは、最後の心残りとしてユリウスとの一騎打ちを望んだ。

だが、その真意がわからない。聞いた話では、ユリウスは一度、すでにレイドと戦って敗北している。敗者が勝者に執着するならわかる。しかし、その逆とは——、

「スバル？」

「あー、お前って、レイドのことどう思ってる？　好き？」

「——。その質問に、何の意味があるのだろうか」

「いや、今のは固い空気をほぐそうとしただけのジャブ。本命はもうちょっと言い方が違う。——本命の言い方は、お前はレイドに勝つ気があるのかってこと」

「——っ」

片目を閉じて、そう言ったスバルにユリウスが黄色い瞳を見開く。激しい動揺がその瞳を揺らしているのを見て、スバルは短い息をついた。

やはり、と感じる部分がある。だが、同時に待ってくれ、でもあるのだ。

「自覚のあるなしは置いとくけど……ビビるのも無理ねぇ状況だろうよ。負け癖ってのは

つくとなかなか抜けなくなるらしいぜ」

「スバル、君は……」

「悪《わり》ぃな。本当ならできるだけ時間かけてあれこれして、お前のへっこんだ心を立て直すべきなんだと思う。思うけど、その時間が俺たちにはない。わかるだろ？」

スバルの問いかけを受け、ユリウスが頬《ほお》を硬くし、息を詰める。

スバルとユリウスとでは、『時間がない』という発言の受け止め方が違っている。それでも、この焦燥感は彼と共有できているはずだ。――否《いな》、自覚させられたはずだ。

それはきっと、昨日までの『ナツキ・スバル』にはできなかったこと。傷付いて、自分の焦燥に気付けずにいる男を気遣って、『ナツキ・スバル』が言えなかったこと。

――『ナツキ・スバル』に不可能なことを、ナツキ・スバルがしてやるのだ。

「はっきり言うぜ、ユリウス。なんでかって言ったら、今の俺は無敵だからだ」

「無敵、とは……なかなか、大きく出るものだね」

「しがらみがないから大きく踏み出せる。お前が俺の面見て、エキドナの面見て、レイドの話を聞いて、縮こまってるのは見てられねぇ。俺も引きずる性質《たち》だから他人のこと言えた話じゃねぇが、そういうことは目をつむって、はっきり言うぜ」

「――聞こう」

息を呑《の》んで、居住まいを正したユリウスがスバルを見つめる。

その真《ま》っ直《す》ぐな視線を受け、スバルは続けた。

「それはそれ、これはこれだ」

「──は」

堂々と、そう言い放ったスバルに、ユリウスが呆気《あっけ》に取られた顔をした。

そんなユリウスを正面に、スバルは両手を左右へ広げると、

「お前が俺を見て、ギクシャクした感じになるのはわかる。昨日までの俺が、たぶんお前になんかやらかしたんだろう。その昨日までの俺がお前にしたことがこの世から消えるわけじゃないけど、俺の頭の中からは消えてる」

「そう、だな。その通りだ。だが、私は……」

「最後まで聞け。そんな状態だから、お前と俺の関係はまた一から作る必要がある。少なくとも、今の俺との関係はそうだ。昨日までの俺は、いったんよけとけ」

かなり乱暴な論調に、ユリウスは先ほどから動揺の波に呑《の》まれて戻ってこられない。

ひどく強引な理屈だ。言いたいことの百パーセントを到底伝えられてはいない。

実際、スバルが『ナツキ・スバル』のこれまでの功績──エミリアやベアトリス、ユリウスたちに対して与えた影響、そうしたものの力を借りているのは事実なのだ。

だが、今はそうした影響の、良い部分だけ借りて、悪い部分はうっちゃってしまう。

何故《なぜ》なら──、

「俺たちのパーティーの中で、お前が一番強い。だから、レイドとやり合うことになるのはお前だ。うまく攻略本が見つかったとしても、戦いはお前に任せることになる」

無論、レイドの執着、ユリウスとの一騎打ちを望む敵の考えもある。

だが、それを抜きにしても、スバルはここを譲るつもりはなかった。エミリアがすでに勝ち抜けしている点を含めても、ユリウス以外に適任者はいないのだ。

「ビビる気持ちはわかる。戸惑ってんのもわかる。昨日までの俺がホントすいませんでしたって謝る。――それ全部込みで、切り替えて、戦ってくれ」

「……私は、すでに二度、彼に負けている」

「知ってる。でも、次は勝ってくれ」

知っているより負けた回数が一回多かった。

だが、それはこの際、もう関係のない、余分な部分のお話だ。

「お前が勝てなきゃ計算が狂う。頭の中、色んなマッチアップ考えてんだけど、女の子たちに頑張ってもらわなきゃの前に男の俺たちが頑張らねぇと、騎士の名折れだぞ」

「――名折れ。今の私に、騎士の名折れ、か」

ぐっと拳《こぶし》を突き出したスバルに、ユリウスが目を伏せ、低く呟《つぶや》く。

驚かされ、戸惑わされ、傷付けられ、殴りつけられ、ついには乱暴に胸倉を掴《つか》まれるような理屈で以《もっ》て、ユリウスはスバルの言葉に翻弄される。

その翻弄の果てに、ユリウスは何を思ったのか、優麗な表情を大きく崩して――、

「ラム女史の言う通り、君が本当に記憶をなくしているのか疑わしく思えてきたよ。あるいは君は怖気《おじけ》づく私を奮い立たせるために、こうして記憶がないふりをしているのでは？」

「エミリアちゃんの笑顔を曇らせてまで？　アホ、そんな回りくどい真似《まね》しねぇよ！　大体、そんなことしなくてもお前は逃げねぇし、みんなのために戦うだろ」

「それは……矛盾している。君は、今まさに私の怖気《おじけ》づく心を引き締めようと」

「違うね。そうじゃない。お前に足りないのは勇気じゃない。勇気はここにちゃんと詰まってる。——足りないのは勝ち気だ。負けん気だよ」

一歩、距離を詰めたスバルが突き出した拳《こぶし》でユリウスの胸を突く。

その言葉と拳を受けて、ユリウスが息を呑《の》んだ。

「——————」

スバルの、今の言葉に嘘《うそ》はない。

前のループ、魔獣とレイドという絶体絶命の状態にありながら、ユリウスは剣を手放すことなく、絶望に背を向けることなく、スバルに「頼んだ」とそう言った。

あれは裏を返せば、「ここは任せろ」以外の何の受け取り方をすればいい。

ユリウスはあの状況下で、確かに言ったのだ。

——レイド・アストレアを、自分に任せろと。

そして、そう言い切った彼を見たのが最後だった。

だから——、

「……俺は、決着を見てねぇ。昨日までの記憶もねぇ。だから、俺は、お前が、レイドに負けたところなんか、一回も知らねぇ」

　ユリウスは、ユリウス・ユークリウスは、負けていない。

　ナツキ・スバルの前で、一度として、この騎士は、男は、負けたことがないのだ。

　だから、ナツキ・スバルは、誰がなんと言おうと、決着を譲らない。

　ユリウス・ユークリウスが、レイド・アストレアを打ち倒すと、期待し続ける。

「レイド・アストレアを、俺はお前に任せる。あの、一番厄介な敵を、お前が倒せ。その代わりに俺は……それ以外の全部に、また俺のやり方で手を伸ばす」

「――――」

「聞こえねぇのか、ユリウス。ダチの期待に、応えろよ」

　さっきは期待を預けるように、今度は力強く希望を打つように。

　スバルの拳がユリウスの胸を再び叩《たた》いた。

　その一発に、ユリウスが自分の胸に触れ、長く、深い、息を吐いて、

「……昨日までの記憶をなくした君が、どうして私にそうまで期待できる？」

「それは……その、イメージだ。印象、見た感じ。見た目とか喋《しゃべ》り方とか仕草とか、持ち物とか服装とか、食べ方とか歩き方とか、なんか色々そういうのの総合芸術だよ」

　前回の、ループの出来事に触れられず、スバルは自分の胸を掴《つか》んで苦しい返事。

　図らずも、スバルとユリウス、両者互いに胸に手を当てたまま向かい合う。そのままユリウスは、胸に手を当てたまま背筋を正して、ゆっくり腰を折った。

　まるで、物語の騎士がそうするように、美しく、自然な仕草で。

「印象、か」

「そ、そうだな。お前の見え方だ。お前の全部が、俺にそう期待させる」

「そうか。……私の見栄《みえ》が、そう思わせたのだね」

頭を下げたまま、ユリウスの声の調子が変わった。

それまで、どこか触れ難いものを感じさせたユリウスの声色に、ほんのわずかではあるが力が戻り、柔らかさが宿り、温かみが芽生えたように思える。

そうした印象をスバルに与えながら、ユリウスは頭を上げ、前を向いた。

そして——、

「世界に忘れられ、唯一覚えていた君にすら忘れられ、主《あるじ》の存在を確かめられず、私自身がどこにあるのか曖昧なものとなっていた。だが、そんな状態であっても——私が、これまで培《つちか》ってきた全てが失われたわけではない。そう、言いたいのだね」

「そこまで賢くまとまってなかったけど、ニュアンスはそう」

スバルの拙《つたな》く、まとまらない言葉を、ユリウスが賢く、洗練された形として受け取る。

伝えたいことの百パーセントは伝わらないと、さっきスバルは思ったばかりだ。だが、その百パーセントに近いものを、受け手側は選んだと、そう感じた。

「なんか、観念的な話というか、精神論ばっかりであれだった気がするが、精神的な問題が大きい雰囲気だったから、合ってたかな？」

「ふ。何故《なぜ》、そこで弱気になる？　無敵だったはずではなかったかな？」

「いや、スター取って無敵状態でも穴に落ちたら死ぬじゃん……」

通じない例え話にユリウスは眉を顰《ひそ》めたが、それ以上の追及はしてこない。

そのあたり、昨日までの『ナツキ・スバル』との付き合いで、意味のない軽口は聞き流すに限るといった認識が結ばれているようで、何とも妙な気分だ。

ともあれ――、

「少しは前向きになったか？」

「さて、どうかな。究極、君の言葉は具体性に乏しい精神論が多く、また、私の身に起きた数多くの出来事が劇的に変わったわけでもない」

「お前な……」

「ただ」

そこで言葉を切り、ユリウスはスバルを見つめる瞳を細めた。

そして、ふっと唇を緩めると、

「――それはそれ、これはこれだ」

と、らしくもない言葉で、そのやり取りの締めくくりとしたのだった。

7

正直、ユリウスの複雑な心境に寄り添えたのか自信はない。

もっとうまい言葉が、やり方が、背中の押し方があったのではないか、考えてしまう。それこそ、『それはそれ、これはこれ』なんて乱暴な結論ではなく、もっと洗練された言葉で、不条理な現実を上書きできるようなやり方が。

「だが、君らしい。良くも悪くも、ね」

「……そうかよ。俺らしいってのが、昨日までの俺とどのぐらいダブってる発言なのかってのは、結構、今の俺のアイデンティティに関わるとこなんだが」

「自己の確立という意味で言えば、しばらく前の私も大いに揺さぶられたものだよ。同じ苦境を味わった先達として君に助言しようか。――それはそれ、これはこれだ」

「うるせぇな！」

さっそく忠告を使いこなすユリウスに怒鳴り返し、スバルは彼を伴い、エミリアたちの先行した三層『タイゲタ』へ向かう。

ユリウスにも言ったが、時間は有限なのだ。プレアデス監視塔を災厄が襲うまでに、全ての勝利条件を整えなければならない。必須条件とはいえ、レイドの『死者の書』探しは難航するだろう。なにせ、本の海から一冊の本を見つけ出さなくては――、

「あ！　スバル、見て！　レイドの本が見つかったの！」

「え、マジで!?」

大仕事に取り掛かるつもりで三層へ上がったスバルだったが、その意気込みはパッと破顔したエミリアの報告によって空振りする。

笑顔の彼女が手で示すのは、ラムが抱えた分厚い本だ。それがお目当ての一冊だとしたら、この星の数ほどある蔵書の中からよくぞ見つけ出せたものだ。

「それも、俺がユリウスのカウンセリングしてる間だろ？　ほとんどＲＴＡだぜ」

「『あーるてぃーえー』はよくわからないけど、でも、すごいのよ。褒めてあげて」

胸を張るエミリアが、功績は自分のものではないと仰せだ。

誰を褒めればいいのかと、その答えは続く彼女の行動ですぐにわかった。エミリアはそっと、自分の腰に抱き着いている濃い青髪の少女を前に押し出すと、

「見つけてくれたのはメィリィよ。お手柄でしょ？」

「お手柄ってきょうび聞かねぇな……ってのは置いといて、メィリィが見つけてくれたのかよ！　そりゃ確かに大手柄だ！　よくやってくれたな！」

と、エミリアの言葉を受け、スバルも思わぬ功労者を称賛する。ただし、当の功労者はそのスバルとエミリアの称賛に、唇を尖《とが》らせて目を逸《そ》らした。

「べ、別にぃ。ただ、たまたま目についた本だったってだけよお。ちょっと早めに見つかったくらいで大げさに騒ぐようなことじゃないと思うわあ」

「馬鹿言えよ。ちゃんと自分がやってやったことは自慢げにしていいの！　偉いぞ、メィリィ。さっそく、俺を突き飛ばそうとした失点をチャラにしたな！」

「こんな簡単にチャラにできちゃうのお!?」

目を剥《む》いて驚くメィリィ、その頭をスバルは無遠慮にわしわしと撫《な》でる。「髪が乱れる

わあ！」とメィリィには不評だったが、スバルは頬《ほお》を緩めた。

「それにしても……お前、なんだかんだ言って、わりとノリノリだったんだな。そうでなきゃ、こうも簡単に目的の本は見つからないだろ」

「――っ、お、お兄さん、余計なこと言わないでよお」

「余計なこと？　大事なことだろ。お前が俺たちの一員になってる大事な証拠だ。とはいえ、見つかったのが偶然ってんなら……」

「残念ながら、『タイゲタ』の書庫の法則性が暴かれたわけではない、ということだね」

赤い顔をしたメィリィに笑いかけるスバル、その言葉をエキドナが引き継いだ。

この『死者の書』との出会いが偶発的な以上、スバルの設定したサブクエストは未達ということだ。現状はひとまず、メインクエストに着手するしかないが――、

「別に、そんなに心配そうにしなくたって大丈夫よお」

そのスバルの内心を読み取ったように、メィリィが不遜な様子で肩をすくめた。それはここしばらく見えなかった、彼女らしい仕草に思えて。

「俺の約束は評判悪いからしないけど、きっとお前の願いは叶《かな》えてやるからな」

「……お兄さんの大口ってホント、節操なしよねえ。期待しないで待ってるわあ」

「――わかった。……それで、レイドの本はまだ誰も見てないってことでいいんだな？」

約束ではなく誓い、それをメィリィが笑ったところで、スバルは本題へ切り込んだ。

ラムが抱える一冊――背表紙に描かれた紋様、それはスバルには読めない文字だ。とは

いえ、この本がスバルの記憶喪失の原因の最有力容疑者なのは変わらない。

それについての警戒はラムも同意見らしく、彼女は抱えた本の背表紙を撫《な》でて、

「バルスのことがあるもの。うっかり早まった真似《まね》をして、バルスのように記憶が抜け落ちたら大変だわ。だから、誰にも見せていないわよ」

「言っとくが、まだすっぽ抜けの原因が本で確定ってわけじゃないからな？」

「ハッ！」

自分でも説得力のない発言を鼻で笑い飛ばされ、スバルは渋い顔になる。と、そんなスバルに代わり、「とにかく」と話を引き継いだのはベアトリスだ。

彼女はラムが手にした本に、特徴的な紋様の浮かんだ瞳を向けると、

「で、無事に本は見つかったのよ。あとは、どうやって使うか、かしら」

そのベアトリスの問題提起に、本が見つかった喜び以上の緊迫感が書庫に広がる。扱いを誤れば、記憶が飛びかねない一冊。そんなもの、正体不明の怪しい薬を飲めと言われたのと変わらない。命がいくつあっても足りない自殺行為だ。

「いくつか、推測できる危険性について話そうか」

「推測できる危険性……そんなのあるのか、エキドナ？」

「起きた事象と、断片的な情報からの推測でしかないけれどね」

そう言って、肩をすくめるエキドナが手を持ち上げる。

彼女はその手の中、人差し指を立てると、

「まず、『死者の書』の危険性……それはわかりやすく、ナツキくんの現状が示す通り、自身の記憶をなくす可能性がある。どうやら、ナツキくんの話だと、こぼれ落ちる記憶は断片的……この場合、残る記憶の方が断片的といった方が正確かな？」

こぼれ落ちた量と残った量、前者の方が多いのだから、エキドナの言葉が正しい。

しかし、ここでわずかに事実とずれるのは、スバルが記憶喪失の実態を『死に戻り』のことを隠すためのカモフラージュとして使っていることだ。

実際、本当の意味で記憶を喪失した最初の回、スバルは全ての記憶を――異世界にきてからの、と但し書きがつくが、それを喪失していた。

このことから、なくなる記憶に手心は加えられないものと考えた方がいい。まだ、自己をなくしていなかった分だけ、スバルの記憶喪失はマシな事例だ。

もし、完全に自分を喪失していたらと考えると、ゾッとする。――同時に、何故《なぜ》、元の世界の記憶はなくなっていないのか、そんな疑問が首をもたげもするが。

「記憶がなくなった理由だが、『死者の書』を読む代償というのは考えにくい。これはナツキくんと同じように、本を読んだユリウスとの症例の違いからくる推測だ」

「……あまり考えたくないけど、少しの記憶を失っている可能性はあるのよ。読書量と失われる記憶の量が比例するなら、その推論も成り立つかしら」

「同感だ。つまり、私とスバルの事情が違っているのは、読んだ本の数の違い……メィリィ嬢の目撃した、昨夜のスバルの行動と符合することになる」

「――――」

エキドナの推論にベアトリスが反論し、それをユリウスが肯定する。

賢いメンバーの会話を慎重に拾いながら、スバルはその推論に納得の頷《うなず》きを返した。

「つまり、読んだ本の量が、記憶の喪失と関係するんじゃないかって？」

「そう考えることもできる、という話だよ。この推論を肯定する場合、レイドの『死者の書』に目を通すべきは、むしろ一度も『死者の書』を読んでいないボクたちだ。すでに読んだナツキくんとユリウスは、危険かもしれない」

経験者が読むべきという意見と、未経験者が読むべきという意見が相反する。

どちらの考え方にも理があり、どちらが間違っているとも考えにくい。ただ、そこで気になってくるのが――、

「じゃあ、一回記憶がなくなってる俺の場合はどうなる？　記憶の喪失条件が『死者の書』の情報の蓄積なら、俺はリセットされてる？　されてない？」

「それは由々《ゆゆ》しき問題ね。もう一度、バルスの記憶が抜けて、同じ説明をしなくちゃならないなんて……考えただけでもゾッとするわ」

「俺もゾッとするけど、言い方！」

「ん……それ、私もすごーく心配。またスバルに色んなこと忘れられるの、嫌だもの」

スバルの抱《いだ》く懸念を、エミリアとラムがそれぞれの方角から肯定する。

ただ、推測は推測、その実態はわからないままだ。多くを望んだ人間が危険なのか、そ

れとも欲の少ない人間の方が危ういのか、答えは出ない。

　表立って言えないが、スバルには前回のループでメィリィの『死者の書』を読んだ記憶もあるのだ。あれは、今回も読んだ一冊にカウントされているのだろうか。

「……なあに？　わたしなら、罪滅ぼしに読ませてもいいんじゃないかって思ってる目つきなのお？　あいたっ」

「んなわけねぇだろ。馬鹿なこと言ってると、ぶったぞ」

「虐待だわあ。捕虜への待遇が、お屋敷の頃よりひどいじゃないのお」

　自分への視線を受けて、笑えない冗談を言ったメィリィをスバルが叱る。メィリィはそのことに頬《ほお》を膨らませ、エミリアとシャウラの手を掴《つか》んで二人の後ろに隠れた。

「やれやれ、現金な奴《やつ》め。……で、他に考えはあるのか？」

「そうだね。一冊分、ユリウスより余裕のある未経験者のボクたちが読むか、経験者であるユリウスが読むか、あるいは一度溢《あふ》れた可能性のあるナツキくんが読むか……」

「すげぇ手前勝手なこと言うけど……読むのは、俺が一番マシだと思う」

「スバル……」

　候補を挙げるエキドナの前で、そう言ったスバルの手をベアトリスが握る。不安、よりは心配の色が濃い少女の眼差《まなざ》しに、スバルはウィンクした。

「悪ふざけしてる場合じゃないのよ。スバルは、自分の記憶を……」

「いや、もちろん、記憶はなくしたくねぇよ。でも、リスクマネジメント的にはこの判断が適切だろ。どう考えても、記憶がなくなった結果、みんなを危険な状態に追い込む可能性が低いのは俺だ。俺、この中で一番弱いし」

さすがにメィリィより弱いことはないと思うが、それ以外に勝てないのは実証済みだ。取り押さえるのも容易《たやす》く、すでに一度、記憶をなくしているので対処法も容易い。問題は、スバルにも四周分の、なくしてはならない記憶が累積していること。

だから——、

「忘れるつもりで挑むわけじゃねぇよ。でも、俺たちはチームだ。みんながみんな、全員のために何かしらの役割を負う必要がある」

「——」

「ユリウスが戦う担当、エキドナが知識人担当、ラムが毒舌担当で、メィリィが可愛《かわい》い担当で、ベアトリスが可愛い担当、エミリアちゃんが美少女ヒロイン担当で、シャウラがグラビアシーン担当って考えると、ここは俺が担当すべきだろ」

「なんだか、役に立たない役職が多すぎた気がするけど……」

「そんなことねッス！　シーンが暗転するときとか、お色気シーンは重要ッス！　あーし、お師様と芸術のためなら脱ぐッス！」

「いや、それ以上脱がれると俺は引くから頑張らなくていいよ」

「梯子《はしご》外されたッス！」

それがスバル流の言い回しなのを、この場のメンバーはわかってくれている。それに甘えるスバルの言動に、最初にため息をつくのは手を握るベアトリスだ。

　彼女は深々と息を吐いて、じと目でスバルを見つめると、

「もう、こんな風に頑《かたく》なになったらスバルは梃子《てこ》でも動かないかしら。そういうところ、記憶がなくなっても変わっちゃいないのよ。メィリィのことでも身に沁《し》みたかしら」

「へへ、でも、そんな俺が好きなんだろ？　照れる」

「調子に乗るんじゃないのよ！」

　ビシバシと、顔を赤くしたベアトリスに腰のあたりを引っ叩《ひぱた》かれる。

　ただ、彼女の言葉に否定のニュアンスはない。そしてそれは、ベアトリス以外の面々も同じことのようで。

「ラムとの約束を忘れたらすり潰すわよ」

「今、いい感じのモノローグしてたタイミングで何を⁉」

「ナニを、かしらね」

　ふん、と鼻を鳴らして、ラムは自分の腕に抱いていた本をスバルへ押し付ける。

　ずっしりと、重たい本の感触を腕に味わい、スバルは苦笑した。

「無茶《むちゃ》しないでって言っても、スバルは無茶しちゃうんだもんね。……そういうところ、すごーくズルいって思うの。私、いつも心配してる」

「それについちゃ、申し訳ねぇとしか言いようがない。でも、エミリアちゃんが心配してくれてるのと同じぐらい、俺も君が心配……なんだと思う。おこがましいかな？」

「スバルがそんな風に思ってくれることは嬉《うれ》しいの。だから、私はすごーく複雑。絶対戻ってきてね……って、約束したら、スバルは破るから約束しないけど」

「ここまで信用のない昨日までの俺に、逆にドキドキするね。何しでかしたんだよ」

エミリアの嬉しい言葉に肩をすくめ、スバルは周囲に「なぁ？」と聞く。すると、全員にそれとなく顔を背けられた。この反応、深刻な常習犯らしい。

ともあれ――、

「俺が読む、ってことで異論はないよな？」

「……結局、どんな推論も邪推の域を出ない。できるなら、この場の全員にとって一番危険な出目の少ない選択肢を取りたかったが」

本を軽く持ち上げたスバルに、エキドナが申し訳なさそうに眉を下げる。

その言葉が真実で、彼女が全員に配慮しようとしてくれたことは疑いようがない。だからスバルは素直に、彼女に「気に病むなよ」と言ってやれる。

「じゃ、ひとまず、俺がかましてくるとするわ。もし、俺の記憶が吹っ飛んだ場合、すぐに氷漬けにして、懇々と説教してやってくれ」

「そんな乱暴な真似《まね》、誰もしやしないかしら……」

「わかってるよ。お前は優しいから」

ぽんぽんと、心配げなベアトリスの頭を撫《な》でて、スバルはその広いおでこを押した。ベアトリスが不満げに頰《ほお》を膨らませ、後ろへ一歩下がる。

そうして皆の視線を集めながら、スバルはその場にどっかりと腰を下ろすと、胡坐《あぐら》を掻《か》いて深々と息を吐いた。

――膝の上、レイド・アストレアの『死者の書』がある。

「――――」

意識すれば、確かな禍々《まがまが》しさを本に感じる。

メィリィの、彼女の『死者の書』を読もうとしたときにも似たような感覚はあったが、この本に感じる威圧感はそれを上回る。やはり、誰の書を手に取ったかで、受け手の気分も変わるものなのか。――いったい、どんな人生を読まされるのやら。

そして、スバルの記憶は、それに耐えられるのか。

「――――」

本の表紙に手をかけ、スバルは一度だけ、自分を見守るみんなの方に目を向けた。

ベアトリスが、メィリィが、ラムが、エキドナが、ユリウスが、シャウラが、見ている。

そして――、

「――スバル」

「じゃ、いってくる。帰りは遅くなるかもしれないから、先にご飯食べてていいよ」

「……バカ」

そんな、エミリアの微笑《ほほえ》みに見送られ、スバルは『死者の書』の表紙をめくった。

瞬間、書に記された文字が浮き上がり、眼球からスバルの脳へと情報を叩《たた》き込んでくる

ような錯覚に見舞われる。そうして、意識は刹那の間に、書へ取り込まれ——、

——意識が、書庫から闇へと、切り離された。

8

——メイリィの『死者の書』を読んだときの感覚は、かなり曖昧になっている。

目にした光景、彼女が辿《たど》ってきた人生の、その軌跡はそれなりに鮮明だ。

だが、実際にその光景を見ている間の自分の記憶は、有体に言えば、『死者の書』のタイトルの人物と一つになり、その主観的な思考、情景を追体験する羽目になる。

早い話、『死者の書』の内容を辿る旅路は、相手との同化だ。

あの瞬間、書の内容をなぞるナツキ・スバルは『メイリィ・ポートルート』だった。

だからこそ、スバルの意識の端には常に『わたし』として、メイリィの影を背負った奇妙な自意識が付きまとうことになったと考えられる。

それが『死者の書』の効力であるなら、スバルがこの瞬間、目にするのはレイド・アストレアの人生であり、理解し難い思考形態にある彼の主観世界のはずだ。

彼が何を考え、何を好み、何を嫌い、何を愛し、何を憎み、何を為《な》すのか。

レイド・アストレアの哲学と一つになり、その人生を見せつけられるはずだった。

故に、スバルはすぐに異変に気付く。

――今、自分がいる場所は、明らかにその、レイドの過去ではなかった。

「……あ？」

白い、白い場所に立っていた。

周囲、だだっ広い、果ての見えない白い虚構の空間が広がっていて、スバルは自分がどこにいるのかわからず、途方に暮れる。

手を見る。足を見る。首を巡らせれば、胴体も、腰もあった。

つまり、スバルの体があるのだ。その時点で、メィリィの『死者の書』で起きた現象とは噛《か》み合っていない。合致しない、不自然な状況へ放り込まれた。

見たところ、スバルの服装は『死者の書』を読もうと決めたときと同じだ。

それは、スバルの精神が、『現状』をこの姿だと認識した結果なのか、あるいはそれ以外の意思、書の精霊のようなものの意思が働いて、この姿のスバルを再現したのか。

まさか、書を読んだ瞬間、スバルが肉体ごと取り込まれたなんてことが起きたとは思いたくないが――、

「――あら？　お兄さんったら、またきちゃったの？」

「――っ」

ふっと、スバルは自分のものではない、第三者の声を聞いて肩を跳ねさせる。

声は背後から、思わずスバルは前へ飛び込み前転して、ぐるっと後ろを警戒した。そのスバルの発作的な行動に、後ろの人物は目を丸くしている。

「──お前は」

その相手を目にして、スバルは戸惑いと困惑を露《あら》わに呟《つぶや》いた。

それは、全く想定外の、スバルの想像もしていなかった、見知らぬ誰かとの遭遇だ。

そこに立っていたのは、スバルの見たことのない少女だった。

色素の薄い、透き通る金糸のような美しい髪を長く、本当に長く伸ばしている。それは白い床の上に広がり、立ち尽くす少女の足下を金色の海のように埋め尽くす。

大きく丸い青の瞳と、透き通る陶磁器のような白い手足。華美でない白い装束に身を包んでいて、ひたすらに透明感のある印象が特徴的だった。

「────」

見たことのない、少女だ。そのはずだ。

だが、スバルはそんな少女の姿に目を細め、手の甲で瞼《まぶた》を乱暴にこする。まるで、霞《かす》む視界を取り戻すような仕草だが、見える彼女の姿は変わらない。

改めて見ても、知らない少女。──微《かす》かに、記憶が疼《うず》くような気がしたが。

「少しは落ち着いた、お兄さん？」

「ここは……いや、お前は？　どっちから聞けばいい？」

「欲張りだなァ、お兄さん。でも、どっちも聞きたいって素直な気持ちを吐き出すところは嫌いじゃないよ。私たちは、欲張りな人が大好きだからサ」

そう言って、少女は困惑するスバルに対して、その唇を横に裂いて嗤《わら》った。

そう、嗤ったと、そう表現する以外にない笑顔だった。

年齢は十三、四歳、それにしても少し幼い印象のある少女。

その整った容姿も相まって、間違いなく、笑顔が似合う少女であることは確かなのに。

スバルの目には彼女の笑顔が、禍々《まがまが》しく、見える。

まるで、その少女の魂が、多くの命を蔑《ないがし》ろにしてきたと、本能が察するように。

そうして戦慄するスバルの前で、彼女は告げる。

「ここは、寂しく白い、魂の終着地点。オド・ラグナの揺り籠。――記憶の回廊」

「記憶の、回廊……？」

「そうそう、記憶の回廊。そして――」

聞き覚えのない単語に、スバルは目を見張る。

そのスバルの反応に満足げにしながら、少女は、言った。

少女の形をした、悪意が、嗤いながら、言った。

「――あたしたちは、魔女教大罪司教『暴食《ぼうしょく》』担当、ルイ・アルネブ」

「――――」

「どうせまた、短い間だけど、よろしくね、お兄さん」

第三章　『──立ちなさい』

1

──『記憶の回廊』と『ルイ・アルネブ』。

「────」

そう、こちらの問いかけに答えた金髪の少女、ルイの前でスバルは沈黙する。

予想と違った白い空間で、予想もしていなかった少女との邂逅《かいこう》。そして、その少女はあろうことか、訳知り顔で色々と話してくれる雰囲気だが──、

「……そもそも、魔女教とか『暴食《ぼうしょく》』とか、タイザイシキョーってなんじゃらほい」

「あはァっ」

腕を組み、首を傾《かし》げたスバルの言葉にルイが口に手を当てて破顔する。

そこだけ見れば、幻想的な白亜の光景に佇《たたず》む少女といった名画の印象だが、スバルの本能は先ほどからうるさいぐらい警鐘を鳴らし続けている。

平和な現代日本育ちのスバル、その生存本能が叫び出すほどに少女の存在は異質だ。彼女が名乗った肩書きや所属にも、まるで聞き覚えがないのも問題で──、

「――魔女教ってのはサ、早い話、この世界の嫌われ者の集まりだよ」

「お？」

「さすがのお兄さんも、『嫉妬《しっと》の魔女』って名前ぐらいは聞いたんじゃないの？　魔女教ってのは、その魔女様と縁が深くて……まァ、信者みたいなもんだと思えばいいよ」

「……じゃあ、さっきのは、大罪司教ってことか」

大罪と司教、なかなか組み合わせとして相反するものの雰囲気が強いが、スバルのセンス的にはわりとしっくりくるネーミングだ。

なにせ、それと聞けば一発で、

「悪党の名前だってわかる」

「やだな、やだね、やだよ、やだから、やだってば、やだってのにさァ」

嫌々と首を横に振りつつ、ルイがスバルの視線に自分の細い体を抱く。ただし、その口元から笑みが消える様子はなく、拒んでいるのも形だけ。

本心の見えない少女だ。――否《いな》、あやふやで、掴《つか》み所がないというべきか。

「そんな言葉で、いたいけな女の子をイジメないでよ、お兄さん。私たちだって傷付くんだよ？　人一倍、繊細で傷付きやすい心の持ち主なんだからサ」

「説得力がねぇよ。それと、その一人称はキャラ付けのつもりか？　それとも、一人軍隊みたいなカッコいいアピールかよ。私たちだのあたしたちだの、安定しねぇけど」

「あァ……気にしなくていいよ。ちょっと、自我が多すぎるもんで、どれが主体になるかふわふわしてるだけなんだ。もう、わりと飽き飽きしてるんだけどサ」

言いながら、ルイは軽く視線を下に向け、「でも」と言葉を継ぐと、

「仕方ないよね。お兄ちゃんと兄様からの贈り物なんだし、ちゃんともらってあげなきゃ妹として失格だもの。兄妹《きょうだい》なんだから助け合わないとサ」

「……そりゃ、兄想《おも》いで可愛《かわい》い妹だな。俺は一人っ子だから羨ましいよ」

「そうかい？　今頃、お兄さんにも弟か妹ができてるかもしれないじゃん？」

「怖いこと言わないでくれる⁉　想像したくねぇよ⁉」

とはいえ、両親は仲のいいおしどり夫婦なので、それもわりと冗談では済まない。あの父母ならば、スバルがいなくなったことで次の子を――否《いな》、ありえない。

「――――」

スバルがいなくなれば、見つかるまで捜し続けるのがスバルの両親だ。

だから、どうか、どうかとスバルは願う。この異世界召喚が、転生であってほしいと。いなくなった息子を捜し続ける苦痛を両親に味わわせるぐらいなら、スバルは死んで異世界へきたのだと言ってほしい。その方がずっと楽だ。ずっと、救いがある。

だから――、

「――わかるよ、お兄さん」

「――ッ！　ふざけるな！」

床を埋める髪を両手で抱えて、スバルを下から覗《のぞ》き込んでくるルイに激昂《げきこう》する。

瞳を覗き込み、口に出さないスバルの不安をわかったように言ってくる。それがひどく腹立たしくて、スバルはルイを怒鳴りつけ、背中を向けた。

「お前に俺のことがわかるかよ！　勝手なことばっか言いやが……」

「――父さんと、お母さんに申し訳ないんでしょ？　お別れの一つも言えないで、なんて親不孝な息子なんだって後悔してる。ううん、後悔はずっとしてた。今も昔も、ね？」

「――――」

そう、わかった風な発言を続けながら、ルイがスバルの背にそっと抱き着いてくる。

小さな、軽い体。スバルは息を詰め、身を硬くした。

少女に寄り添われたことに、ではない。少女の言葉の内容、そのものに。

その理解者気取りの発言は、しかし間違いなく、スバルの心の一端を言い当てていた。

「どうしてわかるのかって？　わかるに決まってるじゃない。だって、あたしたちや私たちほど、お兄さんのことわかってる人間なんて一人もいないんだから」

「――触るな！」

「あん」

腕を振り払い、息を荒らげて距離を取るスバルにルイが唇を尖《とが》らせる。

なんなのだ、いったい。この世界の女性たちは、男に対してスキンシップを取ることに躊躇《ためら》いがないのか。誰も彼もが、距離が近すぎる。馴《な》れ馴《な》れしすぎる。

ともすれば、その体温に弱った心を委ねてしまいそうになるのが怖い。

「お前は、なんなんだよ！　何が言いたいんだ！」

「あたしたちはただ、お兄さんに安心してほしいだけだってば。大丈夫、大丈夫。ちゃァんと、父さんとお母さんへの想《おも》いには区切りはついたよ。一方的かもしれなくても、向き合ったつもりでいる。心はすっきりしたって。表向きはね」

嗤《わら》いながら、ルイが自分の左腕に右手の爪を立てる。がりがりと、見ていて痛々しくなるぐらいの勢いで、彼女はその細く白い腕を傷付け始めた。

その行いに眉を顰《ひそ》めるスバルに、ルイはやけに赤く、長い舌を見せて、

「表向きは、全然健康。心になァんにも抱えてないみたいに見える。上手だね、お兄さん。上手なのが悲しいね、お兄さん」

ひどく、胸の内を掻《か》き毟《むし》られるような発言にスバルは唇を曲げた。

これ以上、付き合うべきではないと、鳴り方に変化を付ける本能の警鐘に従う。

「何が、言いたいのかよくわからねぇよ。よくわからねぇけど、傷になるからやめろ。それで、会話のキャッチボールだ。豪速球はなし。山なりのボールを心掛けよう」

「お互いに？」

「お互いに。そう、例えば……さっきの、大罪司教の話の続きをしよう」

これ以上、ルイの調子に乗せられたくなくて、スバルは話題を一つ前に戻した。

大罪司教、それと『暴食《ぼうしょく》』との組み合わせとなれば、スバルにも心当たりがある。

「お前が『暴食』なら、似たようなのがあと六人いるんじゃないか？」

「お兄ちゃんと兄様まで含めたら、ちょうど六人かな？　ああ、でも、最近二人減ったから今は四人かも。あの二人も、さっさと死ねばいいのにね」

「……その調子だと、仲間意識は低そうだな」

「当たり前じゃん。大罪司教なんて名乗ってるけど、私たちなんてどうせ世界の嫌われ者の集まりなんだし。呼び方が違うだけで、『魔女』と一緒だもん」

そう言って、ルイはその場にぺたんと膝をつき、自らの金色の髪の中に埋もれる。その髪を踏まないよう歩み寄り、スバルは「魔女？」と彼女の前で胡坐《あぐら》を掻いた。

「魔女と一緒ってのは、やたらとおっかないって言われてるらしい魔女と？」

「さすがに、『嫉妬《しっと》の魔女』はあたしたちより性質《たち》が悪いから一緒にされたくないけどサ。他は一緒。『魔女』も大罪司教も、呼び方が違うだけで同じものだよ。魔女因子に適合したろくでなしが、時代と立場で違う呼ばれ方してるだけだから」

「――――」

「まァ、今のお兄さんは『魔女』も大罪司教も、私たちのことも忘れてるわけだし、どっちでもいいのかもしれないけどサ。わかる、わかるよ、わかるさ、わかるから、わかってるけど、わかってるからこそ、わかっていたいからこそ……」

「うるせぇ」

「あん」

波のように押し寄せる言葉をせき止め、スバルは顎に手を当てる。

何となく重要な話を聞かされている気がするが、スバルにはイマイチピンとこない。その問題の原因は、この状況があまりに現実感が欠けてしまっているせいだ。

白い空間、佇《たたず》む少女、このシチュエーションにスバルが感じる既知感は――、

「お前って、もしかして神様系？」

「神様系って……あ、これかな？　なんか、異世界転生みたいな？　よくわかんないけど、あたしたちとそれは関係ないよ。確かに、変な気分になる場所かもしれないけど」

くすくすと嗤《わら》い、ルイは自分の金髪を尻に敷いたまま、その場でくるりと身を回し、何もない白い世界をふわりとなびく髪で示した。

「ここは、見ての通りの場所。なァんにもなくなる場所で、だから何もない場所。そんな場所に一人でぽつんといるから、ここの守り神みたいに見えるよね」

「オド・ラグナの揺り籠、だっけ？　記憶の回廊って名称も含めて、頭からケツまで何一つ俺の頭じゃわからないけど」

「ん、ん、んー、そうだね。……早い話、ここは魂が濾《こ》される場所だよ」

「魂を、濾す？」

聞き慣れない表現に、スバルは疑問符を頭に浮かべる。

濾す、つまりは濾過《ろか》するといったことと同じ意味合いだが、それを魂に対して用いることはあまり聞かない。

ただ、ルイは「そうそう」と嬉《うれ》しげに自分の膝を引き寄せて、

「一度使った雑巾は、洗って干したらまた使うでしょ？　魂もおんなじなんだよ。こびりついた汚れを落として、また綺麗《きれい》な状態で再利用する」

「その、こびりついた汚れってのは……記憶とか、経験って意味か？」

「その方がわかりやすいなら、それでいいんじゃない？　お兄さんの好きにしなよ」

べー、と舌を出したルイに頰《ほお》を歪《ゆが》め、スバルはぐるりと周囲に首を巡らせる。

相変わらず、白い空間――記憶の回廊には、何ら目新しいものは存在しない。果てのない白い世界の中、ルイが語ったようなわかりやすい物証も皆無だ。

「そんなわかりやすいもんでもないのサ」

「そのオド・ラグナって神様はずいぶんと意地悪なんだな」

「神様なんて大層な代物じゃないよ、あんなもの。あれには、そんなご立派な思想とかってものはないんだもん。ただの仕組みサ。世界を壊されないための仕組みだよ」

「仕組み……」

「魔女因子も、加護も、『剣聖』も、『魔女』も、全部眼中にないのサ。オド・ラグナにいいところがあるなら、平等で公平で贔屓目《ひいきめ》なしの無関心ってだけ」

つまらなそうに目を細め、ルイは引き寄せた膝の間に自分の顔を挟む。白い膝小僧で頰を歪めている彼女を横目に、スバルは小さく息を吐いた。

ここまで、ずいぶんと素直に話をしてくれる少女だ。たぶん、嘘《うそ》らしい嘘もついていないと考えられる。だからこそ、スバルは息を吐いた。

吐いて、吸って、もう一度吐いて、それから、彼女を見る。

そして、問いかけた。

「――俺の、昨日までの記憶を奪ったのは、お前か？」

「そうだよ？」

下手人は呆気《あっけ》なく、スバルの問いかけに答えた。

2

「――――」

問いかけをあっさりと肯定され、スバルは目をつむった。

否定は、あまりされない気がしていた。そういうことをする手合いではないと、ほんのわずかな時間の掛け合いで、察せられた気がしていたのだ。

ルイは、知りすぎていた。彼女は深く、スバルの心情を知りすぎていた。

それこそ、今のナツキ・スバルでは知り得ないことまで含めて、ルイ・アルネブは『ナツキ・スバル』について熟知していた。

つまり――、

「――昨日の俺も、やっぱりここにきたってことか」

「厳密には、ちょっと来方が違ったけどね。でもまァ、目的は同じだった。結果がほんのりと違っただけ。でも、すごいね。素敵だね。何回で、ここまでこられたの？」

「ねえ、答えてよ、お兄さん。私たちは答えてあげたじゃん。──お兄さんは、あたしたちに食べられてから、何回目のお兄さんなの？」

「──────」

ぞわりと、そのルイの質問にスバルの背筋を悪寒が駆け上がった。

彼女の瞳は、問いかけは、明らかに『死に戻り』の核心を知るものの在り方だ。

いや、当然だ。当然なのだ。

彼女が『ナツキ・スバル』の記憶を奪ったのなら、その記憶を自由に閲覧できるのだとしたら、彼女が『死に戻り』を知っていることには何の不思議もない。

『死に戻り』は、記憶をなくしたスバルだけが有している力ではなく、間違いなく記憶をなくす前から『ナツキ・スバル』が持っていた力だろう。

きっと、『ナツキ・スバル』はこの力を駆使して、多くの難局を乗り切ってきた。その結果がエミリアやベアトリス、仲間たちの信頼、言わばチート＝ズルの証《あかし》だ。

それを咎《とが》めるつもりはスバルにはない。チートだろうとなんだろうと、誰かの命が懸かった場面であれば使うのを躊躇《ためら》うべきではない。『ナツキ・スバル』の選択は正しい。

そうして、利用価値を認め、呑《の》み込んだ『死に戻り』の力。

しかし、その覚悟と裏腹に、スバルには奇妙な不安が、懸念が、胸の内にあった。

その避け難い恐怖を、タブーを、ルイ・アルネブは侵している。

それは――、

「――知られちゃダメってこと？　そのことなら、もう遅いよ、お兄さん。だって、私たちがお兄さんと会ったのって、もう昨日のことなんでしょ？」

「――――」

「知られちゃダメの『ルール』なら、とっくの昔に破ってる。でも、記憶の回廊の出来事は簡単には外に漏れない。だから、怖い怖い『魔女』が動かないの」

すっと、地面に手足をついたまま、ルイが胡坐《あぐら》を掻《か》くスバルに顔を寄せる。彼女は年齢不相応な妖艶な笑みを浮かべ、ちろちろと赤い舌を覗《のぞ》かせながら、

「ねえ、お兄さん。何回目？」

その、直接脳髄を舌でつつかれるような声音に、スバルは痺《しび》れる疼痛《とうつう》を味わう。

それから、微《かす》かに舌と喉を震わせると、

「……五回目、だ」

「――っ！　すごい、すごいね、すごいよ、すごいわ、すごいじゃない、すごいんだってば、すごいからこそ、すごいって憧れるからこそ……暴飲ッ！　暴食ッ！」

「ぐぁっ！」

「お腹《なか》がはち切れるくらい、お兄さんのことがたまらなく味わいたいわ！　あたしたちの経験からすると、食欲と性欲って似てると思うの。性欲って、つまり愛でしょ？　つまり私たちは、お兄さんのことを――」

スバルを突き飛ばし、馬乗りになったルイが興奮した顔で熱い息を吐きかけてくる。上気した頬《ほお》、うっとりとした瞳で、ルイは躊躇《ためら》わずスバルの首に舌を這《は》わせた。

そのまま、彼女が続けようとした言葉、それが如何《いか》なるものか想像がついて──、

『──愛してる』。

と、前回のループで、絶望的な状況下で『死』を望んだスバルに、幾度も投げかけられた愛の言葉が思い出され、心臓が爆《は》ぜた。

「──さ、わるな、この耳年増《みみどしま》がっ！」

「──うひ」

目を見開いて、スバルは圧《の》し掛かる少女の襟首を掴《つか》むと、そのまま乱暴に白い床へと強引に押し付けた。体勢を入れ替え、今度はスバルが彼女に馬乗りになる。

細い、軽い体だ。床に広がる長い金髪、まるで金色のベッドに寝そべる彼女を押し倒したような姿勢で、スバルはその首を手で押さえ、歯を剥《む》いた。

「油断したのか？　残念だったな！　この体勢なら、俺の方が圧倒的に有利だ！　このまま首を絞められたくなかったら、俺の記憶を……」

「返せって？　返さなかったら首を絞めるの？　私たちの、か弱い女の子の首を？」

首を掴まれ、生殺与奪の権利を握られた状態で、ルイは鼻息の荒いスバルを見つめ、先ほどの興奮がちっとも薄れない目のまま唇を緩めた。

そして、緩めた唇から、呪いのような声色で問いかけてくる。

「そんなこと、お兄さんにできちゃうわけ？」

「──できないと、思うのか？」

「思うっていうか、知ってるんだよね。だってほら、今のあたしたちって、お兄さんより

お兄さんのこと知ってるぐらいだし」

言いながら、ルイは両手の人差し指で自分の頬《ほお》をついて、挑発するように小首を傾《かし》げる。そんな彼女の態度に息を詰め、スバルはルイの首を掴《つか》む右手を見下ろした。

少し、スバルの本気を見せてやるために、腕に力を込めてやればいい。

本気であることを証明すれば、ルイも考えを改めるはずだ。

エミリアを、ベアトリスを、ラムを、メィリィを、ユリウスを、エキドナを、シャウラを、パトラッシュを、みんなのことを思い浮かべて、そして。

そして──、

「──腕から、力が抜けちゃったね、お兄さん」

「──────」

「ホントに抵抗するつもりはなかったんだよ？　だって、ここじゃ私たちって見たままか弱い女の子でしかないから。お兄ちゃんや兄様と違って、あたしたちは食べた人の姿にならないと、力が出せないんだよね」

えい、とルイが自分の頬をつついていた指で、首を掴んでいたスバルの右手をつつく。

その弱々しい力で、スバルの掌《てのひら》は呆気《あっけ》なく彼女の首を外れた。

「クソ……っ！」

「そう落ち込まないでよ、お兄さん。上出来だよ、上出来。だって正直……私たちは、お兄さんがここに戻ってこれるなんて思ってなかったぐらいだもん」

「そんなこと、慰めになると思ってんのか？」

　押し倒され、地面に寝そべったままのルイはすでに峠を越した顔だ。その顔に何を言っても負け惜しみになってしまうスバルに、ルイは「あはは」と舌を出して嗤《わら》った。

「でもまァ、よかったじゃない。『ナツキ・スバル』の記憶なんか取り戻したら、今のお兄さんは死んじゃうわけだし、自殺なんて馬鹿な真似《まね》しないで済んでサ」

「……あ？」

「あれ、何その変な反応。まさか気付いてなかったの？　記憶が戻ったら、今の自分に上書きされて、その存在は消滅する。……これって、死んだのと同じだよね？」

　──その、ルイの単純な謎かけの答えを聞くような態度に、スバルは硬直する。

　死ぬ。消えてなくなる。そう、はっきりと言われて。

『ナツキ・スバル』の記憶が戻った暁には、今ここにあるスバルの意識は、記憶は、上書きされて消えてなくなるのだと、言われて。

　それが『死』ではないかと言われれば、それは──、

「──今、『ナツキ・スバル』は死んでるよね。どこにもいないんだもん。でも、『ナツキ・スバル』が戻ってきたら、今度はお兄さんが死ぬよね。どこにもいけないんだもん」

「――――」

「あのさァ、そこまでして『ナツキ・スバル』って取り戻す価値があるのかなァ？　お兄さんだって、同じことができるはずでしょ？　お兄さんだって、同じように周りにいる人たちのことを好きになったはずじゃない。周りの人たちだって、おんなじようにお兄さんのことを好きになってくれる。――それの、何が悪いわけ？」

「何が……」

悪いのか、と言われれば、きっと何も悪くなどない。

『ナツキ・スバル』にも、ナツキ・スバルにも、きっと悪いことなど何もない。

スバルは、欠点の多い人間だ。自分で自分が嫌になるぐらい、欠点だらけだ。この世で一番嫌いな人間が誰かと聞かれれば、迷うことなく自分のことだと答えられる。

そのぐらい、どうしようもなく、足りないナツキ・スバル。

だが、事この問題に関しては、スバルに落ち度は何もない。

――あるのは、この残酷な椅子取りゲームの勝者が一人しかいないという事実だけ。

「俺は、エミリアちゃんたちに……」

『ナツキ・スバル』を、返してあげたかった。

だから、記憶を取り戻すチャンスがあれば、それを手に取ることを躊躇《ためら》ったりしないのだと、そんな風に自分の中で覚悟を整えていたつもりだった。

しかし、完全に、自分の存在が消えるということからは、目を背けていた。

都合のいいことを言えば、二つの記憶が混ざったり、『ナツキ・スバル』のどこかに今のスバルの存在が残ったり、そういうことがあるのではと、何らかのいい形に決着してくれるのではないかと、そんな奇跡が起きることを期待していたのだ。

そんな、スバルの不確かな期待を――、

「どうなんだろね？　記憶、戻った人のこと見たことないからわっかんないなァ」

ルイは、スバルの葛藤を嘲笑《あざわら》うように歯を見せて、猫が鼠《ねずみ》を嬲《なぶ》る目つきでいる。

この記憶を奪い取った下手人は、無責任にも、その後のことはわからないとのたまった。

これは嘘《うそ》ではなく、きっと事実だ。

ルイ・アルネブは、他者から奪ったものを元の相手に返すようなことはしない。

だから本当に、記憶が戻った結果、ナツキ・スバルがどうなるかなど知りもしない。

「お兄さん、せっかく生まれた命なんだから、すぐ近くにあるスバルの顔を見つめて続ける。

そんな、無責任な簒奪《さんだつ》者が、すぐ近くにあるスバルの顔を見つめて続ける。

「あたしたちが『ナツキ・スバル』の記憶を食べた結果、お兄さんがここにいる。つまり私たちって、お兄さんの生みの親みたいなもんじゃない。その親の目の前で、自分が死ぬ選択肢を選ぼうとするなんて、親不孝ってヤツじゃないの、お兄さん」

「そんな、馬鹿げた話が……っ」

「――記憶が人を形作るんだよ、お兄さん」

低く、冷たく、ルイが表情を消して、その一言だけは真剣な声色で言った。

思わず、その響きの鋭さにスバルは息を呑《の》み、黙り込む。

同時に、その言葉を聞いたのは初めてではないと、そんな風にも感じた。その響きは、言葉は、あるいは確か、二度目の『死』を迎える直前にも──、

「今のお兄さんには、今のお兄さんが作った関係がある。新しく、前向きに生き直してみたらいいじゃない。それも一つの手だと思うよ、あたしたちは」

「────」

「それに、こんなこと言ったらなんだけど……『ナツキ・スバル』って、あんまり理想的な男性像って感じじゃないよ？」

片目を閉じて、ルイが言いづらそうな表情でスバルの心情を段ってくる。

彼女はなおも、スバルに馬乗りになられたまま、自分の胸の前で両手を組むと、夢見る乙女のような瞳でこちらの黒瞳を見据え──、

「可哀想《かわいそう》なエミリア！　その生まれがかつての魔女と同じというだけで、誰からも忌避される哀れな娘！　ああ、それでも一緒にいてあげる自分はなんて優しいんだろう！」

「な……」

「弱く脆《もろ》いベアトリス！　頼れるものもなく、たった一人で孤独の時間を過ごしてきた寂しがりな女の子！　暗く危うい道筋を、自分が手を引いてあげなくちゃ！」

驚くスバルの前で、ルイが朗々と続けるのは、スバルの無事を祈り、送り出してくれた二人の少女の名前と、ひどく歪《いびつ》な彼女たちへの心象だ。

それが誰の心象で、ルイが何を言いたいのかはわかる。わかるが――、

「献身的で無償の愛を捧《ささ》げようとするレム！　愚かで美しくて、なんて清らか。きっと彼女は自分以外の、誰かのために必死になることで生きる実感を得る不完全な存在。これこそ、俺という存在が導いてやらなきゃならない！」

「何の……何のつもりだ!?」

「『ナツキ・スバル』が思ってたことの代弁だってば。欲しいのは優越感。いつだって、誰かのためだなんて思っちゃいないサ。都合のいい連中だけ周りにはべらして、手を差し伸べる快感に酔ってる。懐かない子犬には餌もやらない。遠ざける」

「――――」

「そんな『ナッキ・スバル』に、本当に今の自分を譲り渡すつもりなの？」

再度、重ねられる問いかけ。

それはルイからの、『暴食《ぼうしょく》』からの、ナツキ・スバルへの告解の要求だ。

本心を話せと、ルイはスバルに求めている。

死にたくないと、死にたいのかと、仮に死ぬとして、そんな奴《やつ》のために死ぬのかと。

――『ナツキ・スバル』のために、ナツキ・スバルは死を選べるのかと。

「――さァ、どうしたいの、お兄さん」

「――っ」

言いながら、ルイがその細い腕でスバルの腕を掴《つか》み、自分の首にあてがった。

またしても、今度は自ら誘導して、スバルの右腕がルイの細い首に指をかける。このまま強く力を込めれば、華奢《きゃしゃ》な首は簡単に折れてしまうだろう。

できないと、結論付けたばかりだ。

だが、それをしないということは、あるいは『ナツキ・スバル』を殺す選択と、同じことになる。——少なくとも、ルイはそう言っている。

「さァ」

「――――」

「どう？　どうする？　どうなの？　どうするの？　どうするのサ？　どうしたいの？　どうやりたいの？　どうとでもできるよ？　どうなっちゃってもいいよ？　どうしちゃってもいいからサ？　どんな風にしたって許してあげるから――」

嬲《なぶ》るように、嘲るように、呪うように、ルイの言葉が、スバルの鼓膜を打つ。

ルイ・アルネブが、『暴食《ぼうしょく》』が、大罪司教が、細い少女が、憎い存在が、生みの親が。

ナツキ・スバルに、『ナツキ・スバル』をどうするのか、選択を迫る。

「さァ」

さあ。

「――どうしたいの？　お兄さん」

3

——選択が、それも残酷な選択が、ナツキ・スバルを蝕《むしば》んでいた。

じりじりと、胸の奥で何かが焼け焦げていく音がする。

それが自分の人間性であったり、自分を信じる気持ちであったり、『ナツキ・スバル』への想《おも》いであったり、そういう色々な何かが、焼け焦げていく。

少女の首に手をかけ、押し倒した少女に嘲笑《あざわら》われながら、ナツキ・スバルは自分の運命を、『ナツキ・スバル』の運命を、左右する場面に立たされていた。

「——————」

心臓の鼓動、聞こえない。息を荒げているが、たぶん肺は機能していない。これだけ切羽詰まった状況なのに、額には冷や汗一つ浮いていなかった。

それはきっと、この場にあるナツキ・スバルの肉体が、現実のものではないからだ。

本を読んで肉体ごと転移したのではなく、精神だけが引っ張ってこられた——などと、状況にそぐわない考察をするのも、現実逃避の為《な》せる業といったところか。

そうして、思考を彼方《かなた》に飛ばすことで、仮初の安寧を得ようとするスバルの心。

しかし、時間も空間も相手も、スバルにそんな逃げ道を許してはくれない。

「さァ、どうするのサ、お兄さん」

組み敷かれる少女が、硬直し、選択に迷うスバルを見上げ、嗜虐的《しぎゃく》に嗤《わら》っている。

彼女はスバルの黒瞳を覗《のぞ》き込みながら、その眼球を舐《な》めるように舌をちらつかせ、

「か弱い女の子を組み敷いて、その細い喉に手をかける。ゾクゾクしてこない？　それとも、お兄さんみたいな体質だと、こんな経験はありふれてるのかしら？」

「――っ」

「震えちゃって、かーわいいの。そんなんで、大事な大事な選択ができるの？」

首を傾け、仰向《あおむ》けのルイがスバルの手首にキスをする。そのゾッとする仕草と、彼女の流し目から注がれる熱情、酷薄な言葉がスバルにある光景を想起させる。

それは、スバルが一度目にした、非情の光景。――ただし、見え方は逆。スバルから見たものではなく、スバルと相対していた少女の視界。

自分を押し倒したスバルが、邪悪な面貌をして、首を絞める光景。

今の状況と全く同じように、『ナツキ・スバル』が、メィリィを絞め殺した光景――。

「う」

――それと近似の光景だと気付いた瞬間、スバルの全身が、頬《ほお》が、強張《こわば》った。

「――やっぱり、思い当たる節があるんだ？」

「ふざっ！　ふざけ……」

「ふざけちゃァいないサ。むしろ、真剣じゃないのはお兄さんの方じゃないの？　もっと真剣に、真面目に、本気で、自分のことを愛してあげなよ」

「────」

「あァ、そうそう。自分を愛して。ほら、愛して。──お兄さんが大切にしたい人たちがそう願ってるみたいに、お兄さんも自分を愛してあげなくちゃ、サ」

軽薄な口調で、それらしい言葉の波が上滑りする。

聞かせる気があるのか、あるいは最初から、他者に共感させるための機能が死んでいるのか。狙っているのか天然なのか、嘲っているのか慰めているのか。

あやふやだ。ルイ・アルネブの在り方は、全てにおいてあやふやだった。

「お前の……言う通りにして、その通りになる、証拠は」

「証拠？」

「俺が、『ナツキ・スバル』を取り戻したら、今いる俺が消えるって証拠は……！」

「ないよ。ないさ。ないって。ないから。ないってば。ないんだけど。ないってのに。ないって話だけど。ないってわけだけどサ。……それ、慰めになるの？」

「────」

「堂々巡りだよ、お兄さん。私たちだって、知らないことの話はできない。あたしたちや、お兄ちゃん、兄様が死んだら、食べられたものって返ってくるのかしらん。──正直、食べたものを返したことないからわっかんないなァ。だって、食べちゃったんだもん」

あー、とルイが口を開け、やけに鋭い犬歯と赤い舌を見せ、その喉の奥までスバルに見せつけ、何もないことをアピールしてくる。

他人の記憶を奪い取り、貪ることを『食べる』と称し、赤い舌を躍らせながら。

「どうするのサ、お兄さん」

「ぐ、く……っ」

死ぬことは、怖い。恐ろしい。

だが、それはスバルがここまで、四回味わった『死に戻り』のそれとは異なる恐怖。

今ここでスバルの魂に圧《の》し掛かる命題は、『自己の喪失』を天秤《てんびん》にかけた死だ。

本来、『死』とはそういうもののはずだ。

死ねば、その存在の意識は失われ、やり直す機会など与えられない。

だから、ヘマをしてもやり直す機会があって、それに甘え続けているスバルに文句を言う権利はないのかもしれない。消えるか、消えないのかの選択肢を持たされ、そんなことに悩める時間があるだけ、贅沢《ぜいたく》な話なのかもしれない。

でも、自分の命だ。

その火を吹き消すかどうか、自分で選ばなくてはならないと、そんな状況に置かれたスバルの心は、一秒ごとにひび割れていく。

「――――」

この異世界で、スバルはすでに四回死んでいる。いずれも、短時間の出来事だ。

見知らぬ世界へ投げ込まれ、出会ったことのなかった人たちと出会い、その直後に見舞われる避け難い事態がスバルを死に追いやった。

意識のある状態で過ごした時間は、合計したら二日にも満たないだろう。

短い、短い時間だ。――だが、ナツキ・スバルには、この異世界での二日間以外にも、元いた世界で過ごした十七年の時間があるのだ。

うまく、やれてはいなかった。スバルは、人生が下手くそだった。

だが、うまくいかないなりに、試行錯誤した時間があって、命に関わるほどの場面なんてなかったが、それでもスバルなりの大舞台を足掻《あが》いていたつもりだった。

『ナツキ・スバル』が帰ってくれば、それらがあったことは消えない。でも、それらの時間を確かに想《おも》っていた、今の自分は消えてなくなる。

ラムと約束を交わし、メィリィを守ると誓い、エキドナの赦《ゆる》しを心に刻んで、ユリウスに戦えと叱咤《しった》し、ベアトリスを愛《いと》おしいと信じて、エミリアを――。

――エミリアを、好きになった、自分が、消えるのか。


「嫌だ……」

その自覚が、この場に存在するスバルの肉体を比喩表現抜きにひび割れさせる。

ここにあるスバルの体は本物ではない。そして本物ではないから、ダイレクトに今の心情が反映され、スバルの体がひび割れ、砕けていく。

手足に亀裂が広がり、頬《ほお》の表面が剥《は》がれ落ちていく。

それはきっと、ナツキ・スバルが纏《まと》っていた『ナツキ・スバル』という欺瞞《ぎまん》の殻だ。

ぼろぼろと、剥がれ落ちていくそれと同時に、虚勢まで剥がれ落ちていって。

「嫌だ、嫌だ、嫌だ……嫌だぁ……っ」

「そうだよ。当然サ」

嫌々と首を振って、自分に待ち受ける死の恐怖を──否《いな》、喪失の恐怖を否定する。

何故《なぜ》、失われなければならない。好きな人を、好きだと、認めたばかりの自分が。

「嫌だ……」

「うんうん。わかる。わかるとも。わかるから。わかるともサ」

「嫌なんだ……っ」

「お兄さんの人生だもの。どうして、それを他人に明け渡さなきゃならないのサ」

「俺は、みんなが……みんなと、もっと……」

みんなと、もっと一緒にいたい。

好きになった。好きになったのだ。たった二日にも満たない時間で、一度ならず彼女らのことを疑い、殺そうと、逃げようと、疑心暗鬼に包まれたのに。

スバルは、彼女らのことを、好きになった。今、彼女らが愛おしい。

彼女らと一緒にいたら、彼女らがスバルのことを大切だと思ってくれるなら、大嫌いな自分のことだって、好きになれるかもしれない。

そう思えた。前向きに、そう思えた。

ずっと後ろ向きだったスバルの人生に、ようやく射《さ》し込《こ》んだ陽《ひ》だまりなのに。

どうしてそれを、自ら手放さなくてはならないのだ。

そんなことは——、

「——嫌だ」

「そうだよ。そうなんだ。——じゃァ、どうしたらいいと思う？」

「……俺は、俺のまま」

「そう、お兄さんは、お兄さんのまま。それが正しい。一度は奪い取ったんだ。椅子取りゲームだよ。空いた椅子に、座った奴《やつ》がキングなのサ」

「————」

「押しやった相手には、ご退場願わなくちゃ。認めるんだよ。自分の存在を。声高に叫ぶべきなんだよ、自分が本物だって！　なァ、そうだろ！」

すぐ真下、息のかかる距離で、爛々《らんらん》と輝く双眸《そうぼう》を見開いて、ルイが吠《ほ》える。

噛《か》みつくような勢いで——否《いな》、事実、彼女は自分の首にかかるスバルの手首を齧《かじ》って、スバルに鮮烈な痛みと共に、戒めを刻み込んでくる。

揺らぐ黒瞳を見据え、ルイ・アルネブが叫んだ。

「認めろ！　——『ナツキ・スバル』は、お兄さんにとって最も身近な他人なんだッ！」

吠え声が、自己を確立しろと訴える。

誰かのために死のうだなどと、そんな馬鹿げたことはやめろと。

何故《なぜ》、誰かが誰かのために、自分を犠牲にする必要がある。

——それも、自分ではない、自分を名乗る別の存在を、自分が二度と会えなくなる、自分が好きな人たちと会わせてやるために。

彼女らと一緒に生きる時間を、尊く得難い日々を、譲り渡してやるために。

そんな馬鹿なことが、あるものか。

「さァ、殺せ！　殺そう！　殺そうよ！　殺すんだ！　殺して！　殺せば！　殺しちゃおう！　殺してやれ！　殺してしまえ！　殺しさえすれば！　殺し尽くしてやれば！」

「『ナツキ・スバル』を……」

「――お兄さんが、この世で唯一の、誰の代用品でもない、ナツキ・スバルだ！」

「――っ」

この世で唯一の、誰の代わりでもない、ナツキ・スバル。

ベアトリスと手を繋《つな》ぎ、ラムと軽口を叩《たた》き合って、メイリィに膨れ面をさせて、シャウラのあけすけさに呆れながら、エキドナと他愛《たあい》のない談笑をし、ユリウスと背中を預け合い、パトラッシュの無償の愛を受け取り、エミリアと生きる、資格を得る。

それを有しているのが、『ナツキ・スバル』であるなら、スバルは、その男を。

「――――」

じわと、込み上げるもので視界がぼやけた。

精神が、肉体へとダイレクトに影響する。心臓の鼓動も、痛む肺の呼吸も、今だったら鮮明に感じることができるに違いない。

だが、今一番強く感じるのは、堪《こら》えられない涙だった。

それが、怒りか悲しみか、嫉妬《しっと》か羨望か、罪悪感か恐怖か。

いったい、何を起因とした激情であったのか、スバルにも全くわからない。わからないことばかりだ。しかし、その涙で霞《かす》む視界に、スバルは見る。

「――――」

誰かが、スバルを、ルイを、見下ろしている。

ルイを組み敷いて、その首に手をかけ、涙目になる哀れなスバルを見つめている。

それが誰なのか、スバルには思いつく限り、一人しかいなかった。

「……俺が、怖くなって出てきたのか、『ナツキ・スバル』」

「――――」

ぼやけた人影は何も言わない。

白い床に立って、白い世界を背にして、白く霞んだ姿で、スバルを見ている。

その、慌てて飛び出してきた存在に、スバルは顔をぐしゃぐしゃにして、告げる。

「俺は……俺は、消えたくない。死にたくないんだ。だから、俺は……」

「――――」

「みんなと一緒にいたい。みんなが好きなんだ。だから、俺は……」

「――――」

「だから、俺は……」

言い訳のように、泣き言が重ねられる。

ルイの首に、手をかけたときと同じだ。――自分が失われたくないと、スバルは結論を出してしまった。だから、こうして現れた人影に、それを伝える。

それが、目の前の、きっと、自分と同じ顔をした相手を殺すことでも。

だって、彼は、『ナツキ・スバル』は、最も身近な他人なのだから。

だから、スバルにはその権利があるはずだ。

ナツキ・スバルが、『ナツキ・スバル』を殺して、一つしかないその居場所を――。

「だから、俺は、お前じゃない！　お前と俺は……！」

違うものだと、そうはっきり伝え、可能性を断ち切ろうとした。

そう、しようとした、瞬間だった。

「……誰と、話してるの、お兄さん」

呆然《ぼうぜん》と、目を丸くして、話の腰を折られたような顔でルイがそう問いかけてくる。

彼女は首を傾け、スバルと同じ方向を見つめ、その人影を見ようとする。しかし、彼女は訝《いぶか》しむように眉を顰《ひそ》め、その鋭い犬歯を震わせながら、

「――誰も、誰もいないのに、誰と話してるの、お兄さん」

「――――」

カタカタと牙を震わせ、ルイが信じられないような顔でそう呟《つぶや》く。

彼女は嫌々と、それまでの表情を消して、何かに怯《おび》えているような顔つきになり、

「ここは、あたしたちの場所……邪魔は入らないはずなのに。この場所で、私たち以外の

「誰と話して……やめてよ。お兄さんはあたしたちの、私たちの……ッ！」

縋《すが》るようなルイの言葉に、しかしスバルの意識は微塵《みじん》も動かない。

スバルの意識は、今も視界の中、消えない人影に注がれていた。涙でぼやけた視界、揺らぐ人影、その輪郭が少しだけ、はっきりする。

誰なのか、全くわからない、人影。

徐々に輪郭がはっきりしてくるその人影が、スバルには、微笑《ほほえ》んでいるように見えて。

頭《かぶり》を振り、強く瞬《まばた》きをして、その微笑みを、もっとはっきりと見ようと――、

「――どうして、どちらか一つだけを選ぼうとするんですか？」

問いかけが、投げかけられた。

聞いたことのない声で、この場にいないはずの、誰かの声で。

微笑んでいるところを見たことがない――青い髪の少女が、微笑んで立っていて。

その、微笑む少女は、黙り込むスバルへと、微笑んだまま――、

「――立ちなさい!!」

――開口一番。

――彼女は、世界で一番厳しい声で、ナツキ・スバルを怒鳴りつけた。

4

「――立ちなさい!!」

声が、ひび割れたナツキ・スバルを殴りつけ、叩《たた》きのめし、ぶちのめす。

容赦もなく、躊躇《ためら》いもなく、怒号がナツキ・スバルを割り砕いて、そのひび割れを加速させていく。――まるで、剥《む》き出しの心へと無造作に爪を立てるように。

「立ちなさい！」

青い髪の少女が、スバルに向かって声を上げる。

スバルを睨《にら》みつけて、少女が声高に吠《ほ》える。吠える。吠えている。

膝をついたまま、少女を組み敷き、呆然《ぼうぜん》とした顔に亀裂を生む、ナツキ・スバルを。

「立ちなさい!!」

繰り返される、怒号。

何度も何度も、それはスバルの心を非情に、手加減抜きで打ちのめす。

何故《なぜ》、そんな言葉をぶつけられなければならない。

痛いのだ。苦しいのだ。辛《つら》いのだ。悲しいのだ。心は今にも張り裂けそうだ。

人生で、こんなにもキツイ決断を、心の準備なしに次から次へとぶつけられることなどそうそうない。――そんな苦境を、何故と嘆くことはやめたのだ。

だからせめて、結論を出した。だから、もう、いいじゃないか。

「立ちなさい！」

弱音が、頑《かたく》なな結論が、喪失に怯《おび》える心が、スバルの心を竦《すく》ませるのを、目の前の少女は決して良しとしない。断固、拒絶の意思を込め、力強く言葉を重ねる。

決断したのだ。肯定してくれてもいいだろう。せめて、悩む素振りぐらい見せてくれ。

いいじゃないか。もう十分悩んで。なのに、彼女は何故、こうもスバルを。

「立ちなさい──！」

割れ砕ける心のままに、決断するスバルを、許してはくれないのだ。

「立ちなさい──！」

まだ、言うのか。

何故なんだ、この声は、少女は。こんなにも辛いのに、苦しいのに。

「立って……！　立って！　立って！　立ちなさい！」

誰なんだ、この少女は。思い出のどこにいるんだ、この少女は。

言葉を交わしたこともない。思い出だって、今のスバルの中にはない。

誰なのか、どんな相手か、上辺しか知らない相手だ。

踏みとどまる理由になんかなり得ない、そんな関係だ。

それなのに、どうして、どうしてこの胸はこんなにも熱い。

どうして、胸の奥から、込み上げてくる熱があるのだ。

「立ちなさい、ナツキ・スバル！　立ちなさい！　――レムの英雄‼」

記憶にいない少女の涙声、その声に英雄であれと叫ばれて、心が震える。

そんな馬鹿な話があるものかと、笑いたくなるほど調子よく、スバルの心が震える。

亀裂が、ひび割れが、加速していく。

それは文字通り、ナツキ・スバルに『ナツキ・スバル』の殻を破らせる光景。

だが、その殻の内側に眠るものは、直前のそれと、わずかに変わる。

――否《いな》、本当に変わるなら、それは、ここからだ。

立ちなさいと、望まれるままに、怯《おび》える心を噛《か》み砕いて、立つ。

「立ち上がれたなら、いってください。いって、救ってきて、全てを」

全てって、なんだ。全てって、なんなのだ。

ぼんやりした言い方すぎる。全てって、いったい何のことなのだ。

「全ては全て。何もかも。全部、全員、自分も、最も身近な他人さえも！」

なんだ、それは。

できるのか、そんなことが。できると本気で思っているのか、この娘は。

こんな、色んなものの足りない、自分さえも救えない、自分に。

スバルが好きになった人たちのために、スバルを大切にしてくれる人たちのために、スバルが大切にしたいと思えた人たちのために、失われたくない人たちとの思い出のために。

たった一つを手放そうとしたスバルにも、できると本気で思っているのか。

「やれますよ。だって」

だって。

力を、答えをくれ。くれるのならば、その言葉で。

願わくば、青い少女の、君の言葉で、俺に──。

「──スバルくんは、レムの英雄なんです」

「────」

すとんと、何かが胸の奥に落ちた。

黒く澱《よど》んでいたそれは、まるで少女の、愛の告白のような響きに浄化されて。──否、愛の告白のような、ではない。あれは、愛の告白だった。

また一つ、『ナツキ・スバル』に居場所を返したくない理由が増えてしまったが。

「──は」

同時に、増えたものはそれだけではない。

少女の言葉に浄化され、黒く澱んだそれが輝きを増して、姿形を変える。

そして、ナツキ・スバルの、一番強い芯を欲するところで脈動を始めるのだ。

「────」

脈動する。それは何もかもをなくして、全てに置き去りにされて。

それでもなお、求め欲し、全てを繋《つな》ぎ止めたいと、この手から何一つ取りこぼしたくないと、自分すら、自分の手で手放したくないのだと。

そう希《こいねが》う、臆病な『強欲《ごうよく》』に呼応して、願望を叶《かな》える力となって開花する。

——揺蕩《たゆた》う因子が、存在と結び付く。

「こいよ、——コル・レオニス」

スバルの内で、行き場をなくしていた『強欲』の種子が芽吹く。

そうして、確固たるものとして立つ、そんな姿を——、

「——」

その瞬間を、青い髪の少女の微笑《ほほえ》みだけが、祝福していた。

5

「——お兄さん？」

「——」

ゆっくりと、その場に立ち上がったスバルを見上げ、ルイがそう呼びかけてくる。

首にかかった手を引かれ、ルイは困惑を残した表情のまま、自分の髪の毛が敷き詰められた金色のベッドで体を起こし、戸惑うように瞬《まばた》きする。

「どう、したのサ。ほら、さっきの続き……続きをね？」

「——」

「続きを……」

「もう、何も言わなくていい。お前の、根性のひん曲がった説明にはうんざりだ」

自分でも驚くぐらい、今、頭が冴《さ》えている。

だから、目の前の少女の形をした悪意の塊が、スバルの意思を捻《ね》じ曲げ、自分のいいように利用しようとしていることも、平然と認めることができた。

「──」

その言葉に、ルイが目を細める。彼女には、スバルの身に起きた変化、その詳しいところはわかるまい。スバルにもわからない具体的にはわからない。

ただ、何物にも揺るがぬ『強欲』が、ナツキ・スバルを確定した。

ちらと、スバルはルイではなく、。

そこに、先ほどまでスバルに向かって、容赦のない言葉を投げかけてくれていた少女の姿はない。スバルが立ち上がり、前を向いた瞬間、消えてしまった。

だが、たぶん、それでいいのだ。

彼女が本当に再会すべきは、ここではなく、スバルでもない。

いや、それも正確ではない。ただ、彼女と再会するべきは、彼女との記憶を、彼女への想《おも》いを、取り戻したナツキ・スバルであるべきだ。

そして、その『ナツキ・スバル』とナツキ・スバルを、区別する必要などない。

「何度も、何度も……言われてたのにな」

――記憶がなくなっても、スバルはスバルなんだと、そう言われた。

自分の中で明確に、隔絶的に、差異があると、区別しなくてはと、頑《かたく》なに考えていたときには、それがスバルの重荷であり、呪いの鎖だった。

だが、それがどうだ。

今、やるべきことが固まったスバルにすれば、それは道しるべであり、希望の糸だ。

手繰って、手繰り寄せて、その糸の先を持っている大切な人たちのところまで、きっとスバルを真《ま》っ直《す》ぐに、迷うことなく導いてくれる。

だから――、

「――ナイフとフォークは片付けろ、食い逃げ犯。お前に食わせるタンメンはねぇ」

――目を、見開いた。

ルイ・アルネブは目を見開いて、自分に指を突き付けるスバルを見つめている。そしてスバルの表情に、一切の情がないことを見て取り、俯《うつむ》いた。

「あァ……」

俯いて、掠《かす》れた吐息が漏れる。

それは何とも、形容し難い感情を孕《はら》んだ吐息だった。

体を起こしたルイは肩を震わせ、膝を引き寄せ、自分の金髪の絨毯《じゅうたん》の上で丸くなる。

そして、ゆっくりと、俯いた顔を持ち上げて――、

「――あァ、クソ、クソ、クソ。あと一歩、あと一歩だったのに」

憎悪の眼差《まなざ》しで、ルイがスバルを睨《にら》みつけ、呪うような声でそう絞り出した。

「あと一歩だったのに、ルイがスバルを、なァ。惜しかったのに、なァ。なんで、どうして、しくじったのか、なァ。――お兄さんを、誰が、たぶらかしたのか、なァ」

それは死者が地獄の底から、地上で楽園を謳歌《おうか》する生者の在り方を羨むような、そんなどうしようもない隔絶への憎しみが昏々《こんこん》と煮詰められた声色だった。

「あと一歩で、完全に『ナツキ・スバル』とナツキ・スバルを引き剥《は》がせたのに……！」

「……なんだそりゃ。なんで、そんな真似《まね》を」

「――そんなの、同じ人間を二度は食えないからに決まってるでしょッ!?」

「――ッ」

怪訝《けげん》なスバルの声を塗り潰して、血を吐くようなひび割れた声でルイが叫んだ。

彼女はその場に手足をついて立ち上がり、それまでと一変した表情――人間味を失った獣のような顔つきでスバルを睨む。

「別々でなきゃいけなかったんだよ！　一度食べた『ナツキ・スバル』と、食べ残されたナツキ・スバルは別々でなきゃいけなかった。そのために、あれこれ趣向を凝らしたのに……全部パーだ！　笑っちゃうね！」

「……笑えねぇよ。一個も、面白いことなんかねぇ」

「そう？　そうかな!?　でも、お兄さんも私たちが嫌いでしょ？　嫌いなあたしたちが悲しんでて楽しくない？　いい気分でしょ？　お兄さんが……お前だけが、食うに飽き飽き

「どうして私たちを満たせたのに……『飽食』のあたしたちを、お前だけがッ！」

血走った目をしたルイに、スバルは口の中だけで「飽食」と呟《つぶや》く。

聞き間違いでなければ、彼女が名乗った肩書きは『暴食《ぼうしょく》』だったはずだ。それが、どうして『飽食』なんて話になるのか。

そう困惑するスバルの前で、ルイは「そもそも！」と白い空を見上げて怒鳴り、

「『美食家』のライも！　『悪食』のロイも！　なァんにもわかっちゃいないのよ！　次から次へと、馬鹿みたいに無分別の野放図に食い散らかして……ここに閉じ込められて、選ぶ自由がない私たちのため？　笑わせないで、ダメ兄弟ッ！」

自分の金髪を抱き寄せて、ルイが体を振り乱して唾を飛ばし始める。

がなり立てる彼女の言葉、その意味の全てはスバルにはわからない。ライだのロイだのと、出てきたそれは名前だろうか。

ただ、いくつか、『暴食』の存在と、記憶と、それらからわかることは――、

「お前は、仲間と一緒になって他人の記憶とか、名前……って表現すりゃいいのか？　とにかく、そういうもんを奪いまくってる。食いまくってる。だな？」

記憶を食われ、自分が何者なのかを見失った例がスバル。

名前を食われ、周囲に忘れられたと慟哭《どうこく》した例がユリウス。

そして、その両方を食われ、世界から忘れられ、目覚めぬ眠りに落ちた例がレム。

それらが全て、『暴食』の、ルイと、さっき名前が出た仲間の仕業――、

「何のためにそんなことをしてやがる？　お前らの目的は、なんだ？」

「――幸せになることだよ」

「――」

一息に、即答された答えを聞かされ、スバルが息を詰める。

その反応に目もくれず、ルイは精神的に不安定そうな目つきでカチカチと歯を鳴らし、

「他に何の目的があんの？　幸せになるのが生きる目的だろ？　それとも、嫌われ者のあたしたちはそこから捻《ね》じ曲がってるとでも思った？　違う。違うよ。違うし。違うから。違ってるし。違いすぎだから。違ってるんだって。違ってるって言ってんだから！」

「幸せになることが目的なのと、他人の記憶を奪うことの関係は……」

「――お兄さんさァ、人生が不公平だって思ったことない？」

「あるぞ」

「あはッ」

自分の白い手の甲、そこに歯を立てながら、ルイがスバルに問いかける。その問いかけにスバルが即断で頷《うなず》くと、ルイは「だよねえ」と苦々しく嗤《わら》った。

「私たちも、あるよ。っていうか、人生って不公平そのものだよ。生まれは選べないし、親も選べないし、環境も選べないし、未来も選べないし、何一つ選べない。もう、そういう風にシステムができちゃってる。ベルトコンベアーに乗っちゃってる」

「――」

「――でも、もしそうじゃなかったら？」

押し黙るスバルの前で、ルイが首を傾《かし》げた。

「生まれが選べたら？　親が選べたら？　環境が選べたら？　未来が選べたら？　全ての選択肢が思うままだったら？　……誰だって、より良い人生を選ぶでしょ？　違う？」

「それは……」

「生まれが選べたら、親が選べたら、環境が選べたら、未来が選べたら、全ての選択肢が思うままだったら、誰でもより良い人生を選ぶ。――だから、あたしたちは、時間をかけて一生懸命、私たちにとっての最高の人生を捜してる」

「――」

「きっと、どこかにあるッ！　あたしたちが胸を張って、私たちらしく！　この人生を生きてよかったって、そう思えるバラ色の未来が！　その、運命の人生に巡り合えるそのときまで、食って、齧《かじ》って、食《は》んで、ねぶって、しゃぶって、貪って、暴飲ッ！　暴食ッ！」

目を爛々《らんらん》と輝かせ、ルイ・アルネブは自分の美しい野望を声高に叫んだ。

彼女は心の底から、それが幸せの追求であると、それが自分にとって最善の未来を掴《つか》み取る唯一の術《すべ》なのだと、そう信じ切っている。

自分の人生には、ルイは何の希望も、期待も、見出《みいだ》していない。

何故《なぜ》なら彼女の中で、ルイ・アルネブという少女の人生は、初期配置が悪かった。スタート地点が間違っていた。――だから、なかったことにしたい。

生まれも、親も、環境も、未来も、才能も、全てに恵まれた自分を勝ち取りたい。

それこそが、人生を最大限に謳歌《おうか》するために必要な条件だと、定義している。

だから——、

「そのために、他人の記憶を奪って、喰《く》らう……？」

その言葉の意味するところを理解し、スバルは絶句した。

ルイが自称した通りだ。——彼女は、飽いている。他人の人生を食すことに。

男も、女も、子どもも、老人も、あるいは種族や生物の垣根さえも飛び越えて、ありとあらゆる存在の経験を堪能し、味わい尽くした、人生の飽食者。

万人の人生の、『美味《おい》しいところを』つまみ食いし続けた彼女にとって、ありとあらゆる出来事はありふれたイベントで、目新しさのない、退屈で古臭い代物で——、

「だってのに、その偏食家のお前がどうして俺に拘《こだわ》る？　こんな七面倒な手段を使ってまで俺を齧ろうとしたのは何のためだ？　クソみたいな食い意地が理由か？」

「そんなつまらない理由じゃないよ。——お兄さんが、あたしたちの運命だから」

額面通りに受け取れば馬鹿を見る、とスバルは怒りと警戒を込めてルイを睨《にら》む。

しかし、ルイのスバルを見る瞳、その熱情に偽りはない。

彼女は本気で、スバルに——正確には、スバルの『人生』に恋い焦がれている。

「老若男女、ありとあらゆる人間、人種、立場も何もかも飛び越えて色々食べてきた私たちだけど、唯一、知らないものがあるの。なんだかわかる？」

「なんだろ。わかんない。ろくでなしな自分の嘆き方とか?」

「——『死』の経験だよ」

ぴたと、スバルは片目を閉じたまま動きを止めた。

そのスバルを見つめながら、ルイは細い腕を持ち上げ、両の掌《てのひら》をこちらへ向ける。

「どれだけ他人の記憶を喰《く》らっても、ありえないの。『死』の記憶だけは、絶対に手に入らないんだ。だってそうでしょ? 記憶って、生きてる間の記録だもん。だから、死んだときの記憶なんて存在しない。——お兄さんだけが、例外」

『死に戻り』の力を、ルイは心底羨むように、妬むように、恋い焦がれるように。

この世に飽いた少女にとって、唯一、新鮮な瞬間を与えてくれる男に、焦がれる。

「ねえねえ、死ぬってどんな感じなの? きっと辛《つら》いんでしょ? 苦しいんでしょ? 大変なんでしょ? 痛いんだよね? 痛くないときもあったんだよね? 気持ちいいって話もあるけどホント? 死ぬとき、ホントはいつも喜んでるの? それとも、もうどうでもよくなっちゃってる? 楽勝? 絶頂? ねえ、ねえねえ、ねえねえねえ!」

「……俺の、昨日までの記憶があるなら、それも知ってるんじゃねぇのか」

「記憶としてはね! でも、それってやっぱり古いし、リアルじゃないから! 私たちはもっと生の感覚が欲しいの。使い回しの古臭い食材じゃ満足できない。あたしたちを満たしてくれるのは、新しくて、瑞々《みずみず》しい、誰も知らない境地ッ!」

だから、と言葉を継いで、

「この世で唯一の、他の誰にも経験できないスペシャルな記憶！　それだけじゃなく、何かを間違ったらすぐ死んでやり直せばいいお手軽さ！　自分の最高の人生を見つけたあとだって、何かの失敗で台無しにする可能性はあるでしょ？　でも、お兄さんの人生ならそれがない！　大丈夫、バレないようにうまくやってあげる！」

「────」

「エミリアも、ベアトリスも、ラムも、メイリィも、ユリウスも、エキドナも、シャウラも、パトラッシュも、ペトラも、オットーも、ガーフィールも、フレデリカも、リューズも、ロズワールも、クリンドも、アンネローゼも、フェルトも、ラインハルトも、ロム爺《じい》も、トンチンカンも、クルシュも、フェリスも、ヴィルヘルムも、リカードも、ミミも、ヘータローも、ティビーも、プリシラも、アルも、シュルトも、ハインケルも、キリタカも、リリアナも、誰も彼も誰も彼も誰も彼も！　騙《だま》し切って、幸せに生き切ってあげる！」

突き出した両手をこちらへ差し出す形にして、ルイが可愛《かわい》らしく小首を傾《かし》げる。

「だから、お願い。──お兄さんの人生、お腹《なか》一杯、食べさせて？」

おねだりするように、彼女は自らの有する数多《あまた》の記憶の中から、きっと、最もこの場に相応しいおねだりを、甘え方を、選んだに違いない。

どんな食材を揃《そろ》えても、コックの腕が悪ければ話にならないことの証明だ。

マズい食材はない。マズい料理があるだけだ、とはスバルの好きな名言だった。

それを、こんなにも痛感したことはない。

無数の、数多《あまた》の、普通の人間には持ち得ないだけのたくさんの経験値を。

こうまで無駄遣いする存在を、スバルはお目にかかったことがなかった。

「──三度目はねぇ。俺の苦悩も、俺の死も、俺の人生も、何もかも俺のもんだ。お前にくれてやるもんなんか、一個もねぇよ！」

「──」

「飢え死にしろ、馬鹿野郎。人生で一個しか死に方が選べねぇなら、俺がお前にオススメしてやるのはそれだ。──世界中で、一番苦しめ」

親指で、自分の首を掻《か》っ切る仕草を見せ、スバルはそう断言する。

その言葉に、ルイは目を丸くして、それから自分の両手を見た。そして、その両手で自分の顔を覆い、白い空を仰いで、「あぁぁぁぁ」と呻《うめ》く。

「失敗、した。したよ。しちゃった。したんだ。してしまった。しちゃいました。しちゃったので。しちゃったから……あァ、あァァァァ」

がくがくと膝を震わせ、その場にぺたりとルイがへたり込む。

本気でショックを受けているのは、それだけ本気でスバルを口説いた証《あかし》だ。その本気の結果があの文言なのだから、その精神性の外れ方は言うに及ばない。

「お前の望んだ通りにはならない。俺の名前はナツキ・スバル。菜月《なつき》・賢一《けんいち》と、菜月・菜《な》穂子《ほこ》が付けてくれた名前だ。──他も何もない。俺は俺だ」

「上書きされて、消えるかもしれないのに？」

「魔法の呪文を教えてやる。――それはそれ、これはこれだ」

ユリウスへ叩《たた》き付けた魔法の呪文を、今こそ自分に向かってでも叩き付けよう。

『ナツキ・スバル』を取り戻せば、この瞬間のスバルが消えるかもしれない。だが、消えないかもしれない。消せない方法があるかもしれない。

一人分しかない居場所を、何とかシェアする方法が見つかるかもしれない。

「他人の心にずけずけ土足で上がり込む俺が、たった一個の椅子にお行儀よく尻を収めてやる必要もねぇんだ。それが、俺の答えだよ。髪切れ、馬鹿」

捨《す》て台詞《ぜりふ》のように言い放って、スバルはルイに背を向けた。

へたり込んだルイは戦意喪失していて、警戒に値しない。今はそれよりも、このわけのわからない空間からの帰還を果たす方が先決だ。

そもそも、何故《なぜ》レイドの『死者の書』がこんな場所に繋《つな》がって――、

「――あァ、もう。あとは、お兄ちゃんと兄様に任せるしかないのかァ」

考え込むスバルの背後で、嘆息するようにルイが漏らした。

お兄ちゃんと、兄様。その響きに、出口を探そうとしたスバルの足が止まる。

何度となく、ルイが口にした呼び名だ。それが、スバルの想像通りなら――、

「――ライと、ロイ。『美食家』と『悪食』？」

「私たち、ここから出られないの。だから、お兄ちゃんと兄様が食べてくれなきゃ、食べるものも選べない。……だから、お願いしたの」

嫌な予感のする言葉に息を呑《の》み、スバルはその言葉の先を待つ。

ルイの、続く言葉が吐き出されるまでがやけに長く感じられる。やがて、スバルの焦燥をなぞるように、ルイの赤い唇が震えて、

「お兄さんがきたの、昨夜から二度目じゃない。――だから、お兄ちゃんも兄様も、どっちも気付いてるよ。お兄さんが、どこにいるのか」

「まさか、お前の兄貴共がこの塔に……!?」

「二人とも、お兄さんに興味津々だってサ。そりゃそうだよね。――自分たちが今まで味わったことのない経験を、お兄さんってばふんだんにしてるんだからサ」

妹の窮地に駆け付ける兄。字面だけ見れば家族愛に溢《あふ》れたストーリーだが、その実態には家族さえ出し抜いて、自身の欲望を満たそうとする浅ましい狙いがある。

いずれにせよ、スバルがこの白い空間から抜け出す理由は明快なものが増えた。と、そう思い、虚空へ手を伸ばした瞬間、世界がひび割れる。

「――っ、これは、出口か!?」

突然の世界のひび割れに驚くスバル、その眼前、亀裂の奥が揺らめいて見えるのは、あってはならない空間の跳躍、繋がらないはずの道が繋がった証《あかし》。

それはスバルの、戻らなくてはならないという意思に感応して生まれた道だ。

「ここから戻る前に、お前を……」

「できないよ。お兄さんには絶対できない。やってほしかったんだけどサ」

「――――」

白い床に寝そべり、自分の細い首を絞める仕草のルイに言い返せない。

「疑心暗鬼にしても、自暴自棄にしても、自分も、他人も、嫌われ者も殺せやしない。意気地なしの臆病者。――優しく、ねぶってあげたのに」

「――。いや、歯が当たるからいい。矯正しろ、馬鹿」

忌々しげな顔をしたルイに、スバルは中指を立てて言い放った。

その言葉にルイが鼻白むのを見届けずに、スバルは空間の亀裂に体を入れようとする。

その直前、一瞬だけ躊躇《ためら》いが生じた。

ルイを惜しんだのではない。あの顔を見なくて済むと思うとせいせいする。

スバルが惜しんだのは、ルイとの別れではなく、スバルを立ち上がらせてくれた声。

あの一瞬だけ、ナツキ・スバルを奮い立たせるために現れてくれた、少女。

記憶と名前を奪われ、それ故に唯一、世界の果てでスバルを呼んでくれた少女。

「大丈夫。――約束は、覚えてる」

ナツキ・スバルは、きっとそれを忘れない。

だから、きっとまた、会える。

――そのときは厳しい声だけじゃなく、優しい声が聞きたいと、思って。

「――――」

そう意気込んで、スバルは仲間たちの下へ帰るために、亀裂へと身を躍らせた。

6

──白い世界が剥《は》がれ落ちて、その向こう側に色づく世界が再構成されていく。

まるで無色の空間に閉じ込められて、その内側から世界に色が塗りたくられていくのを見届けているような、そんな不思議な気分だった。

オド・ラグナの揺り籠。あるいは『記憶の回廊』。

そう呼ばれる、この世に非《あら》ざる空間から、ナツキ・スバルの存在が引き剥がされる。断片化された意識が結び付き、少しずつ少しずつ自分という自我が再構成されて──、

「──スバル」


最初に感じたのは、強い喉の渇きだった。

尻と背中に感じる冷たく硬い感触、座って壁にもたれかかっているらしい。瞼《まぶた》を開け、何度か瞬《まばた》きして世界にピントが合うと、こちらを覗《のぞ》き込む青い瞳と目が合った。

蝶《ちょう》のような特徴的な瞳の紋様、それに付随する愛らしい顔つきは──、

「ベアトリス……？」

「……意識はちゃんとしてるようかしら。最初にベティーの名前が呼べたってことは、うっかり記憶を落としてきてもいないみたいなのよ」

「……だな。ちゃんと覚えてる。可愛《かわい》い奴《やつ》だよ、お前は」

と、安堵《あんど》に目尻を下げ、ペタペタと顔や胸に触れてくるベアトリスにスバルは答える。

彼女の小さな掌《てのひら》の感触をこそばゆく思いながら、スバルは自分を模索した。

ベアトリスにああは答えたものの、ルイ——『暴食《ぼうしょく》』がどうやって『記憶』と『名前』を喰《く》らうのかがわからない以上、『記憶』の有無の証明は難しい。

だが、その不安と恐怖は噛《か》み殺す。ナツキ・スバルは、ここにあるのだと。

「——たぶん、大丈夫だ。約束も恋心も、全部この胸の中にある」

エミリアを思えば胸が高鳴り、ベアトリスを大切に思えばこそ撫《な》でたくもなる。仲間たちの無事を心底願えるのも、スバルがスバルである証拠だ。

「……俺、どれぐらい寝てた？　俺が本を開いてすぐ、って雰囲気じゃないよな」

と、ベアトリスの温《ぬく》もりを切っ掛けに自己を安定させたスバルは、『記憶の回廊』へ放り込まれた直前の状況との違いからその結論に至る。書架の前で本に挑んだはずが、壁際に追いやられているし、何より最たる違いは——、

「エミリアちゃんとラム、それにユリウスとシャウラが見当たらない……？」

「——ナツキくん、目が覚めたようだね」

そう言って、眉を顰《ひそ》めたスバルの方へ歩み寄ってくるのはエキドナだ。薄紫色の髪を撫で付ける彼女の傍《かたわ》らには、退屈そうな顔をしたメィリィの姿もある。

彼女もスバルの目覚めに気付くと、「やっとお？」と唇を尖《とが》らせ、

「お兄さんったら寝坊助《ねぼすけ》さんねえ。すっかり待ちくたびれちゃったじゃないのお」

「寝坊助って、可愛い表現だな……こちとら、思いがけない死闘を繰り広げて、やっと帰還したとこなんだぞ。もっとねぎらってくれ」

「思いがけない死闘……それも詳しく知りたいところだが、君が眠っている間にこちらでも色々あってね。ユリウスたちが不在なのも、それと関連してのことだ」

『タイゲタ』の書庫、スバルと一緒にいるのはベアトリスとエキドナ、それにメィリィの三人だけ。色々あったというエキドナの表情は渋いもので、自然とこの場にいないエミリアたちの安否が気遣われた。

「スバルは一時間近く眠ってたかしら。今までの本が数秒で済んでたところだったから、スバルに何かあったらって気が気じゃなかったのよ」

「一時間……大体、俺の認識でもそんなもんだったが、何があったんだ？」

「――シャウラが異変に気付いたんだ。彼女が、塔の外から何かが近付いてきていると言ってね。止める暇もなく、飛び出していってしまった」

「何かが、近付いてくる……」

スバルの安否確認より事情の説明を優先し、エキドナが階下への階段を手で示す。

「その裸のお姉さんを、カッコいいお兄さんが追いかけていったのよお。その間、銀髪のお姉さんとメイドのお姉さんが、眠ってる妹さんを迎えにいったってわけ」

「……それで四人がいないってわけか。でも、レムを迎えにいってくれたのは正解だ」

話を引き継いだメィリィの説明に、スバルは事情を把握して頷《うなず》く。と、そのスバルの納得を見て、エキドナが「ナツキくん？」と眉を顰《ひそ》めた。

「――その反応、君は何か知っているのかい？」

「そう、だな。隠しておく意味もない。だから、結論から話すよ」

スバル自身、まだ『記憶の回廊』で起きたことの全部が呑《の》み込めているわけではない。しかし、記憶喪失を打ち明け、一度は築いた信頼をリセットした状態にあるスバルをエキドナが疑っているのもわかっている。その不要な疑念は、このあとに待ち受ける未曽有の大災害を一丸となって乗り越えるための障害になりかねない。

だから――、

「情報は隠さず全ブッパだ。――レイドの本を読んで、あいつの過去を探る作戦は失敗した。過去は見られなかったし、それどころじゃなくなっちまったんだ」

「過去が見られなかった……？　いったい、何があったかしら」

「邪魔が入ったんだよ。――『暴食《ぼうしょく》』の、大罪司教だ」

「――っ!?」

その響きを聞いた途端、ベアトリスたちの表情が驚きに強張《こわば》った。

おそらく、大罪司教も『暴食』も、彼女たちにとってはよく知る単語だったのだろう。

レムやユリウスの置かれた状況を思えば、それも当然のこととわかる。

そもそも、スバルたちがプレアデス監視塔を目指した理由そのものが――、

「では、意識をなくしていた間、ナツキくんは『暴食』の大罪司教と対峙《たいじ》していたと？それが君の話していた、思いがけない死闘とやらのことなのか」

「そうだ。『死者の書』に潜った途端、レイドの過去じゃなく、白くて何もない場所に連れていかれて……『暴食』のルイって名乗る女の子と出くわした。そいつの話じゃ、そこはオド・ラグナの揺り籠だとか、『記憶の回廊』だとかって話らしくてな」

「オド・ラグナ……」

あの白い世界で、自分が見聞きした重要そうな単語を片っ端から話すスバル。その説明を聞いていたベアトリスの呟《つぶや》きに、スバルは「知ってるのか？」と眉を上げた。

「ルイは世界が壊されないための仕組みだとか、色々言っちゃいたが……」

「ベティーも、詳しいわけじゃないのよ。ただ、オド・ラグナと呼ばれるそれが、この世界の中心……全てのマナの還《かえ》る場所、とされているのは知っているかしら」

「全てのマナの還る場所……」

ずいぶん大仰な言い回しだが、実物を見たスバルはそれを笑い飛ばす気にはならない。

あの白い世界には、常世と隔絶した異界の雰囲気が確かにあった。それがこの世界から外れた場所なのか、あるいは逆に世界の中心なのか、その区別に意味はあるのか。

そうした、言葉遊びのような矛盾を孕《はら》んだ場所だったことは間違いなくて。

「それでえ、そんな場所で『暴食』と出くわしたりなんかしちゃって大丈夫なわけえ？」

そこへ、そう言って口を挟んできたのはメィリィだった。膝を折り、座っているスバル

と目線の高さを合わせた彼女は、その瞳でスバルの黒瞳を覗《のぞ》き込むと、

「『暴食《ぼうしょく》』って、人の記憶とか名前とか食べちゃうって話でしょお？　お兄さん、また色々と忘れたり抜けてたりしてないのお？」

「ああ、それは絶対大丈夫。何にも抜けてないって自信を持って言えるぜ」

「それは、何の根拠があって……」

「――『暴食』にやり込められそうになってた俺を、レムが助けてくれたからさ」

はっきりと、その名前が根拠だと言い張るスバルに三人が目を見張る。中でも、特に大きな反応を示したのはベアトリスだった。

「スバル、その名前は……」

「ものすげぇ力強く、背中を引っ叩《ぱた》かれちまったよ。だから、大丈夫だ」

大きな瞳を震わせるベアトリスに、スバルは真正面から頷《うなず》きかけた。それを受け、ベアトリスは何度か唇を動かすと、そっとその額をスバルの胸に押し付ける。

その小さな感触を受け止め、スバルが彼女の背中を優しく撫《な》でたときだった。

「――？　尻の下から、妙な地響きが……」

「――エキドナ！　皆は無事か⁉」

そう声をかけながら『タイゲタ』の書庫へ飛び込んできたのは、階段を颯爽《さっそう》と駆け上がった人物だ。その相手を目にして、振り返るエキドナが瞠目《どうもく》した。

「ユリウス？　ずいぶんと慌てた様子だね？」

「想定外のことが起きている。すぐにでも、皆と合流したいと……む」

エキドナに答えながらやってくる美丈夫、ユリウスの視線が床の上のスバルへ向く。緊張と警戒に頬《ほお》を硬くしていた彼は、その黄色い瞳を見張ると、

「目覚めてくれていたか、スバル。それは僥倖《ぎょうこう》だ。私のことはわかるか？」

「ええと、あなたは……？」

「――やはり」

「嘘《うそ》だよ！　お前はユリウス・ユークリウス！　マジな顔で呑《の》み込むな！」

「ふ。私の方も冗談だ。――このあと、少し笑えない話をしなくてはならないのでね」

ぐう、とやり込められて難しい顔のスバル。そんなスバルの反応を鼻で笑い、それからすぐにユリウスは『笑えない話』のために頬を引き締めた。

『死者の書』から戻ったスバルの話も聞きたいところだが、火急の報告が。――シャウラ女史が感じ取った異変が何なのか、塔の外を確認してきました」

「それは、この地響きと関係あるもんなのか？」

ユリウスのかしこまった物言いに、スバルが自分の尻の下――塔全体を指差す。

その微《かす》かな地響きは、ユリウスが駆け込んでくる直前に意識に引っかかったものだ。そのスバルの問いかけに、ユリウスは「ああ」と顎を引くと、

「先ほどから聞こえるこの地響きは、足音だ」

「足音？」

と、思いがけない説明にスバルとベアトリスが首をひねる。

そして、エキドナとメィリィも含めた四者の疑念にユリウスは塔の外を手で示し、

「――アウグリア砂丘の各所に存在した魔獣が、一挙にこの塔へ押し寄せている。シャウラ女史が応戦しているが、中へ押し込まれるのも時間の問題だろう」

7

――同刻、ナツキ・スバルのいなくなった白い世界で。

一人の少女が床に寝そべり、顔を覆い、自らの長い金色の髪に埋もれながら慟哭《どうこく》する。

それはまるで、地獄を煮詰めたような、天国に焦がれる罪人のような、激しい慟哭――、

「あァ、あァ、あァ、チクショウ！　振り返りもしないで、なんて男だッ！」

「許さない。逃がさない。絶対の、絶対に……ッ！」

「これで終わったと思うなよ、ナツキ・スバル……ッ！」

「お前の、人生は、あたしたちのもんだァァ――ッ!!」

第四章　『五つの障害』

1

——監視塔への魔獣到来。

アウグリア砂丘中の魔獣が一挙に押し寄せていると、ユリウスの報告を受けたスバルたちの表情が強張《こわば》り、深刻な色がそれぞれの瞳を過《よぎ》る。

靴裏に感じるのは、塔の床を微《かす》かに揺るがす地鳴りや鳴動——それらが誇張なく、塔全体に響き渡る魔獣の足音や嘶《いなな》きだと聞かされて、動揺しないのも無理な話だ。

「俺は、この砂漠のでかさがぼんやりとしかわからないんだが……」

「元々、アウグリア砂丘は魔獣の群生地でもあってね。自然の過酷さより、砂の中に入った人間を狙う魔獣の被害の方が深刻だったぐらいさ」

「一時は軍が派遣され、砂丘の魔獣を一掃する計画も立案されたことがあったそうだよ。もっとも、結果はこの地響きからわかる通りのようだけどね」

スバルの疑問に対して、ユリウスとエキドナからの返答がそれぞれにある。

つまり、この地響きは張子の虎で、敵の数がせいぜい動物園くらいと考えたいスバルの期待は大外れ。正確にはサバンナ級に魔獣がいると、そういうことらしい。

なるほど、状況を絶望視もしたくなるものだ。

しかし――、

「――それで、わたしのことを呼びにきたってわあけ？」

と、そこで声を上げたのが、自分の三つ編みを指でいじくるメィリィだった。

唯一、魔獣到来の話を聞いて、動揺を見せていなかったのが彼女だ。それは意外性を感じなかったからではない。魔獣を脅威と感じていないから、だ。

「情けない話だが、その通りだ。君の力を借りたい」

そのメィリィの問いかけに、頬《ほお》を硬くしたユリウスが頷《うなず》く。

大挙してやってきた魔獣の対処に、魔獣へと命令を下せる能力を持つメィリィを当たらせる。正攻法だ。――それも、おそらく前回はできなかった類《たぐい》の。

「スバル？　どうしたのかしら？　何か変な顔なのよ」

「……俺が変な顔なのは、生まれた瞬間からの宿命だよ」

「それは目つきだけかしら」

すぐ傍《かたわ》ら、スバルの苦い顔に気付いたベアトリスが、心配そうな上目遣い。彼女の視線を受けながら、深々と息をつく。

「スバル、何か気掛かりでも？」

「どしどし聞いてくるなよ。って言っても、俺が思わせぶりな顔してんのが悪《わり》ぃ。それを謝った上で、追加の話がある。『死者の書』から拾ってきた独占スクープだ」

息を詰めるユリウスの周囲、すでにその単語を聞いていたベアトリスたちが目を見張る。

正直、反応は予測できるものだが、言わずに事態を説明できない。

この事態の急変、大挙して魔獣が塔へ押し寄せる原因は――、

「――『暴食《ぼうしょく》』だ。大罪司教の『暴食』が、塔に魔獣を送ってきてる」

「――っ、何故《なぜ》」

「そこは俺が申し訳ねぇ。レイドの『死者の書』の中で、『暴食』の一人と会ったんだ。

正確には、『暴食』の一人と再会した。昨日の夜も会ってたらしい。それが……」

「君の記憶が失われた元凶、というわけか」

結論を遮り、そう口にしたユリウスにスバルは顎を引く。

期待通りというのもおかしな話だが、ユリウスの理解力は高い。『暴食』の名前と能力とを関連付けて、すぐに辿《たど》り着《つ》いてほしい結論まで辿り着いた。

「どうやら、昨日の夜の時点で相手は俺たちがここにいることを掴《つか》んでやがった。そこから半日ぐらい……ペット連れてちょっかい出しにきたってことは、そういうことか？」

「普通の移動速度なら、半日でこの塔へ到達するのは考えづらい。道中、魔獣の妨害もあることを踏まえると特に。ただ、ただ……」

「ただ？」

「ボクたちの大変な旅路と違って、何らかの方法で『暴食』が魔獣を従えていたんだとし

たら……あとは、移動速度だけの問題になるね」

肩をすくめるエキドナのコメントに、スバルは難しい顔で腕を組んだ。

「移動速度の問題ってのは？」

「――陸路に時間が取られるなら、空路を行けば話は別だ」

「空路……！」

思いがけない手段を提示され、スバルが黒瞳を見開いて驚きを露《あら》わにする。

「勝手な先入観で空は飛べないもんだと……魔法があるなら普通に空も飛べるのか！」

「そんなことないかしら。空を飛ぶのは複合魔法の一種で、普通だったら危なくてやれないのよ。やるのは馬鹿か天才か、馬鹿で天才な奴《やつ》だけかしら」

「メイザース辺境伯《へんきょうはく》が、空から登城されるのは有名な話でしたが……」

「それが馬鹿で天才な奴なのよ」

どうやら、まだ見ぬ辺境伯とやらがベアトリスはお気に召さないらしい。

可愛《かわい》らしく拗《す》ねた様子のベアトリスをチラ見しつつ、魔法で飛ぶのも一般的ではないと聞かされたスバルは首をひねった。

「魔法じゃないなら、でかい鳥……あ、竜だ！　飛竜の背中に乗るとかだろ！」

「実際、飛竜繰りの技術は南方のヴォラキア帝国では秘伝として確立されている。帝国はその技法を独占しているが、『暴食《ぼうしょく》』の手口なら奪取は容易だ」

「その技術を、知ってる奴から聞けばいい。記憶をぺろっといただいて、か」

そう考えると、何とも情報戦において強力すぎる手立てを有した敵だ。

『記憶』を喰《く》らえば、隠し通したい謎から何まで全てを自分のモノにできて、『名前』を喰らえばそれをした事実さえ、相手の存在ごと帳消しにできる。

──記憶が人を形作るんだよ、とはよく言ったものだ。

「────」

人の価値は、歩みとは、記憶と歴史に刻まれるものだとスバルは考える。

今は特にそう思える価値観の中、スバルは卑劣な『暴食』の力を心底嫌悪した。

『暴食』の、他者の記憶を奪い取る力は、全てを冒涜《ぼうとく》し、台無しにする悪意だ。

それを自身の幸福のために、幸せの追求のために利用しようなどと馬鹿げている。間違った手段で、道理に合わない方法で、運命を捻《ね》じ曲げようなんて。

──それサ、『死に戻り』するお兄さんが言っちゃうわけ？

「──っ」

嫌な顔が脳裏を掠《かす》めるのを、スバルは頬《ほお》の内側を噛《か》むことで相殺する。

自分の『死に戻り』を棚に上げて、とは思わない。そこまで、ルイの術中に嵌《は》まってやるつもりはない。これ以上、奴には何も奪わせたくない。

「まんまと吠え面《ほえづら》かかせてやりたいが……その前に、あれの兄貴たちの話だ」

「『暴食』の大罪司教が複数いるのはわかっていたことだが、何か掴《つか》めたのか？」

「すげぇわかりづらい一人称のせいでややこしいけど、『暴食』ってのはたぶん三人だ。

『死者の書』の中で管巻いてた奴《やつ》が一人と、そいつの兄貴が二人だと思う」

額面通りにルイの言葉を受け取れば、彼女の兄は『お兄ちゃん』と『兄様』の二人だ。

「鵜呑《うの》みにするわけじゃねぇが、そういう駆け引きができそうなタイプじゃなかった。まあ、その腹芸にちょっとやられかけた俺が言えた話じゃねぇけど」

まんまと相手の思惑に乗せられて、あの細い首を絞めていたらどうなっていたのか。

あの場に現れた青い髪の少女の声がなければ、今頃はきっと。

「……どうやら、おちおち話もしてられねぇみたいだな」

そこまで話したところで、ひと際大きい揺れが『タイゲタ』の書庫にすら届いた。

事態の切迫を肌で感じ、スバルはベアトリスを抱いたまま立ち上がる。

「そのようだ。続きは、シャウラ女史の下に加勢してからだ。メィリィ嬢？」

「ええ、いつでもいけるわあ。わたし、お仕事大好きだものお。……皮肉よお？」

「言われなくてもわかってる。——とにかく、急ごう！　状況を変えるぞ!!」

その意気込みは、真の意味ではスバルにしかわからないものだ。この塔を襲う惨劇、それを繰り返し味わったスバルにしか、実感のできないモノ。

だが、そのスバルの声に応じて、全員が顔を見合わせて頷《うなず》く。

「——おお!!」

そうして改めて、ナツキ・スバル——否《いな》、ナツキ・スバルたちの戦いが始まった。

2

「それにしても、次から次へと厄介事ばっかり……記憶はなくすわ、なかなか起きないわでホントにごめんな！」

「どれもこれも、スバルが悪いわけじゃないのよ。謝る必要ないかしら」

「ホントに？　大丈夫？　みんな、俺のこと嫌いになってない？」

「なんでそんな不安がってるのよ。大丈夫かしら。みんな、スバルのこと嫌いになんてならないのよ。むしろ、す、す、す……」

「わかったわかった。大丈夫、安心した。愛してる」

手を繋《つな》いで並走しながら、何とか励ましのお便りを出そうとしてくれるベアトリスに頷きかける。正直、言葉にならなかった部分を言葉にされる方が恥ずかしい。

愛の言葉は、言われるより言う方がよっぽど楽だ。自分の気持ちは疑う必要がない。

「それで、シャウラがいるのは⁉」

「ああ、もうすぐ……そこだ！」

前を先導していたユリウスが、石造りの通路に隠された横道を指し示す。

何とも陰湿にカモフラージュされた通路を通り抜け、いざ秘匿されたスペースへ。

「――――」

塔の外へ出た瞬間、砂を孕《はら》んだ猛烈な風と、聞き慣れない音の連鎖――まるで、無数のガラスがいっぺんに割れ砕けるような音がスバルたちを出迎える。

それは——、

「うー、りゃりゃりゃりゃりゃりゃりゃりゃりゃりゃりゃりゃりゃりゃいッ!!」

その場所は、塔の壁面に設置されたバルコニーのような空間だった。

地上百メートルではきかない超高所、渇いた風の吹き付けるバルコニーを踊るように跳ね回っているのは、黒く艶《つや》やかな三つ編みをなびかせるスタイル抜群の美女——、

「——シャウラ!」

「あ! お師様きてくれたッスか!? 嬉《うれ》しいッス! あーしの晴れ舞台、もしくは職場見学って感じッス! 師父参観日って感じで、とくとご覧あれーッス!」

砂風に顔を覆われつつ、叫んだスバルにシャウラが場違いに華やぐ声で返事する。

そんな調子で彼女がしでかすのは、それはそれは信じ難いファンタジー——バルコニーの広さ一杯、横一列に空へ展開したのは無数の砲門だった。

厳密には、それは砲ではなく、空に浮かべた白い魔法陣だ。だが、その砲門の印象は変わらぬまま、その狙いが大きく斜め下、地上へ向けられたのもわかる。

そして——、

「——インフィニティッド・ヘルズ・スナイプ!!」

「何それ、カッコいい!!」

シャウラが技名を叫んだ瞬間、白い砲門が眩《まばゆ》く輝いた。

直後のスバルの戯言《たわごと》を塗り潰して、次々と砂丘の空にガラスの砕けるような音が響く。

それと同時に砲門は形を失い、ほどけるようにして大気に溶けた。

これが、先ほどのスバルたちを出迎えた軽やかな音の正体。そして、シャウラが白い魔法陣を大量に描き、それを奏でる目的は一つ——白光が、地上を一気に薙《な》ぎ払う。

砂に着弾した白光が、激しい爆風を伴い大地を吹き飛ばす。それは砂の上、猛然と走る魔獣の背に突き立っても同じ、次々と爆発が広がり、血肉がぶちまけられる。

渇いた砂が血を吸い、散らばる屍《しかばね》を他の魔獣が踏み荒らし、白い光の絨毯《じゅうたん》爆撃が押し寄せる魔獣の総数を百以上もいっぺんに削った。

だが、そんなシャウラの超破壊魔法さえも、蟻《あり》の大群のように塔の周囲を埋め尽くす魔獣の群れの前には、まさに焼け石に水という抵抗しかできていない。

それほどまでに、砂丘から集まる魔獣の総数は膨大だった。

「おい、おい、おい……これ、聞きたくねぇんだけど、まさか」

「この足場からでは、塔の一方向しか見えない。だが、塔の反対側でも同じ光景が広がっている。そう考えてもらって間違いない」

「塔の、こっち側だけ壁に砂糖水塗ってるって可能性もあんだろ」

「もしそんな馬鹿な理由なら、ベティーがそれをした奴《やつ》をギタギタにしてやるかしら」

鳴《な》り止まない地響きと、眼下で蠢《うごめ》く黒い塊。

それが塔の全方位から迫っていると聞かされて、あまりの現実にスバルは倒れそうだ。

余談だが、遠目に見える魔獣のビジュアルにも一言物申したい。

いかにも、グロテスクで不気味で不可解で、神のデザイン力はC−だった。

「どうッスか、お師様！　あーしの活躍見たッスか⁉　あと、さり気に後ろからのアングルがヤバかったのがお師様へのアピールッス。それもどうッスか⁉」

「お前、この状況でめげない精神性がすげぇよ、普通に感心する！　ナイスバルク！　あと、アングルは決められても見る余裕ないから集中してこう！」

「オッケーグーグルッス！　ディーフェンス！　オーフェンス！」

実際、めげないシャウラの精神力には頭が下がる。声援としてはかなり雑なものを投げかけながら、健気《けなげ》に応じるシャウラの背中には罪悪感も湧いた。

せめて、この戦いが無事に済んだら少しは報いてやりたいが――、

「まずはこの場を乗り切るのが最優先……！　メィリィ！」

「おっきい声で呼ばなくたってわかってるわよお。でも……」

「でも⁉　でもなに⁉『でも、別に魔獣を皆殺しにしても構わないんでしょお？』ってこと？　ああ、いいぜ、むしろ頼んだ！」

「そんな調子いいこと期待しないでよねえ。いくらわたしだって、ここまでたくさんの悪い動物ちゃんには対処しきれないわあ」

両耳に手を当てて、バルコニーから眼下を眺めるメィリィが渋い顔。

そのまま、彼女はスバルの暴論めいた希望を聞き流して、愛らしい幼い横顔をきゅっと

引き締めた。そして、どこか艶《つや》っぽく桃色の唇を舐《な》めると、

「──だから、仕込みをしてた子たちを動かして、ぶっつけてあげるわぁ」

「────────ッッッ!!」

そう言ってメィリィが地上へ手を向けるのと、砂丘を爆砕して巨大な質量が地面から飛び出したのは同時のことだった。

かなり距離があり、大型の魔獣でも豆粒のような大きさに見えるこの位置から、その地面を吹き飛ばした存在の姿ははっきりと見えた。

それはつまり、それだけ巨大な存在ということ。──おそらく、全長が二、三十メートルはあるであろう、巨大なミミズが出現、その巨体で周囲の魔獣を押し潰していく。

「あいつは……」

「こんなこともあろうかと、仕込んで手懐《てなず》けておいたってわあけ。ホントはこっそりと逃げ出すつもりだったのに、こんなところで出しちゃって失敗したわぁ」

その巨大なミミズを目の当たりにして、息を呑《の》むスバルにメィリィが舌を出す。

生憎《あいにく》、スバルの驚きはミミズそのものより、そのミミズに見覚えがある事実の方だ。あれは一度、スバルが塔から逃げようとしたときに遭遇した魔獣だ。

思い返せば、地下から一気に飛び出すあのミミズにはスバルも被害に遭っている。

その後、ミミズが白い光に吹き飛ばされたことも、記憶の片隅に確かにあった。

あれはミミズの方がメィリィで、光の方がシャウラだったということか。

遅れてやってきた納得感に、意外性と驚きを味わいつつ、スバルは悪ぶってみせるメィリィの頭に手を伸ばして、とっさによけられない彼女を強引に撫《な》でた。

「わっ、あっ、ちょっとお！」

「地なのか癖なのか知らねぇけど、悪ぶんなくていいよ。別に、俺たちを置いて逃げようとしてたとか、そんなこと信じてねぇから」

「む、なんでそんなこと言い切れるのよお」

「そりゃ、俺がお前でお前が俺で、みんな違ってみんないいだからかな」

「はあ？」

わからないという顔のメィリィ、スバルも彼女にわからせるつもりがない。

究極、メィリィの欺瞞《ぎまん》はスバルにはお見通しだ。なにせ、一時は死んだ彼女の記憶を我が物として閲覧した立場、この世で一番彼女を知っている他人と言ってもいい。

そうして不満げなメィリィの頭に手を乗せたまま、スバルは置かれた状況を精査――前回のループで、塔内に魔獣がなだれ込んだ事情を把握する。

おそらく、前回もこれと同じ魔獣のスタンピードが発生したのだ。そして、下層へ侵入したケンタウロスとユリウスが戦っていたのは、シャウラの手数不足が原因。

だとしたら、今回はそうはならない。何故《なぜ》なら――、

「前回は不慮の事故で欠場したメィリィパイセンがいる！　それなら……」

――ユリウスという戦力を、別の問題への対処に配置することが可能となる。

その考えに至った瞬間、スバルはこの塔で同時多発的に発生した複数の問題、その対処のために必要な人員を、必要な配置へ動かすことが必須だと理解した。

――砂丘を埋め尽くす魔獣の大群のスタンピード。

――塔へ攻撃を仕掛けてくる、『暴食《ぼうしょく》』の大罪司教。

――塔内を我が物顔で徘徊《はいかい》する、凶悪な巨大サソリ。

――塔のみならず、砂丘までをも呑《の》み込まんとする莫大《ばくだい》な黒い影。

――そして、いつしか塔の中を自由気儘《きまま》に歩き始める、レイド・アストレア。


「こっちの戦力が、俺とベアトリス、エミリアちゃんとラム。メィリィにシャウラ、それとエキドナにユリウス……」

「番外で二頭の地竜と、治癒してくれる緑部屋の精霊も加えておくかい？」

指折り、敵味方の数を比較し始めるスバルにエキドナが肩をすくめた。彼女の言葉に頷《うなず》いて、スバルはパトラッシュと、下層の大きな地竜も手札の枚数に加える。

エキドナの言う通り、手札を惜しんでいられる状況ではない。

なんであれ手札に加えて、小賢《こざか》しい頭をフル回転させて、スバルは自分たちの勝利条件を満たさなくてはならないのだから。

そういう意味でも、全ての味方を手の届く位置で把握しておきたいが――、

「──待て、エミリアちゃんとラムは、緑部屋にレムたちを迎えにいっただけだよな？」

この場にいない二人、彼女らの合流の遅さにスバルは喉の渇く思いを味わう。

緑部屋があるのは四層、つまりはスバルたちがこうしているのと同じ階層だ。彼女らがこの場所を知らず、塔内ではぐれただけの可能性もありえるが。

「この状況だ。もしくは、ただ居場所がわからないだけなら、ラム女史がどうとでも方法を見つけるだろう。ラムはともかく、エミリア様が壁を壊すなどして姿をお見せになるはずだ」

「ラムはともかく、お前の中のエミリアちゃん評価どうなってんだよ。あんな可愛《かわい》い細腕で壁が壊せるわけねぇだろ。仮に壊せても、壊す性格じゃない……よね？」

「自信がなくなってるのがいい証拠なのよ。でも、ベティーも嫌な予感がするかしら」

「──っ！　シャウラ！　メィリィ！　ここを任せていいか!?」

ユリウスやベアトリスからの賛同も得て、スバルはシャウラとメィリィに呼びかける。それを受け、なおも光の砲門の設置と発射を重ねていたシャウラがサムズアップ、メィリィも自分の三つ編みを払って薄い胸を張る。

「ここはあーしに任せて先にいけッス！」

「このぐらい、わたしがなんとでもしてあげるわあ。お姉さんたち、無事に見つけてきてくれなきゃ承知しないんだからあ」

シャウラが死ぬまでに言いたい台詞《せりふ》ベスト一位を口走り、メィリィが頼れる背中を見せてくれたところで、スバルはベアトリスたちに頷きかけて走り出す。

壁を潜《くぐ》り、通路へ飛び出したところで、

「メィリィとシャウラが踏ん張っちゃくれてるが、魔獣が塔に入り込む可能性は？」

「なくはないが、ボクたちが落ちた地下砂宮……ナツキくんは覚えていないか。そこから塔内へ入り込む可能性はあった。ただ、それもメィリィくんのおかげで」

「ミミズが暴れて、地下が潰れた？」

「あれだけ分かれ道のあった地下道だ。強度的に耐えられないだろうね」

エキドナの肯定にスバルは拳《こぶし》を固める。

つまり、二重の意味でメィリィの存在が、魔獣のスタンピードを食い止めたのだ。地上からも地下からも、魔獣が入ってこられないなら十分防衛できる。

魔獣の大群が対処されたなら、大きく五つあった問題はあと四つに絞られ――、

「――バルス!!」

「――っ！　ラムか!?」

緑部屋へ走る道中、通路の向こうから届いた声に顔を上げる。見れば正面、スバルたち四人のところへ、猛然と走ってくるのは漆黒の影――パトラッシュだ。

鋭い面貌の地竜、その背にはラムがしがみつき、細い腕にはしっかりと眠り続けるレムの体を抱きしめているのがわかった。

「ラム！　それにパトラッシュとレムも、無事か!?」

「ええ、何とかね。バルスが居眠りしている間に大変な目に遭ったわ。どうしたらあんな

事態で眠りこけていられるの。さっさと立ちなさい」

「悪かったよ！　姉妹で責めるな！　ほら見ろ、ちゃんと立ってる！　走ってる！」

地竜の背中からひらりと降りて、レムを鞍《くら》に預けたままラムの鋭い舌鋒に殴られる。

それがたまたま、夢の中で発破をかけられたレムの言葉と似ていたものだから、見た目だけでなく姉妹なのだと、そんな妙な感慨が湧いてきて。

「──？　バルスの妙な態度は気になるけど、それどころじゃないわ」

「ああ、俺も話したいことが山ほどある。けど、お前と一緒のはずの……」

「──通路の向こうで、『暴食《ぼうしょく》』の大罪司教を名乗る相手と出くわしたわ」

エミリアの所在を問おうとしたスバルを遮り、ラムがはっきりとそう断言した。

その言葉の強さに鼻白み、スバルも、そしてベアトリスやユリウスも口を噤《つぐ》む。故に代わりに反応したのは、その中で一番、動揺の少なく済んだエキドナだ。

「『暴食』の大罪司教と言ったね？　それが、通路の向こうに？」

「ええ、そうよ。──そして、その『暴食』の大罪司教と、誰かが戦っている」

「……誰か？」

それは、ますます妙な印象を受ける説明だった。

ラムの言葉は変わらず、覇気と自信に満ち満ちているが、それだけに不明瞭な部分が存在することがひどく遠大な違和を生じさせる。

その、不明瞭な部分をスバルが追及すると、ラムは「そう」と頷《うなず》いた。

頷《うなず》いて、それから言った。

「――銀髪の、知らない女が『暴食《ぼうしょく》』の大罪司教と戦っているわ。ラムたちに、逃げなさいとそう言って、今も」

3

――銀髪の、知らない女。

「は？」

その、思いがけないラムの表現がスバルの意識にわずかな間隙を生んだ。

これがただ、『銀髪の女』であったなら、迂遠《うえん》な言い方ではあったが、スバルもここまで妙な感慨を抱《いだ》くことはなかっただろう。

しかし、そこに『知らない』と一言余計な言葉がつくだけで、意味が大きく変わる。

「銀髪の、知らない女……」

「ええ、そう。この塔の中で、一度も見たことのない相手よ。少なくとも、こちらに敵意はなかったはず。……状況を見て、一度引いたわ。でも」

「――誰が援軍に加わってくれたのだとしても、相手が『暴食』となれば話は別だ」

スバルの呟《つぶや》きに頷いて、自分がきた方向へ目を向けるラム。そのラムの言葉を引き継いだのは、『暴食』の響きに険しい表情をするユリウスだ。

彼は己の腰に備え付けた騎士剣に触れて、唇を硬く引き結ぶ。

「思わぬ遭遇ではあるが、ここで敵として相見《あいまみ》えた以上、逃がす手はない。元々、我々の目的は『暴食』と『色欲《しきよく》』の大罪司教がもたらした被害を打ち消す方法を求めてのこと。奴《やつ》らが現れたなら、直接その口から聞き出すまでだろう」

「同感ね。ラムも、奴を生かして帰すつもりはないわ。のうのうと現れたことを後悔させてやらなくちゃならないから」

「ま、待て！　待ってくれ！　お前らの意気込みはわかる！　わかるんだが……っ」

『暴食』への強い敵意を覗《のぞ》かせる二人に、スバルは思わず待ったをかける。

自分という存在を世界から切り離されたユリウスと、最愛の妹を自分の記憶から奪われたラム、二人の『暴食』撃破へのモチベーションが高いことはわかる。

だが、ここで問題なのは——、

「お前らの会話に、エミリアの名前が抜けてる。それは、どうした？」

「——」

嫌な予感を覚えながら、スバルはストレートに疑問へと切り込んだ。

ラムの不自然な物言いと、その説明に対するユリウスやベアトリスたちの無反応。視線を向ければ、ベアトリスやエキドナも、表情に違和感を覚えた顔をしていない。

ラムの『銀髪の知らない女』発言を、ありのままに受け止めていて。

「——エミリアって、誰のこと？」

「──っ」

眉を顰《ひそ》め、疑念を隠さないラムの言葉にスバルの喉が驚きに詰まった。

見れば、ユリウスとベアトリス、それにエキドナまでもが瞳に無理解を宿してスバルを見つめている。──そのことに、衝撃が隠せない。

「だって……」

ほんの、一分が経《た》ったかどうかというレベルの話だ。

数十秒前まで、スバルはユリウスたちと『エミリア』の話をしていた。そもそも、スバルたちがバルコニーを離れた目的が、彼女たちとの合流だったではないか。

「──スバル、まさか」

最初に異変に気付いたのは、スバルの手を握っていたベアトリスだった。だが、すぐに他の面々も、スバルの口にした名前が重要な名前だと気付き出す。

「エミリア……それが、あの銀髪の女の名前？」

「──。そうだ。銀髪の女の子がいたんなら、それがエミリアって名前の子で、俺たちの仲間だ。だから、ラムに逃げろって言って、自分は残った。今も戦ってる」

「そんなことが起こり得る、のだろうね。他ならぬ、私自身が味わった思いだ」

スバルの力ない答えに、ユリウスが信じ難い話を聞いた様子で己の前髪に触れる。

驚きを隠せないでいるユリウスだが、スバルも『暴食《ぼうしょく》』の力の及ぶ範囲、即効性、その力の凶悪さを実感し、改めてその恐ろしさを理解した。

正直、自分の記憶を奪われたと自覚しても、その実感はスバルには弱かった。

無論、記憶をなくしたことで生じた誤解や疑心暗鬼、エミリアたちへと向けた負感情の数々は忘れ難く、できれば永遠に忘れておきたい黒歴史の一幕だ。

だが、それでもやはり、実感は薄かった。ないものを、あったかのように感じて探る作業は、まるで何も見えない夜の海で漁をするような不確かな戦いだ。

だから、実感が薄かった。しかし、これはそうではない。

エミリアを、つい先ほどまで覚えていた相手を、これまで共に苦難を乗り越えてきた仲間を、一瞬にして忘れ去る。——これほど、おぞましいことが他にあるか。

己の幸福を求めるあまり、他者の絆《きずな》を食い荒らすなどと、許し難い大罪なのだと。

「——う、く」

「ラム⁉」

驚きを自分の中で咀嚼《そしやく》するスバル、その正面で不意にラムが膝を折った。彼女はパトラッシュの傍《かたわ》ら、その漆黒の地竜の足に寄りかかり、荒い息をつく。

「どうした？　大丈夫か？」

「……少し、頭が痛むだけよ。その、知らない誰かのことを考えていたら」

「エミリアのことを……？」

頭に手をやり、辛《つら》そうな顔で首を振るラムにスバルは眉間に皺《しわ》を寄せた。

おそらく、『暴食』がエミリアの記憶を奪ったとしたら、彼女と同行していたラムはその現場を目の前で見ていたはずだ。それが影響しているのか、とスバルは考えた。

しかし、「スバル」と肩を叩《たた》くベアトリスが首をゆるゆると横に振り、

「それ以上、思い出させるのはやめた方がいいのよ。欠けすぎているかしら」

「欠けすぎ、って……」

「『暴食《ぼうしょく》』の権能の杜撰《ずさん》な部分が出ているのよ。──その、記憶から奪われた相手がいないと成立しない部分が多すぎて、齟齬《そご》が出てしまうかしら」

ベアトリスの言葉を聞いて、一瞬言葉を失ったスバルは、すぐにその意図を理解する。

ラムの立場はエミリアの世話係──いわゆる、主従関係にあったわけだ。二人が互いを想《おも》い合う関係は、わかりにくくはあっても確かな温かみがあった。

それがごっそりと失われ、ラムの中に『エミリア』の存在の空白が生まれる。人生を成立させるために必要なモノ、それを探し求める徒労が彼女を蝕《むしば》んでいるのだ。

「彼女のことはボクが見ていよう」

苦しげに顔を歪《ゆが》めるラムの隣に、挙手したエキドナが並び立つ。前に出た彼女にスバルが驚くと、エキドナはその細い肩をすくめて、

「今、ここで議論している暇はない。『暴食』がきていて、ボクたちの仲間の一人が、名前を奪われながらも戦っているならなおさらだ。足は止めてはならない」

「エキドナ、ラム女史と妹御を頼む。パトラッシュと共に、戦いから離れていてくれ」

「ああ、任せてくれ。──ユリウス、正念場だが、熱くならないように」

「わかっている。闘志は冷え切っているとも。この剣のように」

エキドナの提案をユリウスがすぐに受け入れ、彼は凛々《りり》しい面差しを正面へ向ける。そこにはスバルが口を挟むのも躊躇《ためら》われるほど、鋭い闘志が漲《みなぎ》っていた。

「ラム」

「口惜《くちお》しい、けど、今はラムがいっても足手まといになるだけよ。置いていきなさい。ただし、『暴食』の命は残しておきなさい。生まれてきたことを後悔させてやるわ」

「その意気込みは心強いけど、今はとにかく安静に！　俺たちはいく！」

「――ええ、やってきなさい」

悔しげなラムを残し、スバルは彼女たちと残るエキドナに頷《うなず》きかける。それから、走り出す前にパトラッシュの首を撫《な》で、その背に乗った眠り姫の横顔を覗《のぞ》き込んだ。

変わらず、静かな、呼吸をしていないかと思われるほどか細い寝息を立て、レムは目をつむって覚めない夢を見続けている。

今はそれでいい。彼女から、もらうべき言葉はすでにもらった。

あとは――、

「待ってろ、『暴食』……！　これ以上、てめぇに食わせてやるのはうんざりだ！」

――正直なところ、挙げれば疑問は尽きずに湧き続ける。

何故《なぜ》、『暴食』の権能の影響が、スバルには表れていないのか。

エミリアが名前を奪われ、ベアトリスやラムたちの記憶から消えた今も、スバルの頭の中にはエミリアの名前が、姿が、声が、はっきりと残り続けている。

彼女への淡い想《おも》いも、忘れず、この胸に確かに。

「俺が、異世界からきたから……？」

だから、スバルにはこの世界のルールが適用されないのかもしれない。

この世界の記憶が、『記憶の回廊』で死者の魂から削《そ》ぎ落とされた人生の記録を意味するなら、それを横取りする『暴食《ぼうしょく》』の力がスバルに及ばないのは、スバルが異世界からきた存在という特異性が原因だとも考えられる。

だとしたら、『ナツキ・スバル』の記憶とは、仮に死したとしたらこの世界の『記憶の回廊』に刻まれることはあるのだろうか。

あるいは――、

「――それができないから、俺は『死に戻り』してるってのか？」

それは、ゾッとしてしまうほど冷たい結論だった。

仮にそれがスバルが『死に戻り』するメカニズムの答えだったとしたら、スバルの命は永遠にこの世界の螺旋《らせん》の中へ取り込まれることなくあり続ける。

単純な話、この世界で何十年も過ごして、老衰で死ぬことすらできなくなる。

このルールに当てはまらず、スバルが人生を全うしようとするなら、それはあるいはナツキ・スバル自身が、真に記憶を預けられる世界でなくては――、

「──アイスブランドアーツ！」

瞬間、考え事をしていた意識が鋭い銀鈴《ぎんれい》の声音に切り裂かれる。

顔を上げ、正面を見たスバルは駆け込んだ先──緑部屋へと通じる通路が白く凍え、凄《すさ》まじい冷気の風に迎えられたのを肌に感じた。

そして、その風の起点となっていたのは、舞い散るダイアモンドダストの中で踊るように身を翻す雪の妖精──ではなく、銀髪をなびかせて舞うエミリアだった。

「──えりゃ！　そや！　えいえい！　やぁ！」

手にした氷の双剣を振り回して、エミリアが戦いの声を上げながら猛攻を放つ。どこか気抜けするような掛け声だが、氷の剣が大気を走る速度には可愛《かわい》げがない。

斬撃は正しく、相対する敵へと迸《ほとばし》り、一撃を以《もっ》て斬り伏せんとしていた。

「あれが……」

そうして、氷剣を手に舞い踊るエミリアの周囲、彼女の戦場となった通路は白く青く凍り付いて、まるで砂の中の塔とは思えぬ別世界の様相を呈している。

おそらくは、エミリアの扱う氷の魔法が周囲にもたらす影響だ。それはこの世界にあっても異質なほど強力な力なのか、目にしたベアトリスとユリウスが息を呑《の》む。

だが、それ以上に──、

「あっははァ！　やるね、やるなァ、やるじゃない、やってくれるよ、やってくれたし、やれるからこそ、やってくれるからこそ！　僕たちも喰《く》いでがあるってもんさァ！」

そのエミリアと相対し、放たれる氷剣を軽々と受け流しながら嗤《わら》った存在が色濃い。

それは、こげ茶の髪を長くざんばらに伸ばして、どことなく陰鬱な凶気を滲《にじ》ませる笑みを浮かべた少年だった。

年齢は十代半ば、格好《かっこう》はみすぼらしく、薄汚れてすらいる。決して衛生的とは言えない姿形だが、それ以上に見ていて嫌悪感を催すのは、どこまでも他者を嘲り、食い物にすることを躊躇《ためら》わない、『人生』への絶望と渇望が垣間見《かいまみ》える眼光だ。

一目でわかる。言われるまでもない。

あんな目をした存在が、ルイ・アルネブ以外にもいる事実が、耐え難い。

「――『暴食』の大罪司教！」

「あっはァ！　お客さん！　じゃないね！　メインディッシュだ、お兄さん！　俺たちも会えるのを待ち望んでたよ。妹が世話になったみたいだねえ！」

吠《ほ》えたスバルの声を聞いて、エミリアの剣撃を打ち払う『暴食』が凶笑を深める。その『暴食』の反応に、エミリアが「え!?」とスバルたちの存在に気付いた。

「あ、みんな！　その、私のことわからないかもしれないけど、あっちが敵！　悪い人！ここは私に任せて……私のこと、わからないかもしれないけど！」

背後の仲間たちの存在に、エミリアは自身の置かれた状況を正しく把握している。

当然、自分の記憶が他者から失われ、ショックを受けたはずだ。その衝撃は忘れるばかりで、忘れられた経験のないスバルには計り知れない。

しかし、彼女は気丈にラムを逃がしただけでなく、こうして『暴食』との戦いを続けながら、駆け付けたスバルたちのことも気遣っている。

万感の思いが込み上げ、スバルは叫んだ。

「大丈夫だ、エミリアちゃん！　俺は忘れてねぇ！」

「――――」

「もう、絶対に忘れない！　たとえ何があっても、俺は君を、忘れないから！」

拳《こぶし》を突き上げ、スバルがエミリアの背中にそう言った。

それを聞いた途端、エミリアの目が見開かれ、一瞬のあとに細められる。

「ん――！」

そのとき、彼女の胸中を過《よぎ》った感情がどんなものであったのか、はっきりしたことはスバルにはわからない。ただ、直後に彼女が浮かべた微笑《ほほえ》みと、意気込んで『暴食』へ飛びかかっていく姿を見れば、それが悪い方へ働かなかったことは信じられる。

「君の一言が今、彼女にどれほどの影響を与えたか、自覚はないのだろうね」

「ああ？」

すぐ隣で、同じ光景を見ていたユリウスが微笑でそうこぼしたのを聞く。それが何とも意味深な内容に聞こえて、振り返るスバルにユリウスは応じない。

ただ、彼は腰の剣を引き抜くと、美しい軌跡を描いてそれを構えた。

そして――、

「聞くまでもないことだが、彼女が私たちの味方だな、スバル」

「ああ、そうだ。あの可愛《かわい》さで、俺たちの敵のわけないだろ！」

「――心得た」

応じ、頷《うなず》くユリウスの姿が視界の端で薄くなる。――否《いな》、それは錯覚だ。

次の瞬間、踏み込み一つで加速し、氷の乱戦の中へと飛び込むユリウスの刺突が、胸の前で両手を交差した『暴食《ぼうしょく》』を捉え、大きく後ろへ跳ね飛ばしていた。

「おおっと、お兄さんは……」

「このときを待ち望んだぞ、『暴食』――！」

ユリウスの鋭い剣撃が、薄笑いを浮かべた『暴食』を力強く穿《うが》つ。だが、『暴食』は自ら後ろへ飛ぶことで衝撃を殺し、氷漬けの壁に足をついて陰惨《いんさん》に喉を鳴らした。

「おいおい、そんな突っかかってこないでくれよぉ。悪いんだけど、僕たちと俺たちって食べた物全部共有してるってわけじゃないからさァ。お兄さんに見覚えがないんだ。それって僕たちじゃなく、ロイがやらかしたってことじゃないの？」

「――っ」

「ま、大差ないって考え方もあるよねえ。とはいえ、ロイはともかく、俺たちはあんまりお兄さんには興味ないかなァ。食べる基準に見合わないって感じ？」

「食べる基準、だと？」

「ああ、そうそう。それって……」

だらりと両手を下げ、その手首に固定した短剣で通路を削る『暴食』。奴《やつ》はユリウスを眺め、ひどく禍々《まがまが》しい食事スタイルを語ろうとする。しかし——、

「そいや——っ!!」

「——ッ!?」

そこへ、一切の躊躇《ちゅうちょ》なく氷塊をぶち込んだのが、両手を振り下ろしたエミリアだ。その一発は容赦なく、さして広くない通路を氷で埋め尽くして敵の圧殺を狙う。話を途中で遮られた『暴食』は血相を変えて飛びのき、かろうじて命を拾って舌打ちした。

「ちぃッ！　僕たちが食べたからわかってたことだけど、躊躇がないなァ、エミリア！　そんな調子で攻撃して、怖い人だって思われたら……」

「いいから黙ってて！　私が怖い人だって思われるの慣れてるの、あなたはわかってるはずでしょう！　大事なのは、私がみんなをどう思ってるかよ！　それに……」

氷塊を潜《くぐ》り、息を荒くする『暴食』の顔面へエミリアの白い膝がぶち込まれる。それを腕で受ける『暴食』を背後へ吹っ飛ばし、エミリアは一瞬だけスバルを見て、

「一番覚えててほしい人は覚えててくれたもの。今、すごーく元気だわ！」

「これだから、感覚で動くタイプは得意じゃないんだよね。一番苦手なタイプだ」

「——そうか。だが、私も彼女に同意見だ」

忌々しげに頬《ほお》を歪《ゆが》める『暴食』、その背後にユリウスの長身が滑り込んでいる。振り下

ろされる斬撃、それを『暴食《ぼうしょく》』はとっさに後ろへ回した腕で受けた。

しかし、不完全な受けは斬撃を完全には止められず、深々と肘から先を斬りつけられ、血が噴く。『暴食』の苦鳴、なおも連撃は続いて――、

「――一度は全てに忘れ去られ、自分自身の足場を見失ったことに人生を否定された気にもなったが、私の足場が立つ場所はもとより迷う必要がなかった」

「ちっ！　う、ぎ、ぎゃぁ！」

静かな決意を言葉にして、ユリウスの放つ剣撃の鋭さが徐々に増していく。

『暴食』はそれを受け切れず、ついにはまともな一撃を胸に受け、悲鳴を上げた。

猛攻を続けるユリウスとエミリア、二人の攻撃に『暴食』が防戦一方へ追い込まれる。

そのまま、押せ押せムードに乗じて一気に戦いを決めてしまいたいが――、

「スバル、ベティーたちが割って入っても……」

「――。わかってる。俺じゃ、あの場には割り込めない」

「……それがわかってるならいいのよ」

歯痒《はがゆ》いが、それが現実だ。スバルの技量では、超越者たちの戦いには加われない。それはベアトリスの協力を得ても同じこと。――だから、見守るしかない。

エミリアとユリウスのコンビが『暴食』を打ち負かすと。だが――、

「――アイスブランドアーツ」

その武技の名前を聞くのはこれが二度目、しかし、今度は銀鈴《ぎんれい》のそれではなかった。

血をこぼしながらも余裕の笑みを浮かべる『暴食』——その唇が武技名を紡いでいた。

直後、『暴食』の足下から氷の槍《やり》が突き上がり、それをユリウスが側転して回避、エミリアが握った槍を氷槌《ひょうつい》へ変え、強引に破壊して防ぐ。

しかし、奇襲は防げても、それがもたらす衝撃が消えたわけではない。

「今のって、私の——」

「ははッ！　自分の得意技を喰《く》らってみるのってどんな気分かなァ！　どうだ、どうだい、どうなの、どうなんだ、どうだろうね、どうだろうかな、どうだろうよ、どうしたって、どんな気分なのかって、暴飲ッ！　暴食ッ！」

驚きを口にするエミリアの前で、『暴食』は床から新たな氷の武装を引き抜く。その造形を目にしてエミリアたちは困惑し、スバルは度肝を抜かれた。

何故《なぜ》ならそれは——、

「ぱ、パイルバンカー!?」

「アイスブランドアーツ自体はエミリアの技でも、それを再現するのはお兄さんを食べた僕たちだからさァ！　知識が武器！　俺たちはインテリ大罪司教なんだよ！」

そう言って、『暴食』は自ら再現した異界の武装をエミリアたちに向ける。

刹那、轟音《ごうおん》と共に放たれる氷杭《ひょうくい》が、エミリアとユリウスを強烈に吹き飛ばした。

「きゃあっ！」

「そら、そらそらそら、まだまだまだまだまだまだいくよォ!!」

高らかに嗤《わら》い、『暴食《ぼうしょく》』が次々と生み出すのはこの世界に存在しない異界の武器。エミリアたちは体勢を立て直して構えるが、『暴食』の変化は武器だけにとどまらない。

その武器を操る戦い方さえも変幻自在で、エミリアとユリウスを劣勢へ追い込む。

「動きが、こうも変わるだと……っ⁉」

ユリウスの驚愕《きょうがく》、それが他人の記憶を取り込む『暴食』の恐ろしさを表している。

氷の武器を次々と生み出すエミリアの武技、そこに使い手の想像力という形でスバルの異世界の知識が組み合わさると、その戦術の可能性は無限大だ。

その上、おそらく『暴食』はこれまでの人生で多くの戦士を己の内に取り込み、結果的に多数の武人の戦闘力をのべつ幕なしにインストールした状態にある。

故に、ストックの中から最適な記憶を引っ張り出してくるだけで、即座にその武器のエキスパートへと変貌し、自在に攻防を重ねてくる。

そして、エミリアたちの旗色が悪い原因はそれ以外にもある。

「ユリウス！　そこダメ！」

「く……っ」

エミリアの悲鳴のような呼びかけに、ユリウスの苦しい足踏みが重なる。

そこには協力し、一人の敵を討ち果たさんとするにはあまりに稚拙な連携があった。

エミリアとユリウス、二人の連携の相性が良くないのだ。

それは、エミリアが戦い方をセンスに任せた『感覚派』であることと、ユリウスが修練に修練を積んだ果ての『技巧派』であることも大いに影響する。無論、それは二人が互いの癖を知れるぐらいの関係値にあれば、容易に修正できたはずだが——、

「悲しいもんだよね。本当に連携できるって思ってた？　相手を知ってるのと、とりあえず信じるのって、結果的に同じ方向を向けてても全然違うもんでしょ？　考えがわからないから合わせられない、癖を知らないから修正できない。挙句、ぶつかり合って邪魔になる……ははァ、ダメダメだねえ、お二人さん！」

「く……」

「知識は力！　記憶は絆《きずな》！　思い出を贄《にえ》にして僕たちは高く！　俺たちは強く！　どこまでもどこまでも羽ばたくってわけさァ！」

飛び上がり、繰り出される『暴食』の蹴りが二人を同時に捉える。

まだ小柄で、さして長くない足だが、その靴裏は見事に両者の肩を打ち据え、苦鳴を上げる二人を一気に背後へ吹き飛ばした。

「厄介！　猪口才《ちょこざい》！　大苦戦！　どうだい、僕たちのお手並みってヤツはさ！　そこで見てるだけのお兄さんも、歯痒《はがゆ》い思いを味わってるだけで満足かい？」

「てめぇ……」

「忘れないとかあれこれ言ってたけどさァ、その程度のことがどれだけ救いになるの？　結局、最後には経験が物を言う。優れた知見の積み重ねってヤツこそが、人生を豊かにして、人を勝ち組ってものにするのさ。つまり、最高なのは俺たちってわけだよ！」

両手を広げ、鋭い牙を見せながら『暴食《ぼうしょく》』が言いたい放題に嗤《わら》う。

そうして『暴食』が語った言葉こそが、なるほど奴《やつ》の哲学なのか。

妹のルイが語った哲学とはまた少し異なっているが、結局は他人の人生を踏み台に、自らを肥え太らせることを目論《もくろ》む最悪の思想なのは共通だ。

それを、スバルは心底から唾棄すべき思想だと考え——、

「——オメエ、何調子乗ってやがンだ？」

「……は？」

それまで、我が世の春とばかりに高笑いしていた『暴食』が、その声を聞いた途端に目を見開いた。そして、その驚愕《きょうがく》はスバルたちにも共通だ。

それはあまりにも突然に、当然のように、堂々とこの場に乱入してきた修羅。

ゾーリで氷の通路を踏みしめ、着流しをはだけた赤毛の長身。それが凶悪な笑みを浮かべて、『暴食』を挟んでスバルたちと対面の通路から姿を現した。

そして——、

「最高なのがオメエみてえな根性曲がったガキなわけねえだろ。最高も最強も、最上も最良も、全部オレのためにある言葉なンだからよ」

そう言いながら、降りてこられないはずの二層から降りてきた男。

——レイド・アストレアが凶笑を浮かべて立っていた。

4

「――――」


威風堂々、この場に現れた赤毛の偉丈夫、レイド・アストレア。

思いがけない男の登場と、こちらの驚きに一切配慮しない鋭い青の眼光、その彼の在りようそのものに、全員が――『暴食』すらも、言葉を失っている。

「何を呆《ほう》けてやがンだ、オメエら。オレがここにいンのは当然のこったろうが、ええ？」

そうして、硬直したスバルたちの様子を眺め、レイドが自らの眼帯に閉ざされた左目を指で叩《たた》き、足下の草履で床をぺちぺちと蹴りつける。

「外も中も、こンだけ騒がしくしてりゃぁおちおち昼寝もできやしねえ。ただでさえ、酒もねえから退屈だってのに、こンなもン、我慢できるわきゃねえだろうが」

「……そりゃそっちの都合じゃねぇか。こっちは取り込み中なんだ。見りゃわかるだろ」

「はンっ！　稚魚がなンか言ってやがンのか？　悪《わり》ぃンだが声がちっさくて聞こえやしねえなぁ。まぁ、聞こえてても聞こえねえって言ってやンのは変わンねえンだが」

「クソ意地が悪ぃ……」

そして、悪いのは意地だけでなく、タイミングも悪い。

糾弾と呼ぶには弱々しく、抗議というには実がない。乱暴で容赦のない言葉に閉口するスバルは、自分がレイドに恐れを抱《いだ》いていることを自覚し、拳《こぶし》を握り固めた。

魂が、レイドを前に震える。それは恐怖や怯《おび》えではない。それは、武者震いだ。

「――はっきりと、お前が敵だって俺の魂が認めてるから、か」

「へえ？　いいぜ、稚魚。稚魚から昇格してやるつもりはねえが、オレが都合のいい援軍だなンて勘違いしねえところは褒めてやるよ」

「援軍だから喜べ、なんて言われても素で受け入れられる相手じゃねぇしな」

「はンっ！　言いやがる」

獰猛《どうもう》に牙を見せ、鮫《さめ》のように笑ったレイドにスバルは胸中の冷たい感覚を隠す。

今のレイドの宣言はある種、絶望的な宣告でもあった。しかし、元よりスバルはレイドを味方などと考えてはいない。

それが肯定されただけ。――勘違いなど、してはいない。

と、そんなスバルとレイドのやり取りが一段落したところで――、

「――あのさァ、レイド・アストレア」

そう、いち早く正気に戻った人物、『暴食《ぼうしょく》』がレイドの名前を呼んでいた。

凍り付く通路の真ん中――まさしく、スバルたちとレイドの中心に立っている『暴食』の大罪司教、その呼びかけにレイドが不機嫌に鼻を鳴らした。

「おう、なンだ、チビ。……小汚《こぎたね》ぇチビだな。なンだよ、汚チビちゃん」

「あんた、初代『剣聖』だろ？　それがまたなんでここにいるのかなァ？　僕たちの記憶だと、試験官のあんたは上の階から下りてこられないはずだろ？」

屈辱的な呼び名を無視して、挑発してくるレイドに『暴食』が問いを投げる。

その、彼が語った『記憶』は明らかにスバルの『記憶』であったことが腹立たしいが、問いかけの内容自体はスバルたちが抱《いだ》いた疑問と同じ内容だ。

前回のループでも起こったことだが、二層の試験官のはずのレイドが自由気儘《きまま》に塔内を出歩いている理由は一切わかっていない。ただの規格外、とは思いたくないが。

「妙なカラクリがあるのか、塔そのもののルールでも変わったのか。どっちにせよ、あんたがこうしているのは計算外で、色々とコースを考え直さなくちゃァいけなくなる。前菜をいただいてからメインディッシュ、そしてデザートが基本さ。だろ?」

「グダグダと、わけわかンねえこと抜かしてンじゃねえよ、汚チビクソ野郎」

「――――」

「オレが下りられねえだぁ? 目ン玉ひんむいてよく見ろや、オメエ。自分が何馬鹿なこと言ってンのか、見てわかンだろうが、オメエ、オイこら」

言いながら、『暴食』に対してレイドが不機嫌に前のめりになる。白い歯を剥《む》いて、隻眼で相手を睨《にら》みつける姿はまさしくチンピラ同然のスタイルだ。

しかし、生憎《あいにく》と当人から放たれるプレッシャーは、コンビニ前にたむろするチンピラとは比較にならないほど強烈で、余波だけで命を脅かされる恐怖を覚える。

例えるなら、そこにいるのは虎と熊と獅子《しし》と竜とが混然一体となったケダモノだ。

ありとあらゆる暴力の気配を纏《まと》って、レイドは牙を剥く。

「ざっけンなよ、オメエ。オレはオレのやりてえことをやりてえようにヤンだよ。誰の指図も受けるわけねえだろ、オメエ。ざけてンじゃねえぞ、オメエ。大体、オメエこそなンなんだ。誰の許可もらってこンなとこで騒いでやがンだ。オイ、オメエこら、オメエ」

「あっはは ァ、すごいなァ、たまんないなァ、話になんないなァ」

手にしていた氷の聖剣を氷の破片へと変えて、『暴食《ぼうしょく》』が長い前髪をかき上げる。

さしもの『暴食』も、こうまで対話が成り立たない相手はやりにくいらしい。問答無用のエミリアにも苦戦の気配があったが、レイドはエミリアより数段話が通じない。

しかし、『暴食』はそんな相性の悪い敵に対して「だけど」と言葉を続け、

「獲物としちゃぁ極上だね。俺たちの、『美食家』としての食欲にビンッビンッきてるッ！喰《く》らいつけ！　齧《かじ》り取れ！　舐《ねぶ》り尽くせ！　味わい遂げろ！　暴飲ッ！　暴食ッ！」

吠《ほ》え、猛《たけ》り狂う『暴食』が凍れる床に四肢をついて、レイドを睨《にら》みつけた。

白い犬歯の隙間から長い舌を覗《のぞ》かせ、常軌を逸した、常人には理解できない他者の記憶を貪る『食欲』が命じるままに、涎《よだれ》が床へと滴っていく。

そして――、

「――魔女教大罪司教『暴食』担当、ライ・バテンカイトス」

その口上は誇りか驕《おご》りか、いずれにせよ『暴食』は――否《いな》、ライ・バテンカイトスが名乗り、次の瞬間には氷の床を蹴って矢のような速度で走り出した。

それは獰猛《どうもう》な四足獣の狩猟風景、そう錯覚させるほどに野性味のある疾走で。

「あー、面倒くせえな」

その、猛進するバテンカイトスを正面から見据え、レイドは自分の耳に指を突っ込みながら億劫《おっくう》そうにぼやくと、

「――イタダキマスッ!!」

「マブい姉ちゃんに言われンならともかく、オメエに言われても嬉《うれ》しくなンかねえよ」

刹那、大口を開けて迫ったバテンカイトスの体が激しく横へブレる。

それは雑に繰り出されるレイドの右足、その蹴りが真横からバテンカイトスの胴体を捉え、通路の壁に豪快に叩《たた》き付けたためだ。

「ぐ、ぇ……っ」

「鶏が絞められるときみてえな声出してンじゃねえよ、オメエ。言っとくが、鶏は絞めたら食ってうめえが、オレはオメエを喰うつもりはねえ。暴食だかなンだか知らねえが」

「ぎ、ぁ！」

「大人に飛び掛かってきてンだ。仕置きされる覚悟はできてンだろ、オメエよぉ！」

言いながら、レイドは蹴り足でバテンカイトスの体を壁に押し付け、そのまま氷の通路を足一本とは思えぬ速度で走り始めた。

当然、壁と接触した状態で、それも所々に氷の凹凸がある壁面を滑らされるバテンカイトスは抵抗ができない。そのダメージは甚大、破壊的だ。

「ぎ、がぁぁぁぁぁぁ――ッ！」

「オイオイ、コンな程度でわめいてンじゃねえよ。コンな調子じゃお話にならねえ。コンなのまだまだ、オレの時代じゃ子どもの遊びにもなンねえぞ。最近のガキは小汚《こぎたね》えだけじゃなく貧弱になったもンだな、オイ、オイ、オイ、オメエよぉ！」

退屈そうに言い放ち、足を止めたレイドがその場で素早く半回転。

入れ替わりに叩《たた》き込まれる左の後ろ回し蹴り、それがバテンカイトスの横っ面へ豪快に突き刺さり、小柄な体躯をゴム毬《まり》のように吹き飛ばした。

尋常でない勢いで、バテンカイトスが受け身も取れずに床を弾む。高速回転して血をばらまく大罪司教は、立ち尽くすエミリアとユリウスの間を抜け、ついにはスバルとベアトリスの横を跳ねながら通路の奥へと転がり込んだ。

そのまま大の字にうつ伏せに転がる姿には、直前の威勢の良さが微塵《みじん》もない。

死んだのではないかと、そうとすら思える。

「あいつ、エミリアちゃんとユリウスが二人がかりで苦戦してた強敵、だよな？」

「……それで間違いないのよ。ただ、それ以上にあれが規格外ってだけかしら。だから、場合によっては状況はもっと悪くなったと言えるのよ」

きゅっと、スバルと手を繋《つな》ぐベアトリスが、後方に倒れて動かないバテンカイトスではなく、前方のレイドを警戒する。それはエミリアやユリウスも同じだ。

すでに戦況は対『暴食《ぼうしょく》』戦ではなく、新たな強者とのものへ変わりつつある。

そんな中にあっても——、

「あの子をやっつけてくれて、すごーくありがと……って、仲直りするんじゃダメ？」

まず、レイドに対して最初に友好的に語りかけたのはエミリアだった。その彼女らしい平和な申し出に、しかしレイドは首を振り、肩をすくめ、床を蹴った。

肉体の三段活用で申し出を払いのけ、レイドはがりがりと頭を掻《か》く。

「はン、気ぃ抜けること言ってンじゃねえよ、オメエ。……つーか、なンだ、オメエ。マブすぎンだろ、どうなってンだ、冗談じゃねえ！　激マブじゃねえか！　なンだってコンなとこにいやがンだ、オメエ。コンな状況で何してやがンだ。コンな砂だらけのわけわかンねえとこで遊ンでねえで、今晩の酌しろや、オメエ」

「ええと、これも二回目なんだけど……」

「――残念だが、彼女はあなたの晩酌には付き合えない。何故《なぜ》なら」

「お？」

「幻影たるあなたに、安寧の夜は訪れないからだ」

と、品のない発言を遮るように、騎士剣を構えて前に出る男が一人――ユリウスがエミリアを庇《かば》うようにレイドと対峙《たいじ》し、剣気を研ぎ澄ませて視線を鋭くした。

その黄色の双眸《そうぼう》を真正面に、レイドがわずかに表情を変える。

「……なンだ、オメエ。ちょっとはマシな面構えになってンじゃねえかよ。なンかいいことでもあったのかよ、オメエ。女か。女だろ、オメエよ」

「色々と心構えに影響する出来事があったことは否定しない。ただ、女性の抱擁が傷付く心を癒《いや》すこともあれば、容赦のない友の叱咤《しった》が代わりになることもある」

「回りくどい野郎ってとこは変わっちゃいねえな。何が言いてえんだ？」

「つまり、今の私がこうして剣を握るのは、友のおかげということ——！」

そう応じた次の瞬間、ユリウスは鋭い踏み込みから騎士剣を跳ね上げ、目を疑うほど美しい軌跡を剣先に描かせて、レイドの首へと一撃を迸《ほとばし》らせていた。

「————」

その選択は最適解だ。余裕綽々《よゆうしやくしやく》の態度でいるレイド、その出鼻を挫《くじ》くことを狙うのは、この初代『剣聖』を攻略する上で的確な一撃であったと断言できる。

問題は——、

「——オメエ、余裕綽々ってのがどういう意味かわかってンのか？　そりゃな、何されても余裕だから、どンな小細工したって関係ねえンだよ、バーカって意味だ」

——そのユリウスの先制攻撃を、レイドが手にした二本の箸で挟み止めたことにある。

とんでもない技量、まるで宮本武蔵の逸話の再現だ。——否《いな》、いくら宮本武蔵でも、敵の剣を箸で受け止めることまではしない。

「く、う……っ」

「まぁ、悪くはなかったンじゃねえか？　オレが相手でなきゃ、喰《く》らうぐらいはしてやっただろうよ。——ンじゃ、いくぜ」

刺突を防がれて呻《うめ》くユリウスへと、レイドが鮫《さめ》のように笑いかける。

そのまま、レイドは箸を一本ずつ両手へ握り、剣先を払うと同時に踏み込み、箸撃が放たれる。――衝撃が、騎士剣を真っ向から打ち据え、快音が鳴り響く。

「――――」

細く、剣と比べるべくもなく刃渡りの短い木の棒は、しかしレイドという達人の腕に握られることで実寸大以上の凶器となって破壊をぶちまける。

猛烈な快音が響いた直後、発生する衝撃波がユリウスの髪と服をはためかせ、通路全体の氷結した部分を一気に割り砕いていく。

――まさに規格外、常識外れ、世界のバグというべき異常の塊。

その力量を一度ならず目にしていても、実物を改めて見たことでスバルは絶句。

こんな化け物が世界に存在することと、この化け物を越えることを塔の攻略条件として盛り込む設計者の悪魔的な底意地の悪さに吐き気すらした。

だが――、

「――へえ、本気でちょっと感心したぜ」

その箸の一撃に、レイドの全力がどれだけ込められていたかはわからない。

しかし、レイドはその一撃さえ受け切られることが想定外だったようで、箸撃を全身で受け流したユリウスの戦意を称賛する。

それを受け、口の端から血の雫《しずく》をこぼしたユリウスは目を細め、

「なにせ、私があなたに勝てなくては、こちらの計算が狂ってしまうのでね」

「勝つ気でいンのかよ、吠《ほ》えやがる」

「だろうね。だが、お付き合いいただこう！」

瞬間、ユリウスの剣撃が閃《ひらめ》いて、それをレイドが二本の箸で荒々しく受け流した。

剣の勢いが逸《そ》らされ、ユリウスの体勢が泳ぐ――ことはない。ユリウスの騎士剣はその受け払いさえ織り込み済みとばかりに旋回し、一切のタイムラグなく次の一撃へと剣閃《けんせん》を繋《つな》げた。その後も、それは連続する。

流麗で、一分の無駄もない洗練された水の流れのような剣舞、それが始まった。

――レイドの剣勢が火炎だとすれば、ユリウスの剣勢は流水の如《ごと》しだ。

単純な相性で言えば水は火を消してしまうが、炎の勢いが強ければそれこそ焼け石に水の格言通り、水はただ蒸発して無意味となるだけ。

おそらく、多くの流水の剣士はレイドの火炎の如き剣勢に蒸発させられただろう。

だが、少なくともこの瞬間、ユリウスは自身が渇いて消えることを恐れず、レイドへと揺るぎない攻撃を叩《たた》き込んでいく。

そして――、

「相手がユリウスだけだなんて思わない、で！」

「はンっ！　忘れちゃいねえよ、激マブ！　オメエは忘れるにゃ面が良すぎンだよ！」

「褒めてくれてありがとう！　でも、ホントに覚えててくれてるのは一人だけだから！」

そのレイドとユリウスの剣舞へと、氷の武装を山と抱えるエミリアが合流する。

これにより、レイドは箸の一本をユリウスに、もう一本をエミリアへと向けた。それが対策になるのか、そんな凡庸な価値観をレイドの剣力はことごとく粉砕する。

流水と火炎の剣舞に氷結が割り込み、戦場の色が再び鮮やかに変じていく。

剣舞のキャストを一人変更し、バテンカイトスの代わりにレイドが敵となるが、エミリアとユリウスのぎこちない連携は継続——否《いな》、それも変わる。

敵が強くなったからか、あるいはわずかな間に二人が自分たちの戦い方を寄せ合い、修正したのか、どことなく合わない息が合い、不確かな連携が確かな連携となる。

「ユリウスが、エミリアに合わせているのよ」

「わかるのか？」

「性格的な相性もあるかしら。エミリアの思い切りが良くなって、ユリウスがらしく動けるようになったのよ。たぶん、エミリアが合わせる気をなくしたのが正解かしら」

「すげぇらしいコメント」

とはいえ、それで上手《うま》くいくのだから、その判断で正解なのだろう。

結局、エミリアはどこまでも手放しにマイペースを貫く方が性に合っていて、ユリウスはわかりやすく他者の動きに合わせつつ、自分を飾るのが得意であると。

「はっはぁ！　いいぜいいぜ、オメエら！　オレも楽しくなってきたじゃねえか！」

「うや！　せいや！　とりゃ！　うりゃうりゃうりゃぁ！」

その、二人の噛《か》み合った連携を愉悦と共に払いのけ、レイドが高笑いする。そこへエミリアが気の抜ける掛け声と、その掛け声から繰り出されるとは思えないほど殺傷力の高い一撃をぶち込み続けるが、決定打にはならない。

　水と炎と氷との、美しく絡み合った幻想的な剣舞。

　まるで本当に舞の一節だと、そう勘違いしてしまいそうになるほど美しく——、

「——しゃぁぁぁぁ!!」

　故に、そこへ割り込む不協和音の存在は、目にも耳にも異物となって焼き付いた。

「野郎……っ！」

　三者が攻防を繰り広げる空間へ、無作法に割り込んだのはライ・バテンカイトスだ。

　レイドの蹴りを喰《く》らい、そのまま半死半生の状態で転がっていたはずの少年。それが立ち上がり、あろうことか被害などないかのように戦場へ参戦する。

　バテンカイトスは両手の手首に括《くく》り付けた短剣を振るい、さらには短い手足を器用に駆使した戦技を交えて、次から次へと致命の攻撃を三者へ放り込む。

　それを、エミリアとユリウス、そしてレイドはそれぞれ煩わしげに防いで、

「ずいぶんと往生際の悪いことだ、大罪司教！」

「はっはァ！　俺たちをのけ者にして楽しもうなんて、そんな性格悪いことするのはやめてくれよ、兄様！　いつもいつも独り占めかい？　ズルいなァ、ホントに！」

「レイド！　見たらわかるでしょ！　ここで私たちがケンカしてても仕方ないの！　手伝ってくれるか、せめて大人しくしててってば！」

「話のわからねえ女だな、激マブ。オレぁ今、それなりに楽しンでンだぜ？　空からお星様が降ってきやがったとしても、オレの考えは曲げられねえよ！」

四者、壮絶に攻撃を交えながら、互いに互いの意思をぶつけ合う。

それは決して、易々《やすやす》と近付くことのない、わかりやすい妥協点へ辿《たど》り着《つ》くことなどできない、血臭と切り離せない戦いの光景だ。

誰が有利で、不利で、優位で、劣勢なのか、外野からの判断は難しい。

できることは、せめて味方の勝利を願うことのみ、だが——、

「——ぐ」

「スバル!?」

そうして、歯痒《はがゆ》い思いで戦況を傍観するしかなかったスバル、それが胸を押さえて、その場に膝をついたことにベアトリスが驚いた。

俯《うつむ》いて、苦しげに息をするスバルの肩に触れ、ベアトリスがその顔を覗《のぞ》き込む。

「スバル、スバル！　どうしたのよ。何があったかしら！」

「……いや、これは、なん、だ？」

「スバル？」

ベアトリスの必死の呼びかけに、スバルは自分の胸を掴《つか》んで何度も瞬《まばた》きする。

誤魔化《ごまか》しや、はぐらかそうといった意思は全くない。ただ、スバルにもわからない。奇妙な異常、違和感——信じ難い熱が、胸の奥で発生している。

心臓が爆《は》ぜそうなぐらいに拍動して、全身に流れる血の一滴までもが何かを訴えかけてきているような、処理し切れない恐ろしい感覚が脳に真っ赤な警鐘を鳴らしていた。

「――――」

わからない。今、自分の体に何が起きているのか。

これは、これまでのループの中でも起きていなかった現象だ。何らかの持病、あるいは魔法のようなものの干渉を受けたのか。

自分の中にない知識まで総動員して、最悪の可能性を探り、首を横に振る。

違う。これはおそらく、悪いものではない。警鐘は、この異変が伝えているのだ。

「は、ぁ……」

深く、息を吐く。

直前まで、スバルの脳裏を焼いていたのは、目の前でレイドやバテンカイトスとの攻防を繰り広げるエミリアとユリウスの心配、だけではなかった。

状況的に、立ち尽くして見守るしかない無力な自分。

そんな状況にあってスバルの脳を焼いたのは、こうしている間にも進行している可能性の高かった、五つの障害――その、残された二つの障害だった。

眼前の、エミリアとユリウスの奮闘の裏側で、いまだ塔を崩壊せしめる可能性への対処を思い悩んだ瞬間、この胸は熱く脈打って、スバルに膝をつかせたのだ。

どくどくと、強烈に脈打つ心の臓。

その心音に意識を重ねながら、スバルはゆっくりと呼吸し、目をつむる。自然と、そうすべきだと感じた。それに従って、目を閉じた。

「――――」

そのスバルの様子を見て、ベアトリスが呼びかけの声を止めた。

おそらく、彼女にも確信はなかったはずだ。だが、そうしてくれた。物分かりのいい仲間を持って、スバルは果報者だ。

そして、そのスバルの瞼《まぶた》の裏に、奇妙な感覚が湧き上がった。

――それは、ぼんやりとした暗闇に浮かび上がる、ほんのりと淡い光だった。

「――？」

ほんのりと、温かくぼんやりとした光。

それはスバルのすぐ傍《かたわ》らに一つあり、少し距離を離れて正面に二つある。さらに不思議なことに、スバルにはその光が、振り返ってもいない後ろの方角にもあるのがわかった。

後ろ、そちらの方にいっぺんに四つもまとまって光がある。そこから大きく離れたところに一つがあって、そして、そして、そして――、

――もう一つが、すぐ頭上に迫っているのがわかって。

「――ベアトリス！」

「ひゃんっ！」

何故《なぜ》だか、スバルはその感覚を迷わず信じて、ベアトリスに飛びつくようにしてその場

から飛びすさった。

軽い、少女の体を腕の中に抱き入れて、スバルは躊躇《ためら》いなく石の床を転がり――刹那、灼熱《しゃくねつ》が右足の腿《もも》を掠《かす》めていくのがわかり、苦鳴を上げる。

「が、ぐおおおお！」

その灼熱が、足に負った裂傷からくるものだと即座に気付く。おそらく、深々と抉《えぐ》られた足の傷から意識的に目を逸《そ》らし、スバルはベアトリスを抱いたまま振り返った。

そして、痛みと涙で霞《かす》む視界を押し開くと、見た。

「くると、思ってたぜ、このクソサソリ……ッ！」

忌々しげに吐き捨てるスバル、その正面に現れていたのは、これもまた二度目の邂逅《かいこう》となるであろう巨大なサソリ――黒い甲殻と、赤い光点のような瞳を持ったサソリが、その多脚を生かして壁を這《は》い、スバルたちを睥睨《へいげい》していた。

「――ぁ」

そのおぞましい巨躯《きょく》を前にして、ベアトリスが目を見開く。

その視線の先にあるのは、スバルの足を深々と抉ったサソリの鋏《はさみ》だ。サソリはその鋏の先端にえげつなく抉られたスバルの肉を挟み、多量の血を通路に滴らせている。

――懸念されていた、巨大サソリの乱入。

乗り越えなくてはならなかった五つの障害が、ここへ一極集中してくる。

「――」

状況の悪さを理解して、スバルは痛みで赤熱する思考に活路を見出《みいだ》そうとする。

だが、状況をどうすれば世界が変わるのか、それがスバルには一向に見えてこない。

バテンカイトスがいて、レイドがいて、巨大サソリまで現れて。

せっかく、魔獣の大群をメィリィとシャウラが押さえてくれていても、これでは他に手が回り切っていない。これでは、ダメだ。

この方法では、ダメなのだ。もっと、こうではないやり方を――。

「――スバル！」「スバル！」「スバル!!」

歯噛《はが》みするスバルの鼓膜を、三者の声が呼びかけてくるのが聞こえる。

ベアトリスの悲痛な声が、ユリウスの緊迫した声が、エミリアの訴えかける声が、それぞれにスバルを呼ぶのが聞こえて、そして。

バテンカイトスが、レイドが、巨大サソリが、それぞれに動く。

ナツキ・スバルたちの行動を、道行きを阻むように、しかし、それより早く――、

――凄《すさ》まじい勢いと衝撃を伴って、塔全体が激しく揺れ、轟音《ごうおん》が響き渡った。

それはそのまま、床に倒れ込むスバルの体を跳ねさせ、攻防を繰り広げるエミリアたちを吹き飛ばし、巨大サソリの甲殻さえも押し潰して、世界がひしゃげる。

すぐ傍《かたわ》らの小さな体が、まるでスバルを守ろうとするように抱き着いてきた。その、柔

らかい体を抱き返して、スバルは衝撃の中に目を見開く。

『――愛してる』

――そこに、ただ盲目的な愛だけを抱《いだ》く闇が、スバルを呑《の》み込まんとしていた。

5

――瞬間、世界の全てが、白と黒が、光と影が、男と女が、愛と憎悪が、ひっくり返ったような衝撃と感覚があって、ナツキ・スバルは流転する。

「――スバル」

呼びかけ、それを手繰るようにして、スバルは声の主を掻《か》き抱いた。

途端、「うひゃんっ！」と悲鳴が上がり、腕の中でじたばたともがく体が慌てて、スバルの顔を見上げてくる。それは――、

「べあ、とりす……」

「そ、そうかしら！　急にびっくりするのよ。別に、嫌って言ってるわけじゃないかしら。ただ、本から戻ったばっかりで心配で……でも、ベティーの名前を最初に呼んでくれてホッとしたかしら」

「――――」

そう、腕の中のベアトリスがスバルに向かってぼそぼそと呟《つぶや》く。その声を聞きながら、

スバルはきょろきょろと自分の周りを見回した。

何があったのか、ついさっきまで、自分は通路に倒れていて、足も傷付けられて、そのままあの黒い、黒い、闇の中へ――。

「……書庫？」

「とりあえず、寝惚《ねぼ》けているのかそうでないのか、それだけでもはっきりさせてくれると、ボクたちもやりようがあるかな、ナツキくん」

大量の書架に囲まれ、呆然《ぼうぜん》とあたりを見回すスバルに、そんな声がかけられる。

見れば、それは薄紫色の髪を撫《な》で付け、苦笑するエキドナだ。彼女の背後には書架にもたれかかり、「やっと起きたわあ」なんて頬杖《ほおづえ》をつくメィリィもいて。

「わ、わわ！　スバル！　スバル、どうしたのよ！　やっぱり、体調がおかしくなってるかしら？　本の中で何を見たのか、話せるのよ？」

「ああ、いや、うん。それも、しなくちゃなんだが……」

ぎゅっと、スバルはベアトリスの細い体を抱きしめ、温《ぬく》もりを堪能する。

そして、認めざるを得ない現実を認めた。

――戻ってきた。この瞬間に。

五つの障害を乗り越えることにしくじり、スバルはこの瞬間に、舞い戻ったのだと。

第五章　『理不尽な剣の鉄槌《てっつい》』

1

――『死に戻り』をしたのだと、まず最初に、その事実を深く受け止める。

プレアデス監視塔を襲う五つの障害、それらへの対処が間に合わず、最後には塔そのものと心中する形で、あの恐るべき黒い影に全てを台無しにされた。

そうして命は潰《つい》え、『死に戻り』によって再度の機会を得たスバル――だが、今回の『死に戻り』はこれまでとは毛色が違う。

何故《なぜ》なら――、

「――リスタート地点が、今までと違ってる」

五回目の『死』、それ自体も大いに嘆くべきことだが、最大の問題はその命の再開地点の変更――レイドの『死者の書』、つまり『記憶の回廊』からの帰還直後への変更だ。

「――――」

セーブ地点の変更、それがあることは予想されたことではあった。

記憶を失う前の『ナツキ・スバル』も、同じように『死に戻り』を駆使していたはずだ。

ならば、記憶を失った直後から始まるこれまでの開始地点は明らかに異質。

何らかの形でセーブ地点が更新されない限り、緑部屋からの再出発はありえない。

だから、セーブ地点の更新自体には驚かない。問題は——、

「最悪の状況の直前に戻されて、小細工するための時間がほとんどねぇ……！」

『記憶の回廊』からの帰還直後ということは、すでに五つの障害は進行中——尻の下に微《かす》かに感じる揺れは、塔へ迫る魔獣のスタンピードの証拠だ。

それはつまり、それだけ制限時間が短く設定されたということに他ならない。

魔獣のスタンピード、レイド・アストレア、謎の大サソリ、二体の『暴食《ぼうしょく》』と、塔を喰《く》らい尽くす凶悪な影、それらに対処するための時間が、時間が、時間が——、

「——落ち着くかしら！」

「いひゃいっ！」

袋小路に嵌《は》まりかけるスバルを、頰《ほお》への強烈な衝撃が引き戻す。それは両手でスバルの頰を力強く挟み、丸い瞳を真《ま》っ直《す》ぐ向けてくるベアトリスだった。

ベアトリスはスバルの頰を押し潰したまま、息がかかるような距離で続ける。

「本の中で何があったのか話すのよ、スバル。ちゃんと話して、一緒に考える。——それが、ベティーたちの強みかしら」

「————」

混乱と後悔に支配されかけた思考が、ベアトリスの言葉でクリアになっていく。

そうして思考が晴れれば、混乱と後悔の向こう側から立ち向かうべき敵がはっきりと見えてくる。同時に思い出されたのは、直近の自分の晒《さら》した無様な心境。

ほんの少し前にも、足踏みするスバルを奮い立たせてくれた叱咤《しった》があって――、

「――立ちなさい、だ」

「え？」

「いや、再確認だよ。俺は、どれだけ進歩のない馬鹿野郎なんだっっていうな」

そう応じて、スバルは目を丸くしたベアトリスを抱えたまま立ち上がる。

書庫にいるのはエキドナとメィリィ、あとのメンバーがどこで何をしているのかは大まかにわかっている。彼女たちが今、どんな苦境に置かれているのかも。

だから――、

「手短にいく。『死者の書』でレイドの記憶を見るのは失敗した。邪魔が入ったんだ。本はオド・ラグナって存在の足下に繋《つな》がってて、そこで面倒な奴《やつ》と出くわした」

そのスバルの早口な説明に、三人が面食らったように目を見張る。

そうやって、彼女たちの心が追いつく時間を待ってやれないことを内心で詫《わ》びながら、スバルは決定的となる一言を続けた。

それは――、

「――『暴食《ぼうしょく》』の大罪司教、ルイ・アルネブが俺たちに宣戦布告してきやがった」

2

「それにしても、こんな東の果てまできてまた大罪司教か。つくづく、ナツキくんと彼らとの間には切っても切れない因縁があると見えるね」

とは、スバルの説明を聞き終えたエキドナのこぼした揶揄《やゆ》である。

その口ぶりからして、スバルが関わった大罪司教は『暴食』単体ではないらしい。おそらく七人いるだろう大罪司教、その中であれが一番最悪な手合いと思いたいが――、

「今は、スバルを取り巻く悪縁を嘆くのは後回しとしよう。必要なのは……」

「ああ、まずはシャウラのフォローだ。メィリィ、頼んでいいか？」

ユリウスの言葉を引き継ぎ、スバルが塔外から押し寄せる魔獣のスタンピード――これに対応するシャウラとの共同戦線をメィリィに任せる。

『タイゲタ』の書庫での話し合いを手早く切り上げ、三層に窮地を知らせに戻る途中だったユリウスと合流したところだ。ユリウスの焦燥の原因が魔獣の群れにあると知り、スバルに要求されたメィリィが「へえ？」と小悪魔じみた笑みを浮かべる。

「お兄さんったらあ、偉そうなこと言ってたくせにさっそくわたし頼りなんてなっさけないのお。でも、素直に言えたからこの場は任されてあげる。感謝してよねえ」

「もちろん、大感謝だ！　愛してる！」

「安っぽおい……」

スバルの愛の告白にうんざりした顔をして、メィリィが魔獣の対処を快諾。気乗りしない風な態度だが、それがメィリィなりの照れ隠しであることは、隠されたバルコニーへと駆けていく背中を見れば一目瞭然だ。

これで、五つの障害の内の一つはクリア。あとは――、

「スバル、メィリィ嬢を一人で行かせたんだ。何か狙いがあるのだろう」

「話の早い奴《やつ》だな。『暴食《ぼうしょく》』がきてるって、その話はしたばっかだな」

「――。ああ。君の昨夜の『記憶』を奪ったのも、複数いる内の一人だと。ならば、君は私に雪辱の機会を与えてくれると？」

腰の騎士剣に触れ、『暴食』との因縁を持つユリウスが声を低くする。

その彼の力が必要なのも、雪辱を晴らしてもらわなければならないのも事実。――ただし、スバルがユリウスに預けたい敵は『暴食』ではない。

「そうだな、リベンジを果たしてもらいたい。けど、その相手は『暴食』じゃねぇんだ」

「なに？　だが、この状況で『暴食』より優先すべき相手など……」

「――レイドが降りてくる。あいつの横槍《よこやり》を、お前に止めてもらいたい」

「――――」

その名前を聞いた途端、ユリウスの眉間に驚愕《きょうがく》が皺《しわ》を刻む。

ユリウスにとって、因縁の相手という意味では『暴食』に匹敵する人物の名前だ。それも、本来ならこの状況下でありえない行動をする規格外の存在。

「このてんやわんやの状況で、一番やってほしくないことをする奴なのよ。あれが出てきたら全部がおじゃんになるのは、ベティーも同感かしら」

「ボクも同意見だよ。とはいえ、彼が塔内を自由に出歩くというのは信じ難い……というより信じたくない情報だ。ナツキくん、その情報の出所も？」

「――。そうだ。『暴食』から聞いた話だよ」

一瞬の躊躇《ためら》いのあと、スバルはエキドナの質問に堂々とそう嘘《うそ》をついた。

実際のところ、レイドの行動に『暴食』はおそらく関与していない。それは両者が激突し、バテンカイトスが惨敗した経緯からも明らかだ。

故に、スバルがここで嘘をついたのは、『死に戻り』を経由しない形で仲間に情報を信じてもらうための苦肉の策。――『死に戻り』を、仲間には明かせない。

――何故《なぜ》そう思うのか、スバル自身にも根拠は説明できなかったが。

「――――」

「ユリウス、現状で見える脅威から君を遠ざけ、潜在的な脅威の方へ君を送り出すことに抵抗があるのはボクも同じだ。だが、ナツキくんの言葉は無視できない」

自分の内に引っかかりを覚えるスバルの傍《かたわ》ら、エキドナがレイドの存在を警戒する意見に賛同する。それを受け、ユリウスも「わかっている」と顎を引き、

「この期に及んで、スバルの言を真剣に受け止めない愚行はするまい。正直なことを言えば、私自身の仇敵《きゅうてき》でもある『暴食』と戦えないことは口惜《くちお》しい。だが――」

そこで言葉を切り、ユリウスの黄色い瞳がスバルを見た。その視線を受け、スバルは深々と頷《うなず》いて、ユリウスの覚悟を肯定する。

「さっきも言った通りだ。——レイド・アストレアは、お前にしか任せられない」

「……私が勝たねば計算が狂う、だったね。まったく、度《ど》し難《がた》い殺し文句だ」

計算が狂い、歯車の噛《か》み合わせがズレれば途方もない悲劇へと直結する。

それを真剣なスバルの黒瞳に見たのか、ユリウスは深く嘆息した。

「約束しよう。レイドのことは引き受ける。——だが、仮に彼が二層より動かないとなればそちらへ合流する。異存は？」

「ねぇよ。レイドが出歩かなくて、お前がフリーになるならそれ以上のことはない。判断はお前に任せるが、レイドに勝つのもお前の役目だぞ」

「心得た、としておこう。エキドナ、ベアトリス様、あとを任せます」

「俺に任せろよ……」

自分ではなく、他の二人に任せる発言にスバルが頬《ほお》を歪《ゆが》めると、ユリウスは気障《きざ》ったらしい笑みを残し、そのまま颯爽《さっそう》と二層へ向かうためにマントを翻らせた。

その背を見届け、スバルが振り向いたところで、

「君が確信を得た方法については深くは聞かない。ボクや彼の信頼を裏切らないならね」

そう耳打ちしてきたエキドナに、スバルは軽く息を詰める。

当然ながら、思慮深い彼女は『暴食《ぼうしょく》』とレイドの関連性の低さから、彼《か》の『剣聖』が塔

内を歩き回り始める情報の出所に疑念を抱《いだ》いている。

それでも、エキドナがその不備を指摘しないのは、スバルのこれまでの言動に一定の信頼を置いてくれているからだ。――その信に、応えなくてはならない。

「――ぅ」

そう考えたところで、スバルは自分の胸の奥にチリチリとした熱を覚える。

それは前回のループの最後、影に呑《の》まれる直前にも感じた奇妙な熱だ。心臓の鼓動が速くなって、喉が渇くような焦燥に急《せ》き立てられ、瞼《まぶた》を閉じる。

その瞼の裏に浮かび上がるのは、淡く儚《はかな》げに揺れる光――それはスバルの腕の中と、すぐ傍《かたわ》ら、それから通路のはるか先にもちらほらと見えて。

「スバル？」

「――、大丈夫だ。俺たちは俺たちで、エミリアちゃんたちと合流だ！　急ぐぞ！」

強張《こわば》ったスバルの横顔を覗《のぞ》き込むベアトリス、彼女に首を振ってみせ、スバルはその手を引くと、エミリアたちと合流するために足を急がせた。

――否《いな》、厳密には急いだのはエミリアたちとの合流ではない。

何故《なぜ》ならこの時点で、この通路を進んで出くわすのはエミリアではなく――、

「――バルス！　起きたのね！」

「ラム！」

通路の先から飛び出してきたのは、先ほどと同じ組み合わせ――パトラッシュの背に跨《またが》

り、レムを抱きかかえているラムだ。彼女は颯爽《さっそう》とパトラッシュの背から飛び降り、その手綱をスバルへ投げ渡して、

「起きるのが遅い！　レムのことを任せるわ！　傷付けたり、変な触り方をしたら許さないから死ぬ気で守りなさい。ラムは――」

「待て待て待て、色々早い！　話はわかるが、落ち着け！　お前は……」

「『暴食《ぼうしょく》』の大罪司教がきてる！　エミリア様が応戦しているけど、分が悪いわ。すぐにでもラムが戻らないと、手遅れになる！」

「――――」

刹那、スバルの胸を去来した感情は複雑なものだった。

戦いへ赴こうとするラムへの憂慮、憎きバテンカイトスの存在を確信した怒り、しかし最たるものは、ラムがエミリアの名前を呼んだという事実への安堵《あんど》だ。

ここまでの道程を急いだ最大の理由が、エミリアがバテンカイトスに『名前』を喰《く》われることの阻止と、それによるラムの戦線離脱を防ぐことだった。

それが果たされた確信を得て、スバルは受け取った手綱をエキドナに押し付ける。

「エキドナ！　レムとパトラッシュを安全圏に頼む！　バルコニーと二層はダメだ！　緑部屋も今は近付けない。たぶん、『タイゲタ』が一番マシなはず！」

「ナツキくん、君は⁉」

「俺とベアトリスは、ラムと一緒に大罪司教だ！」

手綱を預けられて驚くエキドナが、スバルの指示を聞いて目を見張る。その間、スバルはパトラッシュの首を撫《な》でて、その背中のレムを目に焼き付けた。

「さっき、お前は言ったたな。信頼を裏切るなって。俺も同じことをお前に頼む。レムを頼んだ。この子は、『ナツキ・スバル』にとって欠かせない子だ」

「……妙な言い方をする。君だって、ナツキ・スバルのはずだろうに」

「……お前にはちょっとだけ、俺の気持ちがわかるかもって期待もあるんだぜ」

仮初の肉体に宿るエキドナの目的は、その体を本来の持ち主に返すことだと聞いた。それはある意味、今のスバルと『ナツキ・スバル』の関係に近いものだ。

そんなスバルの言葉を受け、エキドナはハッとした顔をした。

「ナツキくん、まさか君は……」

「──頼んだぜ」

エキドナの言葉を全部は言わせず、スバルは彼女たちを残して走り出した。

一緒に連れていくのは、スバルを一人きりにしないと意気込んでくれるベアトリス、それから先に走り出したラムの二人だけ。そのラムが、ちらとスバルを振り返り、

「何故《なぜ》きたの、バルス。レムは……」

「レムは、自分に構うよりやることをやってこいとよ！　本の中で説教された！」

「──っ！　レムに？　どういうことなの？」

隣に並んで走るスバルの言葉に、ラムが薄紅の瞳を動揺させる。ただ、懇切丁寧に『記

憶の回廊』であった出来事を語っている暇はない。

だから、スバルは一番大事なことだけ手短に伝える。

「レムは戦って、取り戻してこいとよ。だから、俺も一緒にいくぜ！」

「もちろん、ベティーもいるから忘れるんじゃないのよ」

「――。今は、それでいいわ。あとで百倍、問い詰めてやるから」

「百倍って怖いな!?」

ラムの場合、それが冗談とも聞こえずスバルは震え上がる。しかし、重要なことは何一つ説明できなかったスバルに、それだけで済ませてくれたのは彼女の温情だ。

そしてそれは、そうする必要のある事態が目の前に迫っている証《あかし》でもあった。

「――アイスブランドアーツ！」

次の瞬間、白く凍える通路の先に、氷の武装を手に舞い踊るエミリアの背が見える。彼女が相対しているのは、矮躯《わいく》の大罪司教、ライ・バテンカイトス――、

「エミリア様！」

そのラムの叫びが、最悪の事態を阻止できたことをスバルに確信させる。と同時に、名前を呼ばれたエミリアは「え、ラム!?」とこちらに気付き、

「どうして戻ったの!?　それに、スバルとベアトリスまで、無事でよかった……けど！　でも今すごーく危ないの！　下がって！　離れて！」

「レムは安全なところへ避難させました。今からラムも助太刀します」

憂慮するエミリアに答えて、ラムが自分の太腿《ふともも》に備え付けた細い杖《つえ》を抜き放つ。

いわゆる、魔法使いが持っているイメージの短い杖だ。一見、何の変哲もないものに見えるが、ラムが構えると不思議な圧迫感が様になっている。

そんなラムの参戦の意思を見て、エミリアから距離を置く『暴食《ぼうしょく》』が嗤《わら》った。

「はっはァ！　なになに、戻ってきちゃったんだ、姉様！　やだ、男前！　なんでなんで姉様ってばそうカッコいいの？　ホント、姉様は素敵ですッ！」

「――煩わしい。殺してやるわ、大罪司教」

ストレートに敵意で溢《あふ》れた発言をこぼし、ラムがバテンカイトスへと前進する。その背にスバルはとっさに「おい！」と手を伸ばした。

『暴食』が、エミリアとユリウスのコンビと渡り合える実力者であることは前回のループで判明している。故に、ここでラムの暴走を許せば、エミリアの『名前』を喰《く》われなかったというアドバンテージが一気にひっくり返されかねない。

そう懸念し、スバルはラムの肩を掴《つか》もうとしたが――、

「――いったい、誰にものを言っているの、バルス。引っ込んでいなさい」

と、スバルの指先が空振るのと、ラムの姿が掻《か》き消えるのは同時だった。

「とぉッ!?」

刹那、消えたラムが現れたのはバテンカイトスの眼前だ。

眉間に突き付けられた杖の先端を見て、交差した両腕の短剣でそれを受けたバテンカイ

トスが目を見張り、甲高い快哉《かいさい》を叫ぶ。

「あっははァ、今の本気ィ⁉　自分の足の裏に風を作るって、よくそれで足が吹っ飛ばないね。普通は怖くてやれないよ、それッ！」

「普通なんて、くだらない尺度にラムを当てはめるのをやめなさい。そもそも」

「――ッ⁉」

「これで終わりだなんて、ラムの怒りも舐《な》められたものだわ」

言葉を切ったラムの瞳が細められ、直後、杖《つえ》の先端に風の刃《やいば》が発生する。

その予兆を察し、とっさに身をよじるバテンカイトスだが、間に合わない。生まれる風刃が空間を丸く削り、それは『暴食《ぼうしょく》』の凶相をも爪に引っかけた。

「ぎ、があああッ‼」と悲鳴を上げ、顔面の左側を引き裂かれるバテンカイトスが苦し紛《まぎ》れの蹴りでラムを後ろへ撥《は》ね飛ばす。だが、それも計算ずくだ。

「私もいるか、ら――っ！」

血を流すバテンカイトスの背後から、氷の大剣を構えるエミリアが襲いかかる。ラムの距離が離れた分、遠慮のないフルスイングをぶち込む姿勢だ。

切れ味に関わらず、一撃で戦闘不能を狙った威力がバテンカイトスの背に迫り――、

「――拳王の掌《てのひら》」

「きゃっ⁉」

フルスイングの途上に差し出された黒い掌が、その氷の大剣を飴《あめ》細工のように砕く。

予想外の破壊に姿勢を崩すエミリア、その軸足が伸びる『暴食』の後ろ足に弾《はじ》かれ、悲鳴を上げる美貌の上下が反転、その顔へと爪先が跳ねる。

あわや、エミリアの世界一可愛《かわい》い顔が砕かれる寸前、そこへ――、

「顔はエミリア様の数少ない、文句なく優れたところなのよ」

一度下がったラムの足が、エミリアの顔面を狙った爪先を上から踏み潰す。そのまま、ラムは左腕の肘鉄でバテンカイトスを、右手を伸ばしてエミリアをそれぞれ対処、バテンカイトスを吹き飛ばし、エミリアを転倒から救い上げた。

「わ、と……ラム、ありがとう！　危うく、地面とごっつんするところだったわ」

「お気を付けください、エミリア様。……何やら、厄介な技を使いますね」

「ええ、そうみたい。さっきの掌、すごーくうなじがピリピリしたから」

「掌もそうですが……」

手を取り合い、バテンカイトスを警戒しながら言葉を交わす二人。その視線の先、バテンカイトスは一瞬で、十メートル近い距離を取っていた。

それこそ、まさしく瞬《まばた》きの合間に、だ。

「――『跳躍者』ドルケルの、『縮地』」

「大層な名前を付けたものね。ただ、あちこちいったりきたりするだけの手品でしょう」

「あはは、冗談でしょ？　一回、ちらって横見しただけで本質掴《つか》むとか反則じゃんねえ」

抉《えぐ》られ、流れる血を舌で舐め取りながら、バテンカイトスが戦慄とも感心ともつかない

吐息をこぼした。見た目ほど深い傷ではなさそうだが、肉体的に与えたダメージ以上に、一瞬の攻防が奴《やつ》の精神にもたらした影響は大きそうだ。

そしてそれは、今のやり取りを唖然《あぜん》と見守るしかなかったスバルも同じで。

「い、今のは……」

「後先考えなければ、ラムはあれぐらいやる奴かしら。『暴食《ぼうしょく》』のけったいな権能も、地力が違えば押し潰される類《たぐい》の代物なのよ」

スバルの手を握るベアトリスの考察、それは対『暴食』の認識として正しい。

事実、あらゆる達人の武技を取り込み、変幻自在の戦術を用いるバテンカイトスも、レイドと対峙《たいじ》したときには鎧袖一触《がいしゅういっしょく》という有様だったのだから。

「ただ、まさかラムがそれに匹敵する戦力だとまでは思ってなかった」

スタンピードをシャウラとメィリィに任せ、レイドとの決着をユリウスに託した以上、『暴食』との戦闘は今いるメンバーで挑むのが前提だった。だがそれも、あくまでエミリアを主力に、スバルとベアトリス、それにラムはサポートに回るイメージでだ。

そのスバルの計算が狂った。それも、喜ばしい方向へと、だ。

「これなら……！」

「ぷ、くくく、あははは！　さすがだよ、姉様！　『肉食獣』ハイネルガの再現で、この傷！　この深手！　いいね。いいよ。いいかも。いいとも。いいじゃん。いいともさ。いいだろうさ。いいだろうともさ。いいだろうからこそ！　暴飲ッ！　暴食ッ！」

勝算が高まったと、拳《こぶし》を握りかけたスバルの意気を挫《くじ》く『暴食』の喝采。

バテンカイトスは顔の左半分を血に染めながら、痛みなど感じていない素振りで手を打ち、ラムを、そしてスバルを代わる代わる見つめた。

その、爛々《らんらん》と光る双眸《そうぼう》に宿った光は、恐ろしく熱っぽい執着で。

「ホント、姉様とお兄さんが一緒にきてくれるなんてたまんないなァ！　かつての憧れと今の憧れ……二人は、僕たちにとっての救世主だもの！　全身が、全細胞が、全霊が、全魂が！　沸き立つ！　ほくそ笑む！　腹が鳴るッ！」

「……憧れって、ラムはともかく、俺まで入れるか？」

「わかってないなァ！　お兄さん……ううん、スバルくんは特別なんですってばァ！」

自分の細い体を抱いて、粘つく声で訴えかけてくる『暴食』――その仕草と言動が、おぞましい大罪司教の姿と、ありえない偶像をダブらせる。

他者の『記憶』と『名前』を喰《く》らい、その内に膨大な人生を蓄えた『暴食』。その人生のトレースは、何も有事の際の戦い方だけにとどまらない。

日常の作法、言葉遣い、癖や習慣――果ては、その想《おも》いさえも再現する。

エミリアの氷の大剣を砕いた黒い掌《てのひら》の『拳王』も、瞬く間に距離を作った『跳躍者』の異能も、風の刃《やいば》を軽傷にとどめた『肉食獣』も、奴の背後にダブって見える。

しかし、その矮躯《わいく》に今、最も如実に反映されている『人生』は――、

「お前が、あの子の真似《まね》を……！」

「それだよ、お兄さん！　お兄さんは、覚えててくれる。俺たちに向けられるはずの芳醇な憎悪！　匂い立つ執着！　瑞々《みずみず》しい激情！　僕たちが味わうはずだった、ドロッとした感情を煮詰めた真っ黒いスープ！　それを余すことなくぺろりとさァ！」

言いながら、両手を広げたバテンカイトスが陶然とした瞳をスバルへ向ける。その陶酔加減は、本気でスバルに恋い焦がれる乙女のように、首ったけなモノだ。

その熱情を、スバルは知らないが、『ナツキ・スバル』はきっと知っていて。

「お兄さんは救世主……いいや、あえてこう言い切ろうか！　お兄さんは俺たちの英雄だッ！　いじらしくて、一生懸命で、傍《そば》にいてあげないと不安で、意地悪で、思えば思うほど胸がチクチクと痛くて痛くて、しかもそれを許してくれる英雄……！」

「――」

キラキラと、目を輝かせて物語るバテンカイトスの姿にスバルは絶句する。

その姿が、絶対にあってはならない姿と重なって見えた。それは、あの絶望的な、自分自身を閉じてしまいかねなかったスバルの背を、力強く叩《たた》いてくれた彼女と。

そう重なってしまった瞬間、スバルの全身が怖気《おぞけ》と怒りに囚《とら》われて動けなく――、

「どうだい！　今こそ、あの感動のときを再現しようかッ！　ここから始めようよ、お兄さんッ！　一から、いいや……ぜ」

決して汚されてはならない『聖域』が汚される。

――その瞬間だった。

「──えいやぁ!!」

「ぶがんっ⁉」

『記憶』の再現に熱中するあまり、スバル以外への注意が逸《そ》れたバテンカイトス。

それでも油断ならないラムへの警戒は欠いていなかったはずだが、ここで『暴食《ぼうしょく》』が注意を傾けるべきは、話の通じるスバルやラムではなかった。

それは──、

「──ムラク、かしら。それと」

「こっそり近付いて、ドカンね！」

そう言い放ち、互いに頷《うなず》き合うのはベアトリスとエミリアの二人だ。その二人の連携の成果として、後頭部を打たれたバテンカイトスが昏倒《こんとう》している。

『暴食』の大罪司教は、忍び寄ったエミリアの氷槌《ひょうつい》に豪快に殴られ、白目を剥《む》いていた。

それを、呆気《あっけ》に取られた気持ちで見て、スバルは掠《かす》れた息で呟《つぶや》く。

「……え、勝った？」と。

3

「────」

轟沈《ごうちん》し、白目を剥いているバテンカイトス。

それをやってのけた立役者のエミリアは、「やったわ！」と元気よく頷いて、ベアトリスの下へ駆け寄り、少女と手を打ち合わせ、ハイタッチした。

それを見て、置いてけぼりのスバルはラムの方を見やり、

「ええと、つまり……？」

「ベアトリス様のムラク……陰魔法で体重を消して、エミリア様がこっそりと相手の裏に回ったのよ。エミリア様らしい、やり方だけど……」

『暴食』撃破の方法を解説して、ラムが疲れを覚えたように自分の眉間を揉《も》む。そのラムの様子に気付いて、エミリアがおずおずと彼女を窺《うかが》い、

「あの、ダメだった？」

「──。いいえ、お見事でした。ええ、本当に、お見事でした」

複雑な感情を飲み下し、ラムはエミリアの手柄をそう称賛し、代わりに倒れているバテンカイトスに失望の目を向ける。その気持ちは痛いほどわかる。

よもや、仇敵《きゅうてき》と考えていたバテンカイトスが、こうも容易《たやす》く撃破されるとは。

「ベティーとエミリアの華麗な連携なのよ。恐れ入ったかしら」

「いや、出会い頭の事故みたいなもんだ。とにかく、エミリアちゃんとベアトリス、グッジョブ！　さっさとこいつをふん縛って、次のトラブルを片付けにいこう！」

「待ちなさい。これを生かしておくつもり？　不安要素にしかならないわよ」

功労賞のベアトリスの頭を撫《な》でながら、そう指示したスバルにラムが眉を顰《ひそ》める。

彼女の懸念はもっともだ。スバルも、不安要素を残しておくことは避けたい。それが、人殺しによって得られる平穏だとしても、だ。

「けど、殺すのが嫌だから捕まえようって言ってるわけじゃない。俺たちがこの監視塔にきたのは、こいつらに人生を奪われた人たちを助けるためだって話だよな」

「それはそうよ。だからこそ……」

「こいつらを殺したところで、喰《く》われたものが戻ってくる確証はない、だろ？　それどころか、聞き出す方法がなくなる。俺は、それが怖い」

「――――」

すでにルイ・アルネブからは、『記憶の回廊』で食した『記憶』や『名前』の扱いについては問《と》い質《ただ》している。――知らないと、それがルイの答えだった。

だが、それはルイの答えだ。彼女の二人の兄も、それと同じとは限らない。

「今すぐ聞き出す方法があればいいが、それがないならそいつに関わってる余裕が俺たちにはない。問題は山積みなんだ。そいつ以外にも」

「……塔の揺れと、ユリウスたちがいないのは気になっていたけど」

スバルの説得を受け、ラムが難しい顔をして考え込む。

「ラム、私はスバルに賛成。とりあえず、氷の枷《かせ》で動けなくしておくから、話を聞くのは後回しにしましょう」

と、思案するラムに代わり、エミリアがスバルに賛同の意を示した。

その姿勢を表明するように、彼女が腕を振るうと、空気のひび割れるような音が響き、倒れているバテンカイトスの手足が氷の枷によって拘束される。

手足をがっちりと氷漬けにされ、あれでは寝返りを打つことさえ困難だろう。

「ね？　これなら大丈夫そうでしょ、ラム」

「……わかりました。ただし、話を聞くのはラムの手ずからやらせてください」

「——？　ええ、わかったわ。ラムがお話してあげて」

微妙にエミリアとラムとで『話し合い』のニュアンスが食い違っているが、その溝を埋める意味も、ラムの尋問を止める理由もスバルには見当たらない。

『暴食《ぼうしょく》』には同情すべき点などない。それが、スバルの結論だ。

「それでスバル、こっちの『暴食』は片付いたけど、次はどうするのよ。シャウラとメィリィの加勢かしら？　それとも……」

「ああ、そうだな。ちょっと待ってくれ。今、考える」

ベアトリスの問いかけに、スバルは今後の方針を決めるべく頭を働かせる。

五つの障害の内、魔獣のスタンピードとレイドには味方を配置済みだ。そして、『暴食』の乱入は思いがけず、エミリアとベアトリスの連携で撃破に成功した。

残る障害は正体不明の大サソリと、塔すら押し潰す終焉《しゅうえん》の影——それと、スバルの気掛かりなのは、いまだ姿を見せていないもう一人の『暴食』だった。

「確か、ルイの奴《やつ》はライとかロイとか言ってたから……バテンカイトスがライなら、もう一人はロイのはず。そいつが、まだ一度も姿を見せてない」

とはいえ、塔の各所で問題が勃発する状況だ。これで、まだスバルの知らない未知の障害があるとは考えにくいし、考えたくない。

事実、塔の各所に散っている仲間たちの下に、『暴食《ぼうしょく》』の影はないように思える。

塔を取り囲む魔獣の群れと戦うメィリィ、レムとパトラッシュを避難させるべく『タイゲタ』へと向かうエキドナ。そして、二層で激しい動きが見られるユリウスなど、状況はかなり劇的な変化を見せていて――、

「――ユリウスが苦戦してやがるな。これ、相手はやっぱりレイドか？」

「スバル？　いったい、何を言っているのよ。どこを見て、何を？」

「どこを見てって、何言ってんだよ、ベアトリス。そりゃぁ……」

見上げてくるベアトリスと視線を交わし、スバルは自分の呟《つぶや》きの奇妙さに気付いた。

確かに今、自分がいったい何を見て、どうしてそんな発言をしたのか、自分自身にもはっきりと断言することができなかったからだ。

ただ――、

「なんだ、これ？　みんなが、どこで何してるのかがわかる？　見える……？」

自分の胸元を強く掴《つか》み、スバルはその感覚――ぼんやりと、淡く輝く光のようなものを感じ取る不可思議な知覚、それを認識しつつあった。

それは前回の周回の最中から、スバルに存在を主張していた感覚――なんと呼んでいい

ものかわからないが、塔内の仲間の存在を感じさせてくれる第六感だ。

「────」

無自覚のその第六感は、ラムたちと迷わず合流できた時点から兆しはあった。ただそれを、生まれながらに持った三本目の腕のように自然と受け入れていただけで。

だが、三本目の腕を自然と生まれ持つことなどありえない。

「──ぐ」

それを自覚した途端、スバルは自分の不自然な状態を自覚し、その受け入れ難いおぞましさに嘔吐《おうと》感のようなものを覚え、呻《うめ》いていた。

「スバル！」

ふらつくスバルの肩を支え、ベアトリスが声を高くする。異変に気付いたエミリアとラムも駆け寄ってくるが、スバルはそんな彼女らを手で制した。

「だ、大丈夫だ。ちょっと、頭がふらついただけ……」

「大丈夫って、ひどい顔色よ。レイドの『死者の書』を読んだせいかもしれないし、スバルもどこかに隠れてた方がいいんじゃ」

「そんなもったいない使い方しないでくれよ。今、アップデート中だから、俺」

「あっぷでーと……？」

覚えのない横文字に小首を傾《かし》げるエミリア、その仕草さえも愛らしいと思いながら、スバルは自分の中に芽生えた第三の腕を必死で調伏しようとする。

理由はわからない。だが、この第六感を逃す手はない。——仲間という仲間が散逸するこの状況で、戦えないスバルが喉から手が出るほど欲する権能。

「とっとと、大人しく、俺のモノになれ——」

この不自然な第三の腕は、ナツキ・スバルの魂に呼応して現れたものだ。

——ならば、スバルの呼びかけに答えない道理はない。

「————」

そう望んだ直後、スバルの中で三本目の腕が固着する。

それはスバルの知覚を信じられないほど大きく広げ、この塔内に散らばっている仲間たちの場所を、淡い光として観測させた。

「みんなの位置と、無事かどうかがぼんやりわかる……これなら」

この状況を打破するために、まだスバルも役立てる。——そう、考えたときだ。

「——あァ、お兄さんってばホントにズルいなァ」

地を這《は》うような声がして、スバルたちの注意がそちらへ向く。それは床にうつ伏せに倒れ、手足を氷に拘束されたバテンカイトスの怨嗟《えんさ》の——否《いな》、羨望の声だった。

そして、意識を取り戻したバテンカイトスに対して、こちらが何らかのアクションを起こすより早く、バテンカイトスが片目を閉じた。——瞬間、その姿が消える。

「な」

「——ナツキ・スバル」

瞬く間の消失に驚愕《きょうがく》する背後、空を渡ったバテンカイトスが大口を開けていた。その牙だらけの口がスバルの名前を紡ぎ、赤い舌を躍らせて落ちてくる。

とっさの反応、間に合わない。『喰《く》われる』と、本能が捕食者の接近に怯《おび》えた。

そのまま、バテンカイトスの口がスバルの首筋に迫り――、

「イタダキマ――」

――一閃《いっせん》が、スバルの肩口を抜け、『暴食《ぼうしょく》』の大口へ突き刺さっていた。

「――」

一瞬のことで、スバルも、エミリアやラムたちも動けなかった。

ただ、スバルの首筋に牙を届かせられず、後ろへ吹き飛ぶバテンカイトスだけが、我が身を貫いた衝撃に「あえ？」と動転した声を漏らしていた。

バテンカイトスの顔面、ラムに切り裂かれて血塗《ちまみ》れだった左側ではなく、右側が甚大な被害を受けている。――そんな表現は生温《なまぬる》い。顔の右側が吹き飛んでいた。

右頬《みぎほお》から右目にかけてが吹き飛び、焼けた傷口からは血も流れていない。それを為《な》したのは、なおも中空にあるバテンカイトスへ向け、連続して放たれる白い光――、

――白光が、次々と『暴食』の全身へ突き刺さり、存在を消滅させていく。

手足を拘束され、宙に浮かんだバテンカイトスはそれを回避できない。頼みの綱の瞬間移動も、起点を潰されたのか機能せず、四肢が、胴体が、頭部が、光に呑《の》まれる。

「あれ？　死って、もっと――」

最後、バテンカイトスが何かを言おうとしたが、それも言い切れなかった。

ただ、自分の身近に迫った『死』に対して、何らかの不本意なコメントを残そうとしていたのだと思う。だが、その答えは永遠にわからなくなった。

体の大半を消失させられ、肉片となったバテンカイトスが通路に散らばる。その最期を見届けて、スバルは「は」と忘れていた呼吸を思い出した。

途端、心臓が跳ね、自己主張を始める。死にかけた、奪われかけた、その事実をスバルに教え込むように、強く強く、鼓動が打ち始めて。

「あ、あぶ、危ねぇところだった。今、喰《く》われる、とこで……助かった」

ともすれば、膝から力が抜けてしまいそうになり、スバルは安堵《あんど》に頰《ほお》を緩める。

常軌を逸した『暴食《ぼうしょく》』の執念、それを甘く見た結果だった。幸い、その代償はバテンカイトス自身が命で支払う結果となり――、

「生かしておきたかったけど、贅沢《ぜいたく》は言えねぇ。とにかく助かったぜ、シャウラ」

「……シャウラ？」

と、額を拭ったスバルの言葉を聞いて、ベアトリスがやけに険しい声で言った。その反応を訝《いぶか》しみ、スバルは「ベアトリス？」と彼女を見る。

「どうした？　そんな妙な顔して。確かにヤバかったけど……」

「そうじゃない、そうじゃないかしら。スバル、何を根拠にあれをシャウラなんて」

「何を、根拠にって……」

ベアトリスの問いかけの意味がわからず、スバルは困惑した。

何を根拠にと言われても、わかるからわかるのだ。固着した第三の腕──仲間の位置を知らせる第六感が、通路の彼方《かなた》に佇《たたず》む彼女の存在をスバルに教える。

何故《なぜ》、ここにいるのかはわからない。彼女はメィリィと共に、バルコニーで押し寄せる魔獣のスタンピードに対処していたはずで、それなのに。

どうしてシャウラがここにいて、『暴食』の食欲からスバルを守ってくれたのか。

「スバル、下がって」

「エミリアちゃん？　君まで何を……なんで、そんな顔して……」

スバルを手で制し、後ろに庇《かば》おうとするエミリア。その隣に無言で並んだラムが杖《つえ》を構え、白光の飛んできた通路の奥へと薄紅の瞳を鋭くする。

その、エミリアたちの警戒がおかしい。理解できない。

だって、彼女たちの視線の先、通路の奥から感じるのだ。──淡い、光を。

スバルたちの仲間の証《あかし》、第六感が知らせてくれる味方の存在、その光が灯《とも》っている。

灯っているのだ。

「──シャウラ？」

「────」

──通路の奥、赤い複眼を光らせる大サソリが、淡い光と重なって見えていた。

4

――初めてシャウラの名前を聞いたとき、何も思わなかったわけではない。

特別な思い入れというほどではない。ただ、聞き覚えがあったのだ。

『シャウラ』とは、スバルの知る夜空に輝く星の名前――さそり座を意味する単語。

さそり座の名を冠する人物の正体が漆黒の大サソリとは、実にひねりのないシンプルな回答だ。ひねりがなさすぎて、名付けた人物のセンスを疑いたくなる。

目下、そのセンス不足の名付け親候補は『お師様』扱いのナツキ・スバルだが。

「シャウラ、なのか……？」

そんな現実逃避的な思考も、眼前の光景の前には数秒の忘我も果たせない。

殺戮《さつりく》のために進化した大鋏《おおばさみ》を禍々《まがまが》しく擦り合わせ、赤い複眼でこちらを睥睨《へいげい》している漆黒の巨体――大サソリは、この塔を襲う五つの障害の一つだ。

少なくとも、スバルはそうカウントしていたし、これまでのループで大サソリは何度も立ちはだかり、スバルや仲間たちを苦しめ――時に、命さえ奪った。

ベアトリスとエキドナの二人を殺された無力感、あれは到底忘れられない。その、許し難い所業を犯した大敵が、あろうことか身内のはずのシャウラなどと――、

「――スバル、落ち着くのよ。まず、深呼吸するかしら」

「――」

混乱に思考を掻《か》き乱され、平静を失いかけたスバルに待ったがかかる。見れば、柔らかく手を握ったベアトリスが、スバルを落ち着かせるように背中で撫《な》でてくれていた。

その感触が、スバルに自分を取り戻させる。ゆっくりと息を吸い、吐いた。

「落ち、着いた……と、思う。まだ、混乱はしてるが」

「それでいいのよ。それがシャウラだっていうのは間違いないのかしら？」

「ああ、間違いない。——あれがシャウラの反応を、あいつに感じる。……うっかり、あのサソリにシャウラが丸呑《まるの》みされてない限りは」

「それでも平然としてそうなのが、あの娘のおっかないところなのよ」

苦し紛《まぎ》れのスバルの軽口に、ベアトリスが口の端を緩めて乗ってくれる。それで気分が上向きになるはずもないが、重たい現実と向かい合うには必要な手順だった。

そうでなくては耐えられない。あの天真爛漫《てんしんらんまん》で野放図で、スバルに対しても一切の遠慮も気遣いも見せようとしなかったシャウラ——彼女に、謀《たばか》られていた事実に。

あの笑顔も、言葉も、態度も何もかも、作られた偽物だったのかと。

彼女は、スバルたちを騙《だま》していた裏切り者だったのかと。

「じゃあ、それを本人に確かめましょう」

「エミリア様？」

スバルの中でせめぎ合う信頼と疑心、それを見かねたエミリアが前に出た。そして、ラムの呼びかけに応じぬまま、彼女は大きく息を吸うと、

「ねえ、あなた！　あなたはシャウラ？　それとも、シャウラじゃないの？」

「――――」

「……あ、そっか。もしかしたら喋《しゃべ》れないのかも。じゃあ、シャウラだったら右手を上げて、シャウラじゃないなら左手を上げて！　それならわかるから」

沈黙を守り続ける大サソリに配慮して、エミリアは最初に話し合いを求める。

バテンカイトスに容赦のない一撃を振るったかと思えば、基本的には平和主義というのだから、彼女の人間性は神秘に溢《あふ》れていると言えよう。

そして、そんなエミリアの問いかけに対する返答、それは――、

「――ッ、ベアトリス様!!」

「わかってるかしら！」

瞬時に危機を察知し、振り向くラムにベアトリスが応じた。そして、ベアトリスの掲げた腕から光が迸《ほとばし》り、紫色の光を纏《まと》った結晶が中空に浮かび上がる。

刹那、その結晶が真正面から迫る白光に砕かれ、光が通路を強烈に乱舞した。

「うおおおおお!?」

「頭下げてるのよ！　直撃されたらヤバいかしら！」

煌《きら》めく白と紫の光が荒れ狂い、ガラスの砕ける音が美しく連鎖する。

その目を焼くような豪華絢爛《ごうかけんらん》な光景と裏腹に、大サソリから放たれる閃光《せんこう》――否《いな》、その鋭い尾針の一撃は、容赦なく『暴食《ぼうしょく》』を殺した実績を持つ光の凶器だ。

押し寄せる殺意の一矢ならぬ百矢を、ベアトリスが紡いだ魔法の力で受け流し、打ち払い、撥《は》ね除《の》けることでスバルを守ってくれている。

その圧倒的な物量が、何故《なぜ》かスバル一人へと集中的に浴びせられていて――、

「あいつ！　俺に恨みでもありやがるのか⁉」

「スバルがずっと冷たく塩対応してたせいかもしれんのよ！　謝るかしら！」

「ごめん！　悪い！　すまねぇ！　許せ！　どうだ⁉」

衝撃波に全身を揉《も》まれながら、怒鳴り合うようにスバルとベアトリスが身を寄せ合う。

貴重な助言に従って謝罪の声を飛ばすが、返礼の白光は弱まることを知らない。

だが、そうしてスバルたちへ攻撃が集中するということは――、

「――スバルたちばっかり狙って、弱いものいじめなんて卑怯《ひきょう》よ！」

そう叫びながら通路を駆け抜け、氷の長剣を担うエミリアが大サソリに斬りかかる。

それを巨大な鋏《はさみ》で打ち払い、大サソリが複数の足を蠢《うごめ》かせて高速で後退。しかし、エミリアは逃がすまいと巨体へ追い縋《すが》り、美しい氷の武技が閃《ひらめ》いた。

「てや！　えい！　うりゃぁ！」

生み出される氷の長剣、双剣、槍《やり》、大槌《おおつち》が軽やかな音と共に次々と砕かれ、きらきらと氷片の舞い散る中をエミリアが銀髪を躍らせる。

その氷の舞踏に対し、大サソリの戦術はシンプルなものだ。天然の大鋏と尾針を嵐のように振り回し、エミリアの武器を砕き、彼女自身を引き裂かんとする。

人と人外の、あるいは妖精と怪獣の異種格闘技戦とでもいうべき戦いが繰り広げられ、一進一退、五分と五分の攻防が続く——、

「けど、一進一退ってんならその均衡は……」

簡単に崩れると、そう言おうとしたところでスバルは気付く。

エミリアと大サソリの攻防に、本来なら加わっていておかしくない戦力が不在だ。そして、その答えはあっさりと、壁にもたれるラムの姿が教えてくれる。

彼女は額に汗を浮かべ、苦しげに息をしながら杖《つえ》を握った腕を震わせていて、

「ラム!? どうした、どこかに喰《く》らったのか!? 傷は!?」

「……大きな声で叫ばないで。頭に響くわ。それと、当たってはいないから」

「当たってないって、だったらなんでそんな辛《つら》そうにして……」

差し伸べるスバルの腕を拒否して、ラムが首を横に振る。彼女の言葉通り、一見したところ、彼女に傷を負った形跡はない。

「所詮、ベティーとエミリアの治療じゃ付け焼刃とはわかってたけど……まさか、ここまでもたないとは思わなかったのよ」

「——! ベアトリス、事情を知ってるのか？」

「……早い話、ラムの戦える時間には限りがあるかしら」

訳知り顔のベアトリスが手短に説明し、スバルはその答えに息を呑《の》む。

バテンカイトスとの戦いで見せた、ラムの類稀《たぐいまれ》なる戦闘センス——あるいは、エミリア

やユリウスに引けを取らない戦力と期待させられたが。

「時間制限付きとは、うまい話はねぇってことか……もっと早く言っといてくれれば」

「ラムがバルスに自分から弱味を？　……ありえないわね」

「この状況で憎まれ口が叩《たた》けるのは立派だ、よっと！」

口の減らないラムに言い返しつつ、スバルはその細い体を強引に抱き上げた。お姫様抱っこの形になり、抱えられたラムが顔をしかめ、

「放しなさい。いやらしい」

「言ってる場合か！　電池切れは大人しく運ばれてろ！　――ベアトリス！」

「わかってるのよ！」

弱々しく抵抗するラムを黙らせ、スバルがベアトリスの背中に叫ぶ。すると、こちらの意を汲んだベアトリスは掌《てのひら》を正面へ向け、魔法の力を解放した。

再び、死の白光を受け止めた紫色に輝く結晶が展開される。先端を鋭くしたその結晶の群れが狙うのは、エミリアと激突する大サソリだ。

本当なら、ここで大サソリを仕留めてしまうのが最善だが――、

「スバルは、諦めが悪いところが売りかしら」

「悪い……迷惑かける」

「それは言いっこなしなの、よ！」

思いがけない大サソリの正体が、その撃破をスバルに躊躇《ためら》わせる。

言葉にせずともそれを察し、ベアトリスは大らかにスバルの弱さを許し、展開した紫矢の絨毯《じゅうたん》爆撃で大サソリの撃破——否《いな》、エミリアの援護に徹する。

「エミリア！　合わせるかしら！」

「ええ！　山勘でやってみる！」

そのあやふやさがかえって心強い返事があり、ベアトリスの放った紫矢にエミリアの氷結戦技が連携、空気が凍《い》て付く音と、止まった時が砕ける音が重なった。

紫矢の突き立つ通路が形容し難い音を立てて硬化し、大サソリの巨体が滑り込むスペースを限定する。と、そこへ山勘で飛び込んだエミリアが、これまでで最も身幅の薄い、まさしく薄氷でできた剣を錬成、斬撃が奔《はし》る——、

「————」

あまりに鋭い切れ味が発揮されたとき、斬撃は風の音と似ている。

古い剣豪がそう言い残したかは定かではないが、少なくともこの瞬間、エミリアの放った斬撃はスバルには風の音としか聞こえなかった。

関節の継ぎ目で切断され、大サソリの鋏《はさみ》が緑の体液を撒《ま》きながら吹っ飛ぶ。それは重々しい音を立てて通路へ落ち、目に見える戦果をその場に残す。

目に見える、戦果を——。

「これ以上、痛い思いをしたくなかったら大人しく——」

「——エミリア！　自切だ!!」

「え!?」

片方の鋏を奪い、降伏を訴えようとしたエミリアへスバルの必死の声が飛ぶ。

大サソリの部位破壊、それは前々回の最悪の結末の引き金となった出来事だった。

「──────」

そのスバルの訴えと無関係に、大サソリが多足を蠢《うごめ》かせて後退する。その動きも、前々回のループで見せた撤退と同じ──ならば、それに続く出来事も。

自切と聞いて、とっさに危険を察知できたのはラムとベアトリスの二人。ラムがなけなしの余力を振り絞って風を起こし、ベアトリスが紫紺《しこん》の障壁を展開する。

「エミリアちゃ──」

自衛を呼びかける声も、最後まで言い切ることができない。

──次の瞬間、切断された置き土産の鋏が発光し、爆裂する。

「──────」

光に視界を、衝撃に天地を、轟音《ごうおん》に鼓膜を、それぞれいいようにされ、スバルは必死に腕の中の感触だけを掻《か》き抱《いだ》いて全身の痛みに耐えた。

足が浮かび、転がされ、濛々《もうもう》とした噴煙の立ち上る中にゆっくりと体を起こす。

「げほっ、ごほっ……み、みんなは……ぐえっ」

「どこを触っているの」

涙目になりながら手探りするスバル、その顎が掌底《しょうてい》で軽く跳ね上げられた。思わず舌を

噛《か》んでしまい、スバルがより涙目を潤ませていると、

「何とか、ラムもバルスも生きているようね」

「あ、ああ、みたいだな。悪い、どっか変なとこ触ったか？」

「ええ。肩に触られたわ」

「思い当たる限り、一番無難な部分！」

掌底《しょうてい》され損だと顎をさすり、スバルはその場に立ち上がる。それからラムに手を貸そうとして、体調の思わしくない彼女を再び抱き上げた。

「ちっ」

「舌打ちするな！　他の二人は……エミリアちゃん！　ベアトリス！」

可愛《かわい》くないラムの反応に頬《ほお》を歪《ゆが》め、スバルは視界の中にエミリアたちを探す。

大サソリの自切爆弾――その破壊力は甚大で、塔の四層が受けた被害は大きい。スバルたちがいた通路の床と天井には大穴が空き、壁など今にも崩れそうだ。

「エミリアちゃん！　ベアトリス！　頼む、返事してくれ！」

「――けほっけほっ、大丈夫よ、スバル。私も、ベアトリスも」

濛々《もうもう》と噴煙が立ち込める向こう側、床に空いた大穴の先から返事があった。直後、土埃を切り開いて姿を見せるのは、髪と服を乱したエミリアだ。

彼女の腕にはベアトリスが抱かれていて、奇《く》しくもスバルたちと同じ状況だった。

「よかった……二人とも、何ともないか？」

「ん、大丈夫。爆発する直前に、ラムが風で爆風を逸《そ》らしてくれたから。おかげで、慌てて出した氷の壁が間に合ったの」

「それも、かなりギリギリだったのは間違いないのよ。間一髪だったかしら」

ベアトリスを抱いたエミリアが、ぴょんと大穴を飛び越してやってくる。ぱっと見、二人揃《そろ》って目立った怪我《けが》はないらしく、スバルは安堵《あんど》の息をこぼした。

それから、この大惨事を招いておきながら、早々に逃走した下手人に唇を噛む。

「鋏《はさみ》一本でこの威力……置き土産なんて笑い飛ばせるもんじゃねぇぞ。この分だと、他にどんな技を仕込んでるかわかったもんじゃねぇ」

「そのあたりの偏執さはお師様譲りといったところかしらね」

「――――」

スバルの呟《つぶや》きを聞きつけ、そう揶揄《やゆ》するラムの一言に黙らされる。

こうして大サソリを退け、改めて思案の時間を得れば疑問は尽きない。その中でも最大の焦点はやはり――、

「……ねえ、本当にあれはシャウラだったのかしら」

エミリアの問いかけが、その場にいる全員の総意だったと言える。――否《いな》、総意ではない。スバルは別だ。否定したくてもしたくても、確信があった。

「俺は、確信してる。それに、あいつは俺を狙ってた」

「確かにシャウラはスバルにべったりだったけど……でも、あんなやり方、スバルが死ん

じゃうってわかるはずなのに」

「ですが、エミリア様もお気付きのはずでしょう。あの光を飛ばす攻撃は、アウグリア砂丘でラムたちを狙ったのと同じモノだと」

「それは……そう、だけど」

ラムの厳しい指摘に、エミリアが目を伏せて押し黙る。彼女も認めたくないだけで、本心では残酷な現実に気付いているのだ。

あの大サソリの正体がシャウラで、彼女は自分たちの敵に回ったのだと。

ただ、それだと説明のつかないことがある。

「────」

その、わずかな引っかかりの答えを求め、スバルは第六感の知覚範囲を広げる。

腕の中にラム、すぐ目の前にエミリアとベアトリス。『タイゲタ』と思《おぼ》しき地点にエキドナとレム、それからパトラッシュがいて、少し離れた階下にヨーゼフを感じる。

そして、四層のバルコニーへと意識が届けば、メィリィの存在が確かにあった。

「やっぱり、メィリィは今もバルコニーで戦ってくれてる……」

「……だとしたら、あの娘はシャウラに襲われなかったってことになるのよ」

「そうなる。……シャウラの奴《やつ》は、いったい何を考えてるんだ？」

矛盾している。シャウラの行動はあまりにも、理屈の通っていないことが多すぎる。

そもそもスバルは、スタンピードに対処するべく、バルコニーで魔獣の群れを押しとどめるシャウラをこの目で見ているのだ。その後、彼女にどんな心変わりがあったかは知れないが、彼女はメィリィを傷付けてはいなかった。

「ねえ、二人とも。さっきから、当たり前みたいに話してるけど……」

「ラムも、気になっていたわ。——バルス、何が見えているの？」

平然と、第六感を前提として話を進めるスバルとベアトリス、その二人の会話にエミリアたちが待ったをかけた。当然と言えば当然の反応だ。

むしろ、おかしいのは話を合わせられるベアトリスの方だった。

「シャウラを感じた、というのがバルスの戯言《たわごと》でないなら、何か根拠があるはず。ベアトリス様との珍妙な新魔法か……まさか加護だなんて言わないでしょう？」

「珍妙な新魔法は心外かしら。それに、加護じゃないのよ。……権能かしら」

「権能……？」

やや渋い顔をしたベアトリスの答えに、エミリアとラムが首を傾《かし》げる。

二人は聞き覚えがないといった反応だが、スバルにはその『権能』という響きがやけにしっくりときた。まるで、そう呼ばれるのが当然なモノのように。

「ベアトリス、その権能ってなんなの？」

「——。加護の、上位互換みたいなものだと思えばいいのよ。スバルは後付けで、それを授かってる最中かしら」

「加護の上位互換、ですか」

物思わしげに呟《つぶや》くラムが、腕の中からスバルの顔を見上げてくる。が、薄紅の瞳にどう問われても、スバルもはっきりした答えは返せない。

言えるのは、ベアトリスの説明が間違っていないだろうことだけ。

「詳しくはわからない。けど、ベアトリスの言う通り、その権能とやらの効果で、塔の中にいるみんなの位置がぼんやりわかるんだ。それで……」

「すごい……あ、でも、その力でシャウラと、あの大サソリが重なったから？」

「そういうわけだね」

感心と憂慮を一緒くたに瞳に浮かべたエミリアに、スバルは力なく頷《うなず》いた。

——権能、第六感と、呼び方は何でもいいが、それが感じるシャウラと思《おぼ》しき光は一旦大きくスバルたちから離れた場所で待機している。それが鋏《はさみ》を失ったダメージを癒《いや》すためなのか、それ以外の目論見《もくろみ》があるのかどうかはわからない。

ただ、一つだけ言えることがあるとすれば——、

「——あいつはたぶん、俺を狙う」

「——」

それは、奇妙な確信だった。

大サソリの正体がシャウラかどうか、それを認めるのには時間がかかったのに、その大サソリの狙いがスバルであることはすぐに呑《の》み込める。自分以外の仲間が狙われないのであれば、それは十分に付け入る隙と言えた。

「そうだ、それに権能って言えば……」

自分の身に宿った権能、その出所はわからないし、今は重要ではない。それ以上に気にすべきなのは、スバル以外の権能——すなわち、『暴食《ぼうしょく》』の権能だ。

自切爆弾によって崩壊した通路、そこにはもはや飛び散ったバテンカイトスの亡骸《なきがら》さえも跡形もない。確認するまでもなく、『暴食』はスバルたちの前で死亡した。

だとしたら、『暴食』がこの世界に刻んだ権能の爪痕はどうなったのか。

「ラム、お前の『記憶』は……」

「——レムのことなら、思い出せていないわ」

「——」

腕の中、ラムが首を横に振り、スバルの儚《はかな》い望みが否定される。視線を向ければ、エミリアとベアトリスも、やはり『記憶』に変化は起きていない様子だ。

じわじわと、時間をかけて失われたモノが戻るという可能性もあるが。

「『暴食』をただ倒しても、奪われたモノは取り戻せない……」

「厄介な敵だわ。……忌々しい」

恐れていた事態の実現に、スバルとラムが揃《そろ》って苦々しい表情になる。

いずれにせよ、バテンカイトスの死は取り戻せない。『暴食』に奪われたモノを取り返すための選択肢が一つ、目の前で消えたことは確かで——、

「——ダメよ、そんな暗い顔をしてちゃ」

「……エミリアちゃん？」

その澱《よど》みかけた空気を、一歩、距離を詰めたエミリアが打ち壊す。彼女は紫紺《しこん》の瞳に真剣な光を宿し、スバルとラムを交互に見やると、

「色々まぜこぜで大変なときだからこそ、しゃんとしなくちゃ。今も、エキドナやユリウスたちが頑張ってくれてるはずなんだから」

「────」

「それに、シャウラともちゃんと話をしないと。でしょ？」

前向きで、ひたむきで、立ち止まることを知らないエミリアの意思が、あらゆることに躓《つまず》きそうになるスバルを引っ張り上げてくれる。

それは今回に限らない。前回も、前々回も、あるいはスバルだけでなく、『ナツキ・スバル』さえも、同じように。

「ん、よし！　気合いを入れましょう！　ベアトリス、ほっぺたお願い！」

「ほ、ほっぺた？　どうしろっていうのよ？」

「叩《たた》いて！」

「ほりゃっ、かしら！」

と、そんなスバルの感慨を余所《よそ》に、エミリアがベアトリスに無茶《むちゃ》を持ちかける。が、ベアトリスは素直に受け入れ、その両手でエミリアの頬《ほお》を挟むように叩いた。

乾いた音がして、エミリアが「ん〜っ」と喉を鳴らす。

「よし、ありがと、ベアトリス。私も、お返しする？」

「エミリアにやられたら、ベティーの首がもげるから遠慮するのよ」

「ふふっ、ベアトリスったら」

冗談を言われたみたいに笑うエミリアだが、ベアトリスの目は本気だった。

ともあれ、そんな二人のやり取りを見ていて、スバルもいつの間にか肩から余計な力が抜けている自分に気付く。

最低限の緊張感まで抜いていいわけではないが、硬くなりすぎるのも毒だ。

「エミリア様は自然体ね。……そうじゃないときがないけど」

「お前も人のこと言えないと思うが……痛《いて》ぇっ！」

「失礼なことを言うのをやめなさい。それで、次はどうするの？」

至近距離からスバルの首をつねるラムも、ラムらしさを取り戻している。その彼女の質問に、スバルは「ああ」と涙目で応じ、改めて知覚に意識を委ねた。

シャウラとの話し合いを持ちたい。それには賛成だが、今は最優先とはいかない。

最優先は、非戦闘員であるエキドナたちとの合流か、あるいはシャウラ離脱前後の状況を確かめるためにメィリィのところだ。そのためにも――、

「――ぁ？」

拡大する第六感、塔内に点在する仲間たちの反応を探り、スバルが呆《ほう》ける。

それぞれ、持ち場から動かない仲間たちはいい。スバルたちから距離を置いて、おそら

くは傷を癒《いや》している大サソリ＝シャウラも理解できる。

だが、この猛スピードで塔内を移動し、まっしぐらに近付いてくる反応は。

「――上」

「下がりなさい、バルス！」

肌の粟立《あわだ》つ感覚が、抱き上げたラムの警告で確信へと変わる。

その警告に従って後ろへ飛ぶのと、仰ぎ見る頭上――爆発でひび割れ、崩壊の進んでいた天井が斜めに両断されたのはほとんど同時だった。

一瞬遅れ、突き抜ける衝撃波が監視塔を構成する石材を粉微塵《こなみじん》に吹き飛ばす。ようやく落ち着いた噴煙が再び舞い上がり、視界が白く閉ざされる。

破壊は不可能と、そうした触れ込みだったはずの監視塔の頑健さが見る影もない。大サソリの自切と、漆黒の影の圧搾、そして今回の破壊の正体は――、

「スバル……！　それに、エミリア様たちも」

「ユリウス⁉」

白い噴煙を破り、スバルたちの傍《かたわ》らへ飛び出したのは、白い装いを血で汚したユリウスだった。とっさに片膝をついた彼は、その口元から伝った血を手の甲で拭い、同じように噴煙に塗《まみ》れたスバルの方を見ると、

「別れてほんの数分だと思ったが、そちらも激動だったと見える」

「文字通り、塔を突っ切ったお前ほどじゃねぇよ」

スバルを呆《ほう》けさせた反応、それは猛然と塔内をぶち抜いて現れたユリウスのものだ。それは塔の壁や床、そういった物理的な障害を無視した三次元移動――スバルの知る、ユリウスの印象からかけ離れた行動なのは間違いない。

「間違いないが……頼むから、レイドの首は刎《は》ねてきたって言ってくれ」

「事実と異なる報告をするのは、騎士として非常に苦しい選択と言わざるを得ない」

「……もはや、それが答えになってるかしら」

スバルの切なる願いは、ユリウスの神妙な表情に否定される。そして、苦々しいベアトリスの呟《つぶや》きを肯定するように、瓦礫《がれき》を踏む足音が聞こえてくる。

特徴的な、ゾーリの足音が。

「はン！　女共が揃《そろ》ってお出迎えたぁわかってンじゃねえか、オメエ。ちっとばかし遊びが退屈してきたとこだったンだ。オメエらでオレの相手すっか、あン？」

「……最悪の展開ね」

ラムの端的な感想が、この場のスバルたちの総意だ。

噴煙の中、ゆっくりと現れるのは赤い長髪に片袖を着流しから抜いた長身、猛々《たけだけ》しい鬼気を全身に纏《まと》ったその男は、まさしく神の理不尽な鉄槌《てっつい》――、

「――レイド・アストレア」

「かかか、オメエ、そンな嫌そうな面すンじゃねえよ、稚魚。この塔がぶっ壊れてンなと思ってきてみただけじゃねえか。オレだって、オメエで肩透かしだってンだよ」

「だったら、回れ右して待機部屋に戻るのはどうだ？　弱いものイジメなんて性格の悪い真似《まね》、絶対的強者がやったら株が下がるぜ」

「悪《わり》ぃがな、生まれてこの方、弱いものイジメしかしたことねえよ。なンせ、この世のどこ見渡してもオレより弱い奴《やつ》しかいねえ」

尊大かつ傲慢《ごうまん》な発言、しかしそれを否定させない強者の風格がレイドにはある。それを真っ向から肌に味わい、スバルは息を呑《の》んだ。

次から次へと、問題がこれ見よがしに立ちはだかってくる。それも、徐々にその厄介さを吊り上げていくいやらしいやり口で。

「レイド……あなた、どうしてここに？　あの部屋から出られないんじゃなかったの？」

「おいおい、笑わせンなよ、激マブ。オレはいきてえとこにいって、斬りてえモンを斬って、抱きてえ女を抱く。他人のしきたりなンぞに従ってやるかよ」

「そんな自分勝手、すごーくわがままだわ」

と、逼迫《ひっぱく》する事態に歯噛《はが》みするスバルの前、エミリアがレイドと対峙《たいじ》している。

温厚で平和主義で、ちょっと空気を和ませすぎるところのあるエミリアだが、その彼女でさえ、レイドの傍若無人《ぼうじゃくぶじん》な哲学には眉を顰《ひそ》めざるを得ない。

レイドも、世界一顔の可愛《かわい》いエミリアとの対話は嫌いではないらしく、明らかにスバルと話すときよりも上機嫌に応じている。その間に――、

「状況は最悪に見えるが、ユリウス、いい報告と悪い報告と悪い報告がある」

「悪い報告が一つ多いな。……いい報告から聞かせてくれ」

「塔に入り込んでた『暴食《ぼうしょく》』の片方、バテンカイトスは死んだ。死体はバラバラだ」

「それは……」

呼吸を整えるユリウスが、スバルの報告に黄色い目を見張った。それからすぐ、彼は自分の胸に触れ、見張ったはずの瞳を閉じて、

「……では、悪い報告の一つは、奪われた『記憶』が戻っていないことか」

「そうだ。『暴食』が死んでも『記憶』が戻らない。俺もレムも、お前のも。で、もう一個の悪い報告が、シャウラが敵になった。正確には、暫定敵」

「見た目も変わっているから、区別はしやすいわ。大きいサソリを見つけたら敵よ」

「私の耳が不具合を起こしていると信じたい内容だったよ」

情報を畳みかけられ、ユリウスが優美な横顔を硬くしながら立ち上がった。その隣に並び、猛獣の気を引かないようスバルは声を潜める。

「とにかく、それが理由で『暴食』退治は慎重にやらなきゃいけない。まず、きてるはずのもう一人を探すところからだが……」

「──スバル、その件については私から朗報と悲報がある」

「似た者同士……」

スバルを遮ったユリウス、その発言にラムが聞き捨てならない呟《つぶや》きをこぼしたが、それを聞き捨て、ユリウスの意趣返しめいた発言の先を促す。

「じゃあ、俺も朗報から聞かせてくれ」

「君が探す『暴食《ぼうしょく》』の片割れだが、その居場所は私が知っている」

「――っ、マジか？　だったら、どこにいる？　他の連中のところにいかれる前に、とっちめてやらねぇとマズい」

「それが、君に伝えなくてはならない悲報の答えだ」

身を乗り出し、未発見の『暴食』の存在を示唆したユリウスに食いつくスバル。それを押しとどめ、ユリウスは険しい顔で首を横に振った。

そうして、彼はゆっくりと手にした騎士剣を払い、その先端を持ち上げ――、

「――『暴食』の大罪司教、ロイ・アルファルドはそこにいる」

「……あ？」

真剣な声音で言い放ち、ユリウスがその騎士剣の先端を正面へ向けた。

「――」

その剣先が指し示す先に立っているのは、獰猛《どうもう》な鮫《さめ》の笑みを浮かべる偉丈夫が一人。他の何かと錯覚する余地もなく、赤毛の暴力装置を示している。

そして、呆然《ぼうぜん》となるスバルたちへ、ユリウスは重ねて続ける。

「目の前にいる、初代『剣聖』レイド・アストレア。――彼が『暴食』の大罪司教、ロイ・アルファルドその人だ」

5

その発言の音を呑《の》み込み、意を咀嚼《そしやく》するのに数秒の時を要した。

「レイドが、ロイ・アルファルド……？」

思いもよらない話を聞かされ、スバルの思考が理解の一歩手前で止まる。それは、どう読み解こうとしても読み解けない、異国の文字で書かれた本のように。

いっそ、何らかの謎かけだとでも言われた方が理解しやすいが。

「――――」

騎士剣を構え、レイドを見据えるユリウスの表情にそうした気配はない。

元々、命懸けの鉄火場で徒《いたずら》に混乱を招くタイプではあるまい。それは一度は彼のことを忘れ、改めて彼を知り直しているスバルのユリウス評。

故にこれは嘘《うそ》でも冗談でもない。だからこそ、事態は深刻だった。

「単純に考えるなら、あのレイドはアルファルドって奴《やつ》が化けてることに……」

「――オイ、待てや、オメエ。そいつは面白くねえ勘違いってやつだぞ、オメエよ」

「え？」

「冗談じゃねえぞ、オメエ。オイ、オメエ。オメエよ。オメエ、オレが余所《よそ》の間抜けが化けてやがるなンて、そンなつまらねえ結論信じてンじゃねえぞ、オメエ」

スバルの呟《つぶや》きを聞きつけ、それまでこちらを無視していたレイドが鼻面に皺《しわ》を寄せる。

不機嫌を表明したその態度が、レイド由来のモノなのか、化けた『暴食《ぼうしょく》』の演技なのかスバルには判断がつかない。ただ、その怒りは自分の正体を隠すためではなく、もっとシンプルな、子どもじみた苛立《いらだ》ちが原因に見える。

「オレはオレに決まってンだろうが。そこが曲がらねえから、オレはここでこうしてンだよ。違《ちげ》えか？　オメエ、違うってのか？　ええ？」

「――――」

己の左目の眼帯に触れ、鋭い牙を剥《む》くようにレイドがスバルへ自己を主張する。

それを受け、なおも困惑を深めるスバルの腕の中、ラムが身じろぎした。彼女はその薄紅の瞳にわずかな驚きを宿し、「まさか」と小さく呟《つぶや》く。

「ベアトリス様、確か仰《おっしゃ》っていましたね。水門都市で戦った『暴食』の大罪司教は、その姿形を自在に変えていたと」

「……ベティーも、お前と同じことを思ったかしら」

ラムの静かな問いかけに、ベアトリスも愛らしい頬《ほお》を硬くしながら頷《うなず》く。何らかの意見を統一する二人だが、スバルとエミリアの理解は追いつかない。

そんな二人の反応をもどかしく思うように、ラムが短い吐息をこぼし、

「以前、別の場所で目撃された『暴食』は、自分の姿形を自由に……いいえ、おそらく『記憶』を食べた相手の姿に成り代わっていたのよ」

「精神だけじゃなく、肉体まで再現するなんて馬鹿げた力なのよ。そんな真似《まね》して、魂が

混乱したら元に戻れなくなってもおかしくないかしら」

「つまり、技だけじゃなく、それを使う体もトレースできる？　そりゃ、確かにそれができた方がコピー能力者としちゃ最善なんだろうが……」

他者の能力を模倣する能力者が、その力を扱い切れずに敗北するのはよくある話だ。

故に、ラムたちの予想した、元の持ち主の肉体をも再現するというやり方は、自他の齟《そ》齬《ご》を埋める手段として納得のいく方法であるとは思う。

「それをうまくやっているのが『暴食』……やっていた、というべきかしら」

「やって、いた？　過去形って、まさか」

ラムに結論まで導かれ、スバルは凝然と目を見張る。そして、その答えを求めるようにユリウスを見ると、彼はゆっくりと形のいい顎を引いた。

そうして、その黄色い瞳で改めてレイドを見据え、

「ラム女史とベアトリス様の結論通りだ。──目の前の彼、その肉体はロイ・アルファルドのものだ。だが、その精神は違う」

「──精神」

「ロイ・アルファルドは、レイド・アストレアの『記憶』を喰《く》らい、その『記憶』に自らの魂の主導権を奪われた。故に彼は制限なく、二層を下りて、ここに立っている」

「────」

荒唐無稽に思われた可能性を肯定され、スバルは絶句するしかない。

そんなことがあるのかと。だが、それでレイドにまつわる疑問は全て筋が通る。

本来、塔の試験官として二層を離れられないはずのレイドが、どうしてこの混乱の最中に自由を手に入れ、塔内を歩き回るようになるのか。

それは、塔を襲撃した『暴食《ぼうしょく》』の肉体を乗っ取り、頸木《くびき》から逃れていたから。

「『記憶』の再現、その一番恐ろしい落とし穴に嵌《は》まったってことなのよ」

「つまり、自我の強い方が勝ったということね。……分の悪い勝負をしたものだわ」

強烈な自我を持つレイド、彼に挑んだアルファルドの無謀をラムが言外に揶揄《やゆ》する。

しかし、スバルも同意見だ。レイドとアルファルド、どちらが攻略の難易度が高いかは知れた話ではないが、スバルたちに都合が悪いのは間違いなくレイド。

その実力も、スバルたちの知りたい情報を知っているのかも含めて、彼が五つの障害の一つとして立ちはだかるのは、災難以外の何物でもない。

何故《なぜ》、アルファルドはそんな無謀を望んだのか――、

「――それが、『暴食』としての性《さが》だとロイ・アルファルドは語っていたよ」

「……『暴食』と話したのか？」

「君の指示で二層へ上がったところで、ね。ちょうど、ロイ・アルファルドとレイドが対《たい》峙《じ》している場面だった」

事の経緯を振り返り、ユリウスが自分の見たものを述べる。

二層の、あの白い空間でレイドとアルファルドが向かい合い、結果、レイド・アストレ

アという規格外を呑《の》み込み、アルファルドの魂は喰《く》らい尽くされた場面を。

「……お前が、よく大人しく喰われる気になったもんだな」

「そいつを言うンなら、よくあいつがオレを喰う気になったもンだって話だろうよ。結局のとこ、性《さが》ってもンは誰にも曲げられねえ。あのチビはそれに殉じたのさ」

「だが、あなたもアルファルドの食事に抵抗しなかった。あれは、相手の自我を乗っ取れるという確信があったからなのか？」

「そンな頭の良さそうな理由なンざねえよ。オレの確信なンざ、一個だけだ」

ユリウスの問いかけに顔をしかめ、レイドが自分の耳を指で掻《か》く。そして、レイドは獰《どう》猛《もう》に歯を剥《む》いて、その鮫《さめ》のような笑みを見せると、

「——オレが、オレであることだけだ」

と、そう断言した。

おそらく、それがレイド・アストレアという魂の答えであり、ロイ・アルファルドが見誤ってしまった答えの全て。——人でなしは、怪物に喰らい尽くされた。

そしてそれは、とりもなおさず一つの事実を示している。

それは——、

「ええと、ちょっと聞いてもいい？」

そうして、ある程度の事情の整理がついたところで挙手したのは、ここまでの会話に口を挟まず、ずっと沈黙を守り続けていたエミリアだ。

話の腰を折るまいと黙っていた彼女は、その紫紺《しこん》の瞳をレイドへ向けると、

「今の話だと……レイドは生き返った、ってことでいいのよね？」

「おう。これでオメエともちゃンとした場所にしけ込めンぜ、激マブ。今夜の酌しろよ、オメエ。それ以外のことも、おいおい仕込ンでやっからよ」

「──？　お出かけに誘ってくれてるの？　でも私、『でーと』はパックとスバルとしかしたことないから、ごめんなさい。あと」

スバル的には聞き流せない発言があったが、そこを掘り下げる空気ではないのと、エミリアがちゃんと話についてこられていたことの驚きが少しあった。

そんなスバルの驚きを余所《よそ》に、エミリアは眉尻をわずかにつり上げ、

「自由に出歩けるようになったのも、すごーくおめでとうなんだけど……あなたを食べようとして、あなたが食べ返しちゃった子に大事な用事があるの。だから……」

「そいつに体を返せってか？　ああ、オメエらの状況はわかってンぜ、激マブ。取り返してえもンがあンだろ。けっ、この体のチビガキが妙に物知りでやがる」

「──っ、アルファルドの『記憶』が閲覧できてるのか!?　だったら」

「手ぇ貸せって？　オイオイ、笑わせンなよ、オメエ」

吐き捨てるように言い、レイドが忌々しげに自分の腹のさらしを掴《つか》む。

どうやら、ただの復活に飽き足らず、レイドはロイ・アルファルドの記憶──つまり、『暴食《ぼうしょく》』の権能の一端を垣間《かいま》見《み》る権限まで奪い取ったようだ。

しかし、それは彼の美意識的に相容《あいい》れないものであったらしく──、

「こいつをくれてやるつもりもねぇし、オメエらに手ぇ貸してやる義理もねぇ。そもそも、オメエらは激マブ以外、誰もオレの『試験』を突破してねぇだろうが」

「この状況で、まだ『試験』に拘《こだわ》るってのか?」

「違《ちげ》ぇな。オレが拘ってンのは『試験』じゃねぇ。──筋だ」

歯を剥《む》くレイドの返答が、スバルたちとの絶対的な隔絶の意思を表明していた。

わかっていたことだ。これまでの周回で、どれだけの大惨事がプレアデス監視塔を揺るがしたとしても、レイドの行動を揺るがすことはできなかった。

自由を得ても、試験官としての役割を全うする──否《いな》、レイドが全うしようとするのは役割ではない。レイド・アストレアを全うするということなのだろう。

いずれにせよ──、

「──そう。同意してくれないんなら仕方ないわ」

残念だけど、というニュアンスを孕《はら》んだ吐息を残して、エミリアにレイドへの攻撃を決断させるには十分な返答だった。

「ごめんね」

それは相対するレイドではなく、彼女が抱いていたベアトリスへ向けたものだ。

身を翻すエミリアの腕から投じられ、ベアトリスが「え」と口を開けたまま放物線を描き、通路に生み出される氷の椅子に柔らかく収まった。

——刹那、通路を矢の如《ごと》く駆け抜け、エミリアの氷剣がレイドの首へ一閃《いっせん》された。

「——はン！」

やると決めたら躊躇《ためら》わないエミリア、その不意打ちをレイドが笑って受け止める。それをしたのは、彼が着流しの内から抜いた二本の箸——また、あれだ。

レイドが箸を得物とするのを見るのは初めてではない。だが、異常は見慣れない。

その箸の剣圧で、エミリアと崩壊しかけた通路を吹き飛ばす様など、特に。

「はン！　さすが、話が早《はえ》ぇぜ、激マブ！　けど、オメエ、わかってンのか？　オメエの『試験』は終わってンだぜ？」

「それなら！　みんなのことも合格にして！」

「オイオイ、どういう理屈で言ってンだよ。そうしてやる理由がねぇだろ」

「お願いするから！」

「おねだりに可愛《かわい》げがねぇよ。とりあえず服脱げ、オメエ」

氷の剣舞を舞いながらの、エミリアらしい懇願にレイドは聞く耳を持たない。

そのまま始まってしまった戦いは、一見すれば攻撃の物量に勝るエミリアが圧倒しているようにも見えた。——だが、その実態は違う。

『暴食《ぼうしょく》』や大サソリと渡り合うエミリアの実力は、誇張抜きにスバルが百人いても敵《かな》わない領域にある。それが、レイドの前では児戯に等しい。

ほんの数合交えただけで、エミリアはあんな粗雑な箸に敗北する。素人目にもわかるほど隔絶した実力差、それが二人の間に横たわっていた。

「エミリア様……！　くっ、バルス！」

「わかってる！　ユリウス！　ベアトリス！　力を貸してくれ！」

ラムの目にも、エミリアの敗北する未来が同じように見えたのだろう。声を高くした彼女に声を張り返し、スバルは総力戦に臨む覚悟を決めた。

思いがけないマッチメイク——本来、こうあるべきではなかった戦場だが、状況は刻一刻と変わる。臨機応変に、最善を尽くすしか——、

「——そりゃ、オメエの戦い方じゃねえだろうよ、オメエよ」

「——」

その、スバルの内心を読み取ったような一言が、箸より早くスバルを斬りつける。

そして、レイド・アストレアの宣言が、ナツキ・スバルの拙《つたな》い臨機応変を両断するのにさして時間を必要としなかった。

——ほんの一分後には、レイド以外に通路に立てているものは一人もいない。

「う、うう……っ」

呻《うめ》き声《ごえ》を上げ、何とか立ち上がろうとするエミリア。その足は痛々しい色に変色し、彼女の気高い意思を立ち上がる力に変換するのを拒んでいた。

「——」

少し離れたところでうつ伏せになり、動けないベアトリスは意識がない。卓越した魔法の使い手も、その身のこなしが見た目通りの少女では、四百年の時を超えて蘇《よみがえ》った伝説の剣豪、その剣風に対抗する術《すべ》を持たなかった。

「屈辱、だわ……」

憎々しげな呟《つぶや》きをこぼす口から血を滴らせ、壁にもたれかかるラムは最も善戦した。ボロボロの状態で、ほとんど枯渇した余力を振り絞り、レイドに掠《かす》り傷を負わせかけた彼女こそが、この戦場で一番称賛されるべき勇者だった。

そして——、

「小細工しても無駄だが、小細工した方がまだマシだぜ、オメエよ。まぁ、雑魚じゃ何やっても変わりゃしねえ。こうなった時点でお察しだったがな」

「クソ、ったれ……」

レイドのゾーリに足蹴にされ、地面に頭を踏みつけにされるスバルが呻く。

悔しいが、軋《きし》む全身の痛みと、レイドの見下した言葉が全てを言い表している。破れかぶれの吶喊《とっかん》など仕掛けても、窮鼠《きゅうそ》が猫を噛《か》むほどの成果も期待できない。

スバルが鼠《ねずみ》なら、レイドは龍《りゅう》だった。——それほどまでに、存在のレベルが違う。

勝ち目がなかった。——否《いな》、そうではない。勝ち目を、作れなかった。

「そもそも、数の問題じゃねえンだよ。そこのとこがイマイチ、オメエらはわかっていやがらねえ。——なぁ、オメエもそう思うだろ？」

「——」

這《は》いつくばるスバルの上で、レイドが隻眼を向けるのは最後に残った敵。——誰一人、立てていない状況で、かろうじて膝をつく、ユリウス・ユークリウス。

その黄色い眼差《まなざ》しからは、いまだ戦意は消えていない。

「何故《なぜ》……」

「あン？」

短く呟《つぶや》いたユリウスに、レイドが片眉を上げた。それを視界に収めながら、ユリウスは口元を拭い、その場に膝を震わせて立ち上がる。

そして改めて、レイドを真《ま》っ直《す》ぐに見据え、続けた。

「何故、あなたは私に拘《こだわ》る？」

「あぁ？　オレがオメエに拘るだぁ？　ざけンな。口先だけの、面がいい野郎なンざオレが一番嫌いな生き物じゃねえか。そンなもンにどうしてオレが拘ンだ？」

「ならば……」

「——オレに拘る理由があンのはオメエの方だろうが。それともオメエ、本気でオレが引いていいと思ってンのか？」

「——」

ユリウスの問いかけに、レイドの答えは明快とは言えない。

彼自身、物事の全てを言葉にするのに価値を感じないタイプの人種だ。それ故に、彼の返答は感覚的なものが大部分を占めていて、理解が難しい。

「オメエもだ、稚魚。そこの野郎とおンなじで、オメエもわかっちゃいねえ。オメエ自身の剣の振り方がなっちゃいねえよ。そンなンじゃ、楽しめねえ」

「俺、は……剣は、使わな……ぎあっ」

「オメエの臨機応変なンざ、行き当たりばったりと変わりゃしねえよ。常勝無敗は強《つえ》ぇ奴《やつ》の特権だぜ？　だからよ——」

と、そこで言葉を切ったレイドが、頰《ほお》を歪《ゆが》めて箸を振るう。

瞬間、レイドの横っ面へ迫った白光が、甲高い音を立ててその箸撃に弾《はじ》かれた。

「敵まで使おうって腹は悪くはねえ。遅すぎやするがな」

打ち払った白光の出所、そちらへ隻眼を向けたレイドが鼻を鳴らす。戦場となった通路の彼方《かなた》、薄闇に浮かび上がる赤い複眼は、一度は退けた脅威の証《あかし》。

スバルの第六感にも引っかかったそれが、せめてもの起死回生の可能性だったが。

「——ちっ、面倒な奴がきちまった」

「ぐえっ」

言いながら、レイドが足蹴にしたスバルを蹴り飛ばし、攻撃範囲から外した。直後、雨あられと降り注ぐ白光の嵐が、寸前までスバルのいた位置を焼け野原にする。

そして、レイドは流れ矢を切り払いながら、招かれざる乱入者へ狙いを定め——、

「す、スバル……」

蹴飛ばされて転がった先、ちょうど触れ合う位置に倒れるベアトリスがスバルを呼ぶ。

意識を取り戻し、顔を青ざめさせた少女の呼びかけがスバルの胸を衝《つ》いた。

その顔を強張《こわば》らせる不安と恐怖を、何とか拭ってやりたいと。

「まだ、だ、ベアトリス……ここから、何とか挽回する方法を見つけて……」

「違う、のよ……違うかしら！　——くるのよ！」

「くる？」

目を見開いて、血を吐くように訴えるベアトリスにスバルは大サソリの存在を思う。

脅威という意味なら、レイドも大サソリも顔を合わせた状態だ。すでに恐ろしい奴《やつ》らが
集まった最悪の状況で、今さら何がくると——、

「——まさか」

「だから言ったじゃねえか。面倒な奴がきちまったってな」

スバルの脳裏を過《よぎ》った考え、それを肯定するようにレイドが言った。

その口ぶりは本気で、この状況を消化不良に感じているように思えるもので。

——直後、突き上がる衝撃が激震となって、プレアデス監視塔を揺るがした。

誇張抜きに体が浮かび上がる衝撃を受け、スバルの天地がひっくり返る。

「——」

為《な》す術《すべ》なく吹き飛ばされるスバル。——そのスバルの視界で、ファンタジー世界の住人たちはそれぞれ、驚くべき動きを見せていた。

中空、エミリアが折れた足の踏ん張りを諦め、苦しい姿勢から魔法を行使——スバルへ向けて集中的に放たれる白光を次々と防ぐ。

ユリウスは斜めに傾《かし》ぐ世界を駆け抜け、渾身《こんしん》の刺突でレイドの戦意へ応える。

そして、ベアトリスはとっさにスバルへその小さな掌《てのひら》を向けると、

「——ムラク！」

詠唱の瞬間、スバルは衝撃に呑《の》まれたのと別の浮遊感に包まれたと理解する。重力の頸《くび》木《き》から解き放たれ、無重力の世界へ投げ込まれたような感覚。

天地がひっくり返ったことさえ、この状況であればさしたる影響ではない。

それぞれが、それぞれにできる最善の行動を——、

「——ぁ」

その、最善を嘲笑《あざわら》うかのように、膨大な量の漆黒の影が塔を丸ごと呑み込んだ。

「——」

凄《すさ》まじい圧搾音が響き渡り、ただの石材とは思えない強度を誇る監視塔がひしゃげる。

それは本来、質量を持たないはずの影による暴虐。

もはや一つの破壊とは言えず、天災に近い衝撃の訪れは、この世界においても超人と呼ばれるような実力の持ち主たちさえ、あっさりと呑み込み、咀嚼《そしやく》する。

大サソリに抗《あらが》い、仲間の安全を確保しようと願ったエミリアも。

騎士剣を振るい、スバルの託した願いに応えんとしたユリウスも。

スバルを守らんと、自分の身を後回しに魔法を使ったベアトリスも。

それこそ瞬《まばた》きほどの刹那で、伸び上がってきた影に搦《から》め捕《と》られ、見えなくなる。

「――――」

音もなく、余韻もなく、エミリアたちの姿が消失した。

その、彼女たちの身に起こった一瞬の出来事をなんと呼べばいいのか、スバルの内側に適切な言葉が見つからない。

ただ、はっきりと言えることがある。


「――失敗した」

『――愛してる』


現実を受け止めたのと、どす黒い愛を囁《ささや》かれたのは同時だった。

耳元で囁くような、あるいは口づけをされながら、あるいは全身を抱擁されながら、あるいは魂を愛撫《あいぶ》されながら、恐ろしく直接的に届けられた愛の言霊。

すぐにわかった。五つの障害、その内の最大の問題。

対処法など、本当にあるのか疑わしいような、全てを呑《の》み込む影がきたのだ。

この影を見るのは三度目、そして出くわすたびにスバルの命は失われている。

それは今回も例外ではなく、この影が現れ、届いた時点で――、

「――オメエ、何眠てえこと考えてンだ、オイ」

瞬間、スバルを取り巻く漆黒の影が、振るわれる一閃《いっせん》に薙《な》ぎ払われた。

「――嘘《うそ》だろ」

「目ン玉ひんむいてよく見ろ。何が嘘だ、オメエ。オメエ、目ぇ開けてンのかよ。開けてよく見ろ、オメエ。オレの何が嘘だってンだ？」

無造作に騎士剣を振るい、影を斬り捨てたレイドが吠《ほ》える。彼がその手に握っているのは、ユリウスが持っていたはずの騎士剣だった。

所有者をなくした剣が、『剣聖』の手の中で存分に振るわれるのは皮肉としか言えない。だが、そんな運命の皮肉への感慨を抱《いだ》く余裕はない。

「――――」

ベアトリスの魔法の効力が残り、スバルの体は無重力下に囚《とら》われたままだ。その、床も壁も天井もなくなり、原形を失った塔の中、スバルは見る。

――いまだ、影に呑まれずに残ったラムの存在を。

「――ッ」

身をよじり、破片を蹴り、必死になってその細い体へ飛びつく。指先が掠《かす》め、それを手繰り寄せ、懸命になって抱き寄せた。

すでに監視塔の構造は崩壊し、どこが壁で、どこが天井なのかを見失っていた。スバルの周囲にあるのはどこまでも黒い空、どこまでも黒い底、黒い世界。

何もかもがわからなくなる世界で、唯一、腕の中の体温だけが本物で。

「――ぅ」

意識のない、昏倒《こんとう》したラムの熱い体だけが、その存在を主張していた。

「――っ」

奥歯に力を入れ、唇を噛《か》み切って自分に活を入れる。

今、何もかもが黒く塗り潰されようとした瞬間、スバルは状況の理解を諦め、終わりに身を委ねようとしたのではないか。

そんなことは、この瞬間を全力で生きる命の前では許されない。

「――まだ、何か」

こんな状況であろうと、得られるものがあるはずだ。

ここまで二度、スバルはこの漆黒の魔手に呑《の》まれ、命を落とした。だが、二度の終わりはいずれも唐突なことで、こうする時間はなかったはず。

それが得られたのは、今もか細い命を主張するラムの存在があるのと――、

「――はン」

スバルと同じ影の中、獰猛《どうもう》な笑みを浮かべるレイドの助太刀があったからだ。

無論、それを感謝はしない。

いいようにされた全身は悲鳴の大合唱だし、そもそも、影が監視塔を呑み込むまでの時間制限が尽きたのも、問答無用の邪魔に入ったレイドのせいなのだ。

だから——、

「お前も、絶対にぶっ倒すぜ。——俺たちの誰かが」

「そこはオメエ、最後までちゃんとオメエでかっこつけろよ、稚魚」

眼下、騎士剣を逆手に握ったレイドがスバルへ狙いを定める。距離があるが、レイドからしてみれば数メートルの距離などあってないようなものだろう。

そして、スバルへ敵意を定めたレイドの下へ、漆黒の影が勢いを増して押し寄せる。それさえ、レイドの剣気はものともしない。

自覚はなかったが、このとき、スバルは見たのかもしれない。

かつて、四百年前にあったと言われている、『魔女』と『剣聖』の伝説の一幕を。

しかし、そんなことさえ蔑《ないがし》ろに、理不尽な破壊と暴力、すなわち『死』と呼ばれるものがスバルへ迫りくる——。

「せめて」

一秒でも長く、生きていてほしい。

そんな願いを込めて、スバルは腕の中の、ラムの体を掻《か》き抱《いだ》いた。

次の瞬間、剣閃《けんせん》とは思えない光の奔流がスバルを呑み込み——、

6

――失われるたび、やり直すたび、求められるたび、流転して。

何度も、繰り返し繰り返し、一度しかないはずの最期を重ね続けて。

「――――」

ふと、思う。

いつも、最期の瞬間、誰かが傍《そば》にいてくれることは幸せなことなのかもしれないと。

最期の瞬間を一人で迎えずに、伸ばした指が、頼りない魂が、誰かと寄り添い合うことができていて、それが自分に立ち上がる力を与えてくれるなら。

「――――」

ただ、同時にこうも思うのだ。

どうしていつも、ナツキ・スバルは届かないのか。

どうしていつも、最期の瞬間に寄り添ってくれるような誰かを、ナツキ・スバルは救い出すことができないのだろうかと。

「――――」

砂埃《すなぼこり》が、届かぬはずの超上空まで立ち上ってくる。

プレアデス監視塔のバルコニー、地上数百メートルの高さから見下ろせる大地には、魔獣の群れが猛然と押し寄せ、監視塔を崩さんばかりに突撃を仕掛けてきている。

そのスタンピードを食い止めてくれているのが、魔獣を操る力で奮闘するメィリィだ。

塔内の各所で起こる災厄に対し、ユリウスは二層のレイドの下へ。

そして、バテンカイトスと遭遇するエミリアたちを救うため、スバルは一刻も早く、その場へ駆け付けなくてはならないが――、

「――お師様？　大丈夫ッスか？」

背後からスバルを呼んで、長く黒い三つ編みを揺らした彼女が首を傾《かし》げる。

直前までの奮戦も何のその、底なしの体力を見せつける彼女は平然としたもので、その手を止めさせたスバルにも躊躇《ちゅうちょ》なく従った。そうする彼女の表情には焦りや不安は感じられず、こちらを欺こうという狡猾《こうかつ》な光も微塵《みじん》も見られない。

それが擬態によるものなのか、それとも彼女の本音なのか、定かではないが――、

「お師様、聞いてるッスか？　あーしとお師様以外の人たちも、面倒なことに巻き込まれてるっぽいッスけど……あーし、お師様のためにできることあるッスか？」

「ああ、そうだな。……俺のためにできること、か」

「はいッス。あーし、お師様のお願いなら、たとえ火の中水の中、大瀑布《だいばくふ》にだって元気よくフライアウェーイ！ッス」

元気よく、悪気なく、そう言って両手を突き上げる人物――シャウラ。その屈託のない

笑顔を正面に見据えて、スバルは小さく息を詰めた。

「――――」

戻ってきた。再び、この時間へと戻ってこられた。

やるべきことは変わらない。救いたい相手がいて、倒すべき敵がいて。

だから、スバルが迷わず、自分のやるべきことを確定するために、必要な儀式を。

それは――、

「シャウラ、お前は俺の言うことなら何でも聞くのか？」

「もちのろんッス！　お師様のお願いなら何でも聞くッス！　お師様のおねだりなら、ちょっと過激なことでも聞いちゃうッスよ。あ、あ、もしかしてお師様、あーしのダイナマイツバディについに我慢の限界ッスか？　それで、他の人たちと遠ざけて二人きりになったッスか？　もう、このこのこの！　お師様ったら――」

「――シャウラ」

くねくねと、自分の頬《ほお》を手で挟みながらシャウラがスバルの言葉に顔を赤らめる。

だが、スバルはそんな彼女の言葉に取り合わず、真《ま》っ直《す》ぐにその顔を見つめた。

そして――、

「――お前、俺が死ねって言ったら、死んでくれるのか？」

第六章　『一途な星』

1

――崩壊する塔の中、レイドの斬撃を浴びて、ナツキ・スバルの命は燃え尽きた。

文字通り、燃え尽きたとするのが正しい最期だった。

そもそも、崩れ去る塔の中でどうやって足場を確保していたのだとか、迫りくる影の密度にどう対抗していたのかとか、その後はどうするつもりだったのかとか、色々と言いたいことも確かめたいこともあるが、そうしたことは全部うっちゃる。

ただ確かなことは、レイドの最期の一閃《いっせん》がスバルを呑《の》み込み、蒸発させたこと。

たぶん、痛みはなかった、と思う。

もちろん、それがレイドの慈悲であったなどとは微塵《みじん》も思わないが、『死』の瞬間に痛みも恐怖も伴わなかったことは、短期間で幾度も死んだスバルにとっても珍事だった。

そう、痛みも恐怖もなかった。――ただ、『怒り』だけがあった。

「――俺は」

いったい、何回、無意味な『死』を重ね続けるのだろうかと。

持ち帰れるものが、打開するためのヒントが、それらがある限り、スバルの『死』は無意味ではないし、重ね続ける『死』は無駄にはならない。

それは、とんだ欺瞞《ぎまん》だった。

そんなのは、自分の無力さに目をつむりたくないだけの言い訳だ。

無意味に、無力に、無作為に、無情に、無為に、死んだと思いたくないだけ。

だから、ただ死んだわけではないのだと、自分の『死』に理由を欲している。


弱くなかったなら、よかった。

もっと、賢かったなら、よかった。

こんな自分じゃなく、強くて、賢くて、たくましかったなら、よかった。


「だけど……」

弱くて、馬鹿で、情けないナツキ・スバルしか、ここにいないから。

そんなスバルを、いつも、誰も、独りにしようとはしてくれなかったから。

それが、今の自分の、傷だらけの覚悟を後押ししてくれているのだから。

「だから、俺は――」

だから、ナツキ・スバルは――。

2

「――お前、俺が死ねって言ったら、死んでくれるのか？」

言い放つ瞬間、躊躇《ためら》いがなかったわけではなかった。

それは、この問いかけを受けた瞬間、相手がどんな反応をするのか予想ができなかったから。――否《いな》、予想だけならできていた。

いくつかのパターンに想像がついて、そのいずれかであろうとは思っていた。

ならば、問いを放つ瞬間に抱《いだ》いた躊躇いは、いったい、何の躊躇《ちゅうちょ》だったのか。

いずれにせよ――、

「――？　お師様が死ねって言うんなら死ぬッスよ？」

自分の頬《ほお》に指を立てて、あっけらかんと答えるシャウラに胸が痛んだ。

まるで刺されるみたいに、ひび割れるぐらいに、痛々しく、胸の奥で悲鳴が上がる。

「――――」

じくじくと、傷んだ錯覚のある胸元を掴《つか》み、スバルは深々と息を吐く。

自分から傷付きにいったくせに、一丁前に痛がる自分がひどく滑稽に思えた。そんなスバルの様子を見て、シャウラは不思議そうに目を丸くしている。

悪気なく、今日の夕食の献立を聞かれて答えた、みたいなシャウラの態度。

その彼女の反応は、スバルが予測していたパターンの中で最悪から二番目のものだ。

何のてらいもなく、自分の命の放棄を命じる選択を受け入れるシャウラ。

それが嘘《うそ》や冗談ではなく、紛《まぎ》れもない彼女の本音であるのだと、その真《ま》っ直《す》ぐな瞳を見れば一日でわかってしまう。

いっそ、黒い打算や思惑が垣間《かいま》見《み》えた方が、スバルの心は救われたかもしれない。

しかし、現実はスバルにそんな逃げ道を用意しなかった。それが慈悲なのか無慈悲なのか、今の段階では区別すらつけられないが――、

「……そう、か」

「お師様、あーしに死んでほしいッスか？　うーん、お師様のお願いなら何でも聞いてあげたいんで、あーしとしては全然バッチコーイなんスけど、またずいぶんと変なタイミングで思い切ったッスね？　今、塔の中がわやくちゃしてて……」

「わかってる。わかってる」

掠《かす》れたスバルの返事を聞いて、シャウラが頬《ほお》に指をやったまま首をひねる。その首の動きに合わせ、彼女の長い三つ編み――スコーピオンテールが揺れている。

スコーピオンテール。思えば、これも皮肉なネーミングだった。

さそり座を意味する『シャウラ』同様に、名は体を表すを地でいく彼女だ。それはきっと名前だけでなく、様々な部分に堂々と現れているのだろう。

それはきっと、彼女に隠す意図がないから。

だから――、

「──シャウラ、お前、でかいサソリに化けるのできたりしないか？」

まどろっこしい言い回しをせず、スバルは直球で相手の懐へ切り込んだ。

プレアデス監視塔へと襲来する五つの障害──その内の一つである、漆黒の大サソリの存在。それがシャウラであると、スバルは確信を抱《いだ》いている。

だが、あくまでそれは、スバルにとっても得体の知れない力である権能、それがもたらす第六感を介した感覚的な答えでしかない。

その感覚的な答えを確信に結び付けようとすれば、直接問《と》い質《ただ》すのが一番早い。

無論、時間があればもっと異なる方法を選んだかもしれないし、相手の答えが信用ならなければ、やはり別の手段を模索すべきだっただろう。

だが、そのスバルの質問にシャウラは首をひねったまま、

「化ける、ってーとちょっとニュアンス違うッスけど、できるッスよ～。あー、でも、プリティさに欠けるんであんまし好きくないッス。あーしは、かか様とお師様がデザインしてくれたこの姿が一番だと思ってるんで」

脈絡のない質問だったにも拘《かかわ》らず、シャウラはこれまた躊躇《ちゅうちょ》なくあっさり答えた。

「────」

彼女には、何かを隠そうという意図がない。

だからこそ、ここでの彼女の言葉も疑う必要性が存在しない。やはり、あの塔内に出現した大サソリはシャウラであり、彼女はスバルたちの──、

「……敵、か」

「お師様？　大丈夫ッスか？　顔色がよくないッスよ？　あーしの膝枕とか、腕枕とか、胸枕とか抱き枕とか、そのあたりでリフレッシュするッスか？」

「……気の抜けること言い出すなよ。大体、そんな余裕はないってお前も言ってたろ」

「塔がわやくちゃしてるのは事実ッスけど、あーし的にはお師様の方が優先順位がぐっと上なんで、それ以外のことは全部ぜーんぶ後回しッスよ。だから、お師様がどさくさに紛《まぎ》れてあーしとくんずほぐれつしたいってんなら大歓迎ッス。燃えるッス」

「燃えない。水かけといてくれ」

「お師様ったらいけずッス～」

唇を尖《とが》らせ、拗《す》ねた風な顔つきをするシャウラ。

彼女とのやり取りと、その表情だけ切り取ってしまえば、今のスバルたちが置かれた状況がまるで平和なものだと勘違いしてしまいそうになる。

「――――」

しかし、現実は全くスバルたちに優しくない。平和ともかけ離れている。

こうして、スバルとシャウラが悠長に話している最中にも、エミリアとラムは『暴食《ぼうしょく》』を食い止めるために奔走し、ベアトリスがそこへ援軍に加わっている。

ユリウスは二層でレイド＝ロイと衝突、エキドナはパトラッシュと合流し、レムと『タイゲタ』へ避難してくれているはずだ。

そして、メイリィは魔獣のスタンピードを食い止めるため、地上で自らが従えた魔獣たちを指揮して――五つの障害に対する、現状の最善手が打たれている。

ただし、それさえも、シャウラとの話し合いのための欺瞞《ぎまん》に過ぎない。

何故《なぜ》なら、この周回、ナツキ・スバルは――、

「お、お師様？　本格的になんか変じゃないッスか？　そんな凛々《りり》しい目で見つめられると、四百年もお預け食らったあーしは我慢ならなくなるッスよ……？」

自分をじっと見つめるスバルの視線に、シャウラが自分の体を腕で抱く。それはどことなく、普段通りを装うとしているが、そうではない。

彼女は実際、スバルの態度に不安を覚えている様子だ。らしくない――否《いな》、違う。おそらく、それは彼女の真意なのだろう。

スバルに死ねと言われても動揺しない彼女は、しかし、スバルが変調をきたせば驚くほど脆《もろ》く心を揺さぶられる。――まるで、無邪気に親を慕う雛鳥《ひなどり》だ。

「――――」

シャウラに最初の問いを放ったとき、スバルの中にはいくつかの可能性があった。

その中で最悪の可能性は、スバルから心無い言葉を投げかけられた途端、シャウラが変貌して本性を現し、その衝動のままにスバルを殺害することだった。

それは、これまでシャウラの見せてきた態度の全てが演技で、彼女を構成する何もかもが偽りだった場合の、最悪の最悪の想定だった。

——完全にありえない話ではなかった。

大サソリの正体が彼女であったと告白された今、シャウラにはスバルの目の前でベアトリスとエキドナを殺害した実績がある。あるいは、スバルが生者を見つけられなかった周回の惨劇にも、大サソリとなった彼女が関与した可能性は高い。

だから、最初の問いかけはスバルにとっても賭けだった。

言って、シャウラがその問いかけを呑《の》み込んだ次の瞬間、スバルの頭部が蒸発していてもおかしくはない、そんな賭け——その賭けには勝った、と言える。

だが、賭けは一度では終わらない。

スバルが無意識に積み重ねた負債、『暴食《ぼうしょく》』とプレアデス監視塔が用意した賭け金、ここまでの負け分を取り戻すには、小さな勝利を重ねるだけでは足りない。

大きく勝つには、大きく賭けなくてはならないのだ。

故に——、

「シャウラ、質問ばっかで悪いんだが、聞きたいことがある。聞いた話だと、このプレアデス監視塔の『試験』にはいくつかルールがあるはずだな？」

「あーしが火照ってるこのタイミングで聞くッスか!?　……そりゃあるッスよ？　お師様が便器で頭ぶつける前にも話したッスけど……」

「それ、聞かせてくれ」

胸の前で指を突き合わせ、拗《す》ねた態度を隠さないシャウラ。が、彼女はスバルが質問すると、その突き合わせた指を立てて「えーと」と呟《つぶや》く。

「一、『試験』を終えずに去ることを禁ず。二、『試験』の決まりに反することを禁ず。三、書庫への不敬を禁ず。四、塔そのものへの破壊行為を禁ず。――ッス」

指を折りながら、シャウラがやけに流暢《りゅうちょう》な声音で説明する。

もちろん、減らず口に限定すれば口の達者な彼女だから、そうした澱《よど》みのない説明をしてくれることに違和感はない。ないが、引っ掛かりはした。

それは、彼女がらしくない真面目な口調だったこともそうだが――指折り数える仕草の最後、五本目の指に手をかけ、それを折らなかったこともそうだ。

「――五つ目は？」

「……ないッス。お師様、聞いてなかったッスか？　あーし、四つまでしか言ってなかったはずッス。お師様、数も数えられなくなったッスか？　それはダメッスよ～。あーしも数字は得意じゃないッスけど、それぐらい数えられるんスから……」

「シャウラ」

「――――」

じりと、音を立ててスバルが一歩、シャウラとの距離を詰めた。

元々、真《ま》っ直《す》ぐ正面から向かい合っていた二人だが、その距離が手を伸ばせば互いを掴《つか》める距離へ近付く。――この行いは、スバルにとっても賭けではあった。

もちろん、一歩の距離が空いていたから、詰まっていたから、それでどうにかできるほど、彼我の戦力差は小さいものではないが。

「お師様……もしかして、あーしの心を弄んでるッスか？　あーしからはともかく、お師様の方からこんな近付いてきて、もし、あーしの口を割らせたいんなら、あれッスよ。このままの勢いで、抱きしめてくれたりとかしたら……」

「それで本当にお前が口を割ってくれるんなら、そうする。役得とも言えるしな。……けど、俺の当てにならない勘を当てにすると、そうじゃない、と思う」

「――――」

「シャウラ、改めて聞くぞ。塔の、五つ目のルールはなんだ？」

シャウラのやんわりとした拒絶を受けながら、スバルは再度、問いかける。

それは物理的な距離ではなく、彼女の心へと踏み込む行いだった。その返礼が、あるいは痛烈なものであったとしても、聞かなくてはならなかった。

そんな覚悟を抱《いだ》いて、拳《こぶし》を固めたスバルの前で、シャウラは小さく息をつくと、

「――NGッス」

「……NG？」

首を横に振り、シャウラが豊満な自分の胸の前で腕を交差させ、バツ印を作る。

仕草自体は子どもっぽいが、彼女の瞳は真剣どころの話ではなかった。

「――――」

じっと、危うい場所に立つスバルを見つめ、シャウラの瞳を激情が満たす。

その静かで、しかしどこまでも深い激情は、哀願と呼ぶべき、脆《もろ》く儚《はかな》いものだった。

嫌々と、彼女は改めて首を横に振り、

「NGッス。やだ、話したくないッス。五つ目のルール？　そんなの、どうでもいいじゃないッスか。あーしとお師様の蜜月には、何の関係も……」

「関係ないわけあるかよ。俺も、みんなも、この塔の『試験』に挑んでんだ。『試験』のルールがわからなくて大丈夫なんて楽観はできない。だから、シャウラ」

「……嫌ッス」

「シャウラ！」

聞き分けのない子どものように、シャウラが自分の耳を塞いで顔を背ける。そのシャウラの態度に、スバルは勢いを強く、詰め寄った。

その肩を掴《つか》んで、彼女が覆い隠そうとする秘密を暴く。そのために。

「お前はお前で、この塔で役割があるはずだ。塔の星番《ほしばん》だったか？　それをずっとやってきたんだろ。本当かどうかわからねぇけど、四百年も！　だったら――」

「――四日、ッスよ」

「……あ？」

囁《ささや》くようにこぼれた声が、スバルの思考を短く止めた。

スバルの問い詰めた年数と、比べ物にならないほど短い時間。よもや、彼女の言説が嘘《うそ》で、シャウラが監視塔で過ごした時間はずっと短い――なんて、はずがない。

「四日……？　お前、何を言ってんだ？　お前はもっと長くこの塔にいて、それで」

「……まだ、たった四日ッス。お師様たちが、この塔にきてくれて」

「――ぁ」

その、弱々しいシャウラの声を聞いて、スバルの喉から掠《かす》れた息が漏れる。

それは思いがけず――否《いな》、思い至ろうともしなかった、シャウラの抱える寂寥《せきりよう》感。

それが彼女の瞳を潤ませることがあるなんて、想像もしなかったことが何よりの――。

「四日、なんス」

シャウラは瞳に哀願を宿したまま、その唇を震わせ、続ける。

「まだ、お師様たちが塔にきて、たったの四日目ッス。そのうち、最初の二日はお師様が寝込んでたから、あーしとお師様が会って、話して、くっつけたのは二日……四百年も待ったのに！　たったの二日ッスよ……」

「シャウラ……」

「一瞬で、一目でいいって、思ってたッス」

目を伏せかけ、シャウラは視線を下へ落とすのをすぐにやめた。まるで、スバルを一瞬でも視界から外すことが惜しいと言わんばかりに。

――否、思えばそうだった。

スバルの思い当たる限り、シャウラがスバルと同じ場所に、同じ空間にいるとき、いつだって彼女はスバルを見ていた。それは、スバルの一挙手一投足を監視する、なんて渇いた目的のためではなく、きっと──。

「四百年、塔でずっと、お師様を待ってたッス。一日、見られたらそれで満足と思ってたッス。──でも、そんなの嘘《うそ》だったッス」

「──」

「だって、お師様はあーしの全てなんスもん。お師様の全部で、お師様を想《おも》う全部であーしができてるッス。四百年の全部使ったって、お師様に伝えきれないッス。それが、たったの二日で……そんなの、嫌ッス」

「……だから、俺には五つ目のルールを話せない？」

痛切な思いが、シャウラの全身を包み込み、彼女という存在を形作っている。

四百年──字面だけで捉えてきたその言葉の重みが、スバルにはようやく、確かな実感となって感じられた気がする。

だって、四百年を語るには、あまりにも彼女の態度が軽々としていたから。

もしかしたら彼女には、辛《つら》いとか苦しいとか悲しいとか、そんな感情を抱《いだ》くための器官が存在しないんじゃないかと。

心まで、精神まで、あのサソリのように無機質なんじゃないかと、思って。

「あーしは、ルールを話したくないッス。NGッス。だって、これを話したら……」

「──」

「これを話したら、お師様は『試験』のクリア方法に気付くッス。だから、これを話したら、話しちゃったら……あーしと、お師様の時間が、終わっちゃう」

切実に、シャウラが自分の体を抱いて、スバルに己の心情を吐露する。

血を吐くような——否《いな》、嗚咽《おえつ》を堪《こら》えるような彼女の声色が、スバルの心を突き刺した。

予想、していなかった返答だった。

最初の質問と同じだ。スバルは、この質問に対するシャウラの答えにも、いくつものパターンがあるものと想定していた。

シャウラが、プレアデス監視塔のルールを隠している真意。——この、性格の悪い塔のルールを作った人物と共犯なら、彼女にも何らかの思惑があるのではと。

あるいはそうした黒い思惑と無縁に、彼女がルールのことを話さなかったのは単なる気《き》紛《まぐ》れやど忘れで、これといった意味はないかもしれないとも。

だが、真相はどちらでもなかった。

シャウラには、塔のルールを話したくない思惑があった。そしてその思惑は、塔を作った『賢者』とやらの考えと無縁の、もっと切なる願いだった。

——四百年、孤独の時間を過ごし、待ち人との再会に待ち焦がれていたシャウラ。

それが叶《かな》って、嬉《うれ》しくなって、だから、その時間が少しでも長く続いてほしい。

そんな、ささやかな欲を叶えるためなら——、

「お師様、嘘《うそ》ついたあーしを、嫌いになるッスか?」

「——」

「嫌いになって、顔も見たくないって……そう、思うッスか？」

どうして、死んでくれるかなんて言われたときより、辛《つら》そうな顔をするのだ。

どうして、自分の命より、スバルに嫌われるかどうかの方が大事そうに振る舞うのだ。

――どうして、四百年も待っていたくせに、そこで全部、ゴールみたいに思うのだ。

「……嫌いになんか、ならないよ」

「――――」

「お前が黙ってたのが理由で、たぶん、すげぇしんどい目に遭ったと思うし、正直、こんな風に追い詰められることもなかったたって思うこともある」

押し黙ったシャウラに向け、スバルは正直な自分の胸中を語る。

ここに嘘はない。本音だ。シャウラが意図的に情報を隠していたことで、きっと必要な考察ができず、答えに辿《たど》り着《つ》けず、結果、スバルは何度も惨《むご》い死を迎えた。

スバルだけではない。スバル以外の、エミリアや、ベアトリスたちも。

あの瞬間の絶望を、失望を、無力感を、忘れることなどできない。

だから、あの瞬間をもたらした、諸悪の根源のような存在がいたとしたら、きっとスバルはその相手のことを許せないだろうと、そう思っていた。

なら、今、こうして目の前にいるシャウラに、同じことを思えるのか。

「――いや」

シャウラを憎むことなんて、できない。

孤独の四百年を過ごし、その果てに得られたたったの二日間を、生まれてきた意味を満たされたと思ってしまうほどに堪能した彼女を、諸悪の根源などと思えない。

諸悪の根源がいるとしたら、それはこの世の理不尽そのもので、そうせざるを得ない状況を作り出した何者かで、シャウラに四百年を命じた『お師様』で——。

「——ぁ」

不意に、シャウラの唇から掠《かす》れた吐息が漏れた。

「シャウラ？」

「あ、あ……ああ、あ……」

眼前、シャウラの様子に異変を感じ、スバルが彼女の名前を呼ぶ。しかし、シャウラはスバルの呼びかけに反応せず、掌《てのひら》で自分の顔を覆った。

その喉から、彼女らしからぬ、痛々しく震える声が漏れ聞こえる。

「だ、め……ダメッス……お師様！　お師様、お師様お師様お師様お師様……！」

「シャウラ⁉　シャウラ、どうした⁉　こんな急に……」

「——誰かが、ルールを破ったッス」

震える白い肩を揺すろうとしたスバルの腕が逆に捕まえられる。そして、シャウラはその細腕で痛いぐらいにスバルの手首を掴《つか》み、言った。

それを言ったシャウラの瞳を、スバルは真っ向から見つめて息を呑《の》む。

「——」

──シャウラの、黒目がちの瞳に奇妙な変化が生じている。

彼女の丸い瞳の中、眼球の黒目部分が三つに分裂し、赤々と脈動を始めていた。左右の眼球で同時に起きた変貌、それは黒目が六つに分裂したことを意味する。

──左右三つずつ、六つの複眼。

「お師様……！　今なら、まだ間に合うッス……」

「間に合う？」

「今なら、お師様が命じてくれたら、あーしは……あーしは、あーしを殺せるッス」

眼球を赤く脈打たせるシャウラ、その全身から白い蒸気が上がり始める。彼女の白い肌が徐々に赤みを帯び、異常な体温の上昇が掴まれた腕から伝わってきた。

原理は不明だ。──だが、シャウラの体は発熱し、変化を起こしている。

おそらくは、大サソリの姿へ変貌するための、初期段階。

「変化したら、間に合わないッス。あーしは、血も涙もないキリングマシーンになって、お師様を殺すッス。だって、こんなにお師様が欲しい……お師様が欲しくて欲しくてたまらない……だから」

「そうなる前に」

「あーしに、死ねって言ってくださいッス。……そうしたら、あーし、お師様のこと殺さないで済むから、とはシャウラは続けなかった。

ただ、言葉の代わりに瞳が、震える声が、全身全霊の魂が、同じことを言っていた。

「――」

ぞわぞわと、スバルの全身にもたとえようのない怖気《おぞけ》が込み上げてくる。それは、きっとこの世のものとは思えない恐怖を前にした、人間の本能的な反応だ。

ナツキ・スバルという『人間』が、目の前のシャウラという『怪物』を恐れている。

だから、スバルは――、

「シャウラ、五つ目のルールを聞かせてくれ」

「お師様、そんな場合じゃ……」

「それを聞けたら――！」

哀願するシャウラの言葉を、スバルが大きな声で遮った。

その剣幕《けんまく》にシャウラの肩が震えた。その震えた肩を掴《つか》む。熱い。掌《てのひら》が焼けそうなほど、シャウラの体温はもはや炎のように高まっていた。

だが、手を離さない。今、彼女の心身を焼き焦がすモノを、手放さない。

「それを聞けたら、命じてやる。――安心しろ。お前が化け物になる前に、俺がお前に命じてやる」

「――――」

真《ま》っ直《す》ぐ、スバルがそう言ったのを聞いて、シャウラが目を見開いた。

それから彼女は「お師様」とスバルを呼んで、

「お師様の、女たらし」

「身に覚えがねぇ……」

「じゃあ、お師様はシャウラたらしッス。あーし専門の、たらし屋……」

薄く微笑《ほほえ》み、シャウラはそっと、自分の肩を掴むスバルの手に己の手を重ねた。

そして――、

「――五、『試験』の破壊を禁ぜず、ッス」

「――」

「ほら、目の色が変わったッス。――あーしの、好きなお師様に」

そう言って、シャウラがスバルの胸を突き飛ばした。

その思った以上の威力に、スバルは彼女の肩を掴んでおけずに後ろへ下がる。軽く咳《せ》き込んで正面を見れば、シャウラは自分の体を抱いて、その場に蹲《うずくま》り――、

「あ、あ……ああ、あああ……っ！」

全身から、血のように赤い蒸気が上がる。蒸気は色を変え、危険な兆候へ。シャウラの瞳も黒目を失い、いつしか瞳は真っ赤なモノへ変わり果てていた。

「お、師様……早く。あーしが、あーしじゃなくなる前に……」

「――」

「言ってください、ッス……死ねって！　お師様が言ってくれたら、あーしは……」

『試験』を終わらせて、スバルたちが塔を去るのが嫌だったと哀願した口で、シャウラは自分の命を終わらせ、スバルたちを――スバルを殺さずに済む道を示す。

そんなシャウラの必死の声を聞いて、スバルは息を吐いた。

それから——、

「シャウラ——悪い、さっきのあれは嘘《うそ》だ」

「え？」

スバルの告げた言葉に、シャウラが目を見開く。そのシャウラの反応を見届けて、スバルは息を止めると、そのまま大きく後ろへ飛んだ。

シャウラに突き飛ばされたのは不幸中の幸いだった。——もし、シャウラに手首を掴《つか》まれたままだったら、こんな真似《まね》は絶対にできなかっただろう。

——スバルの体が、バルコニーの縁を乗り越え、宙へと飛び出すようなことは。

「お——」

シャウラのとっさの声が、猛烈な砂風に呑《の》まれて一瞬で聞こえなくなる。そのまま、スバルの体は何の頼りもないまま、数百メートル下までノンストップで落ちる。

助かる方策など用意していない。スバルがしたのは純然たる身投げだ。こんなこと、絶対にやりたくなかったし、言いたくもなかったが、最初からこのつもりだった。

この周回は、この行動が許されるなら、絶対にそうするつもりだった。

何故《なぜ》なら、これで、スバルは自分の選択を迷いなく信じられる。

だって——、

「——お師様!!」

自分も同じようにバルコニーから飛び出して、シャウラがスバルを追ってくる。

その瞳を見開いて、必死に手を伸ばしながら、シャウラが転落するスバルを追って、自分の手で殺そうとするのではなく、その命を救おうと、飛び込んでくる。

——大サソリの正体は、シャウラだった。

——シャウラは意図的に、塔のルールを隠していた。

——シャウラはスバルや仲間たちを何度も殺し、五つの障害の一つとして立ちはだかる。

でも——、

「——俺は、お前を助けていいんだな」

最後の最後まで、意に沿わない変貌を遂げて、スバルを殺さないために、死ぬような命令を下してくれと哀願した彼女の姿を、忘れない。

性格の悪い話だが、あれを確かめたかった。

誰を助けて、誰を助けなくて、誰を倒して、誰を守って、誰を愛するのか。

それを確かめなくては、これ以上、ナツキ・スバルは進めないと思っていたから。

誰を愛していいのか、もう、迷わない。

「——お師様ぁぁぁぁああああ!!」

手を伸ばして、スバルへ追いつこうとするシャウラの姿が空中で変わる。

伸ばされた腕が肥大化し、漆黒の甲殻を纏《まと》った大鋏《おおばさみ》へと変貌。白い肌は見る影もなく、これまたざらついた甲殻に覆われ、内側から弾《はじ》けるように肉体が膨張する。

一瞬、血肉が爆《は》ぜるような痛々しい肉体の変貌、それがテープを逆回しにするように収束していき、ついには禍々《まがまが》しき異貌——大サソリが完成する。

そして、その大サソリの尾が、素早くスバルへ照準を定めた。

おそらく、あの白い光のような尾針があそこから放たれ、一瞬でスバルの命を焼き尽くすことになるだろう。空中のスバルにそれを躱《かわ》す術《すべ》はない。

だが——、

「——シャウラが泣くから、お前には殺されてやらねぇよ」

尾針が放たれる——より早く、落下の終点がくる。

猛然と、砂の塔へ押し寄せようとしていた魔獣の群れの上へと、スバルと大サソリの両者が落ちてくる。その結果を、スバルは見届けられない。

数百メートルからの着弾に、ナツキ・スバルという存在は耐えられない。

爆ぜ、命は散る。

しかし、命が散る寸前に、たった一言だけ——、

「——必ず、助けてやる」

——大サソリには伝わらないメッセージを、砂風がさらう時間はわずかにあった。

《了》

あとがき

『Re:ゼロから始める異世界生活』テレビアニメ第二期放送中！と、初っ端からこれ以上ないほど浮かれ気分でご挨拶、長月達平です！　鼠色猫です！

　色々あって放送開始が遅れてしまったリゼロのアニメですが、現在、無事放送中です！　今回も渡邊監督を始め、スタッフの皆様のお力をお借りして全力でアニメ化取り組んでいただいております！　ちょうどこのあとがきを書いているタイミングの直前、スバルがリゼロ史上一番ひどい死に方(兎)をしたところでした！

　ともあれ、書籍の状況もアニメ放送中の閉塞した四章に負けず劣らずの六章です。こちらもそろそろ逆転の雰囲気を出しつつ、スバルの記憶喪失や、塔の混乱状態は継続中。

　スバルの記憶や、塔の仲間たち、あるいは敵との因縁はどう決着するのか、六章のクライマックスを乞うご期待ください！

　今回も例に漏れず、早くも紙幅の限界がきてしまいましたので恒例の謝辞へ！

　担当I様、今回は事前に「一番不安な一巻です」とプレッシャーをかけておいていただいてありがとうございました。自分もどうまとめ上げるか苦心しましたが、一冊としてはまとまりよくなったかと。お力添え感謝です！

　イラストの大塚先生、今回は文中の挿絵であれこれご面倒をおかけしました！　カバーイラストのメィリィも、「背景、ミミズお願いする……？」と悩んでいたところへ、「ミミズ描きたかったんです！」という力強いお言葉をもらえて安心しました！

　デザインの草野先生、美少女とミミズという「ラノベ史上初なのでは？」という取り合わせのイラストを、力強くデザインしてくださりありがとうございました！

　コミカライズ関係では、月刊コミックアライブで花鶏先生&相川先生の四章コミカライズと、野崎つばた先生の『剣鬼恋歌』が連載中です。マンガUP！ではツカハラミノリ先生の『氷結の絆』が連載されていまして、どの作品も文章では表現しきれない情感を美麗な筆致で描いてくださっております！　こちらもありがとうございます！

　そして、MF文庫J編集部の皆様、校閲様や各書店の担当者様、営業様とたくさんの方々にお世話になっております。今後とも、何卒よろしくお願いします！

　そして、現在放送中にして一月からの2クール目も待ち受けているテレビアニメ！　渡邊監督やキャスト、スタッフの皆様方には大変お世話になっております！

　それから最後に、いつも応援してくださる読者の皆様にも感謝を。

　小説にアニメ、漫画にゲーム、まだまだ広がるリゼロ世界、どうぞご堪能あれ！

　ではまた、次の巻にてお会いできますのを楽しみにしております！　今後もリゼロの物語に耽溺してください。ありがとう！

2020年9月《さあ、そろそろ止まってた時を動かそうかと意気込んで》

CHARACTER DESIGN
シャウラ
SHAULA
ハサミ
Scissors
足
Foot
尾
Tail
シャウラ
Shaula
普通の目
Normal eye
???の目
??? eye
蠍
SCORPION
レーザーポインター
Laser pointer
ヘルズ・スナイプ
Hell's snipe

「そんなわけでえ、次巻のお知らせなんだけどお……裸のお姉さんったら、どうしてそんなにめそめそしてるわけえ？」

「うう〜、辛いッス、しんどいッス！　あーしの目の前で！　お師様が！」

「ああ、もう、泣かないのお。確かにお兄さんったらとんでもない人よねえ。わたしも泣かされちゃったし、裸のお姉さんの気持ちもわかるわあ」

「おお、ちびっ子……わかってくれるッスか！　話せるちびっ子ッス！　今からちびっ子2号は1号に昇格してあげるッス！」

「それ、順番ってだけじゃなかったんだあ？　ビックリしちゃった」

「それにしても、お師様はホントに悪い男ッス。シャウラ泣かせッス。女泣かせっていうとあーし以外にも色目を使ってるっぽいんで、シャウラ泣かせッス」

「葛藤があるみたいねえ。でも大丈夫、そんなお兄さんにはちょうど放送中のテレビアニメ二期で、わたしがお仕置きしておいたからあ」

「マジッスか、がっつりやっちまったッスか！　お師様に手ぇ出すなんてふてぇ奴ッス！　お師様はあーしが守るッスよ！　しゅっしゅっ」

「あら、藪蛇だったわあ。でもでも、わたしを懲らしめようとしたって、それは2021年の1月から始まる後半クールに持ち越しだと思うわあ。残念ねえ」

「ぐぎゃあッス！　なんて悪知恵の働くちびっ子ッスか！　でも、あーしはめげねッス。アニメでも小説でも足りないなら、すで

にリリースされてるスマホゲームの『Re：ゼロから始める異世界生活　Lost in Memories』でガツンとやったるッス！」

「……裸のお姉さんわかってるのお？　そのゲームでもお姉さんの出番はないのよお？　だから、それは無理な話なんだってばあ」

「あーあー、聞こえないッス！　それに、このゲームはお師様になり切って、お師様の選択で物語が分岐していくスタイルッス！　つまり、このゲームをプレイしている間、あーしはお師様そのもの……お師様と一体化ッス！　鼻血出てきたッス！」

「やだあ、拭いて拭いて、ちゃんとよお？　……はあ、疲れちゃった」

「疲れても鼻血だくだくでもあーしは元気ッス！　と、そんな傷心のあーしと、あーしのハートをザクっと傷付けたお師様が何をするか、気になる次の25巻は12月の発売予定でいるッス！　いよいよ、プレアデス監視塔編もクライマックスッスよ！」

「クライマックスねえ。ちゃんと一巻でまとまるのかしらあ？」

「まとめてみせるッス！　お師様の魂を賭けてもいいッスよ！」

「安いわあ。……でも、お兄さんの魂を無理やり縛れるのは悪くないかもねえ」

「むむ！　ちびっ子！　ひょっとして、ちびっ子までお師様を……」

「さあねえ？　ちゃんとした背中、見せてもらわなくっちゃなんだからあ。ね？」

「むきーッス!!」

MF文庫J

Re:ゼロから始める異世界生活24

2020年 9月25日　初版発行
2022年 6月10日　6版発行

著者　長月達平
発行者　青柳昌行
発行　株式会社 KADOKAWA
〒102-8177 東京都千代田区富士見2-13-3
0570-002-301（ナビダイヤル）

印刷　株式会社広済堂ネクスト
製本　株式会社広済堂ネクスト

Printed in Japan　ISBN 978-4-04-064945-0 C0193

●お問い合わせ
https://www.kadokawa.co.jp/（「お問い合わせ」へお進みください）
※内容によっては、お答えできない場合があります。
※サポートは日本国内のみとさせていただきます。
※Japanese text only

◇◇◇

【ファンレター、作品のご感想をお待ちしています】
〒102-0071 東京都千代田区富士見2-13-12
株式会社KADOKAWA　MF文庫J編集部気付「長月達平先生」係　「大塚真一郎先生」係